Der Abenteuer Fluss

Lois Walfred Johns

6 Das Geheimnis des Geigers

Lois Walfrid Johnson

ist Autorin von 38 Büchern. Ihre Werke sind in zwölf Sprachen übersetzt worden und haben viele Preise gewonnen. Doch für Lois ist das Wissen, dass die Leser ihre Bücher mögen, die schönste Auszeichnung. Lois und ihr Mann Roy haben ihre Wahlheimat in Minnesota, USA, gefunden, zu ihrer Familie zählen drei mittlerweile verheiratete Kinder.

Um mehr über Lois und ihre Bücher zu erfahren, besuche ihre Website www.lwjbooks.com.

1. Auflage 2018

Originaltitel:
The Fiddler's Secret / The Freedom Seekers # 6

Moody Publishers
820 N. LaSalle Boulevard
Chicago, IL 60610
USA

Ravensberger Bleiche 6 · 33649 Bielefeld
Internet: www.clv.de

Übersetzung: Franziska Sägesser
Satz: EDV- und Typoservice Dörwald, Steinhagen
Umschlag: Andreas Fett, Meinerzhagen
Druck und Bindung: CPI books GmbH, Leck

Artikel-Nr. 256176
ISBN 978-3-86699-176-7

Allen Lesern,
die einen so treuen Rettungshund
wie Wellington als Gefährten haben:

Danke für euer Mitgefühl
und dass ihr euch immer wieder
neuen Abenteuern stellt!

Der obere
Mississippi
1857
MINNESOTA
WISCONSIN
IOWA
ILLINOIS
MISSOURI
KENTUCKY
Michigansee
St. Croix R.
Osceola
Stillwater
Hudson
Minneapolis
St. Paul
Minnesota R.
Hastings
Prescott
Chippewa R.
Red Wing
Lake Pepin
Black R.
Reads Landing
Wabasha
Alma
Winona
La Crosse
La Crescent
Wisconsin R.
Mc Gregor
Prairie du Chien
Guttenberg
Cassville
Galena R.
Dunleith (E. Dubuque)
Dubuque
Galena
Cedar R.
Bellevue
Savanna
Clinton
Chicago
Iowa R.
Le Claire
Rock R.
Des Moines R.
Skunk R.
Davenport
Muscatine
Moline
Rock Island
Burlington
Salem
Gulfport
Denmark
Fort Madison
Nauvoo
Keokuk
Illinois R.
Quincy
Hannibal
NW
N
NE
W
E
SW
S
SE
Grafton
Alton
Missouri R.
Kaskaskia R.
St. Louis
Osage R.
Chester
Ohio R.
Cape
Girardeau
Commerce
Cairo
0
100
200
Kilometer

Inhalt

Der Raddampfer Christina

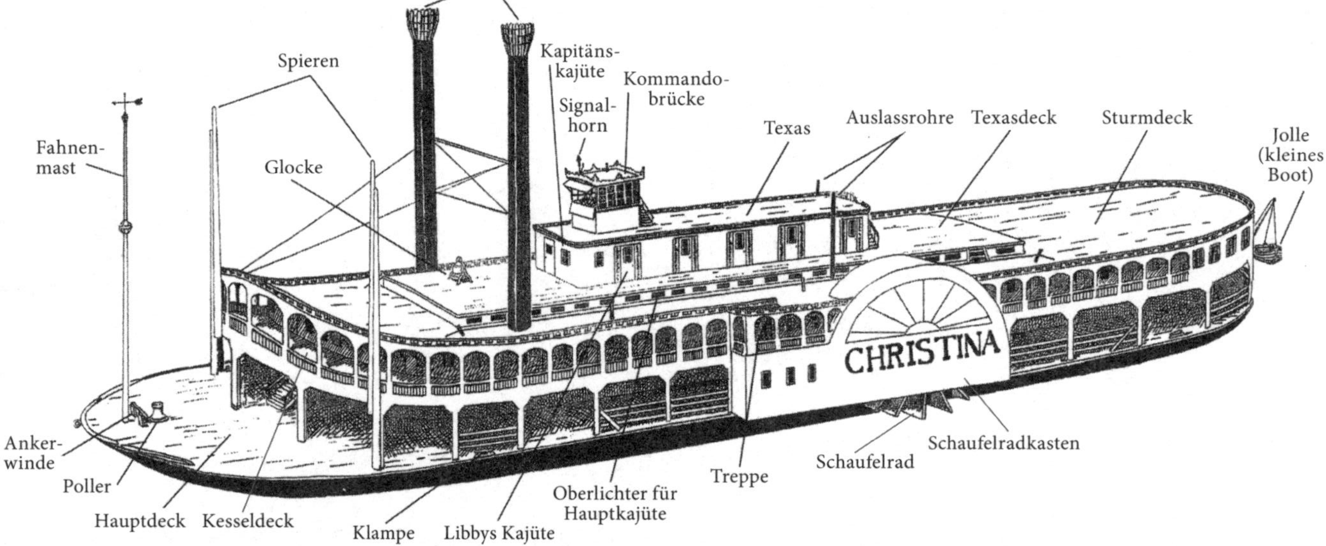

Harriet Bishop, Joe Rolette, James Thompson, Meriwether Lewis, William Clark, Zebulon Pike und Dr. Horatio Newhall sind historische Figuren, die in den 1850er-Jahren lebten. Alle anderen Figuren sind erfunden, und jegliche Ähnlichkeit mit lebenden oder verstorbenen Personen ist rein zufällig. Orte wie die Pfandleihe und der Gemischtwarenladen sind ebenfalls erfunden.

Eine Nacht voller Angst

Mitten in der dunklen Nacht erwachte Libby Norstad plötzlich. *Wo bin ich?*, fragte sie sich. Sie versuchte, einen klaren Gedanken zu fassen. *Was hat mich geweckt?*

Ein Traum? Ein Albtraum? Was auch immer der Grund war – Libby erschauderte vor Angst.

Kurz nach Mitternacht war das Dampfschiff ihres Vaters aus Galena, Illinois, ausgelaufen, um den Mississippi hinaufzufahren. Doch nun spürte Libby keine Bewegung, hörte kein Maschinengeräusch und kein Klatschen der Schaufelräder auf das Wasser.

Es ist still. Zu still. Sogar die Nachtluft fühlte sich schwer und seltsam an.

Dann zerriss ganz in ihrer Nähe die Schiffsglocke die Stille. Als die kurz aufeinanderfolgenden Schläge erklangen und wieder verhallten, erkannte Libby, dass es ein Signal war.

Was ist los?, fragte sie sich. *Was ist geschehen? Wo ist Papa?*

Mit klopfendem Herzen sprang sie auf und zog sich ein Kleid an. Als sie auf das Deck vor ihrer Kajüte trat, schien dicker Nebel wie mit kalten Fingern nach ihr zu greifen.

Libby hielt den Atem an. Ohne nachzudenken, streckte sie die Hände aus, um sich ihren Weg zu ertasten. Als sie in die Dunkelheit spähte, konnte Libby nicht einmal zwei Meter weit sehen.

»Papa!«, schrie sie voller Angst. »Wo bist du?«

Mit der einen Hand an der Außenwand ihrer Kajüte

entlangtastend, setzte Libby einen Fuß vor den anderen. Doch als sie die Kajüte ihres Vaters auf der Vorderseite der *Christina* erreichte, war diese leer. Also drehte sich Libby um. Auf dem Weg zurück zu ihrer Kajüte kam sie sich wie eine Schlafwandlerin vor.

Wie dumm!, redete sie sich selbst zu. *Ich bin schließlich auf dem Schiff meines Vaters. Warum sollte ich mich fürchten?*

Doch die Schiffsglocke ertönte erneut und schonte Libbys strapazierte Nerven nicht. Libby zwang sich wenigstens äußerlich zur Ruhe und ging zur Treppe.

In den ersten vier Jahren nach dem Tod ihrer Mutter hatte Libby bei ihrer Tante in einer Villa in Gold Coast, einem Stadtteil von Chicago, gelebt. Seit fünf Monaten war Libby nun wieder bei ihrem Vater. In jenem August des Jahres 1857 lernte sie noch immer mit den Gefahren umzugehen, die das Leben auf einem Dampfschiff mit sich brachten.

Ich will stark sein, dachte sie. *Aber ich bin einfach nur total ängstlich!*

Als Libby das darunterliegende Deck erreichte, war es noch dunkler um sie herum. Das Kesseldeck befand sich direkt über den großen Kesseln, in denen Wasser aufgeheizt und Dampf erzeugt wurde, um die Maschinen anzutreiben, und war normalerweise von Passagieren der Ersten Klasse bevölkert. Doch nun war kein einziger Mensch in Sicht, und das Deck war seltsam still. Libby konnte nur an eines denken: Sie musste Papa finden – oder Caleb Whitney, einen ihrer Freunde – oder sonst irgendjemanden, der ihr das Gefühl von Sicherheit geben würde.

Stattdessen fand Libby erst einmal die Reling und ging an ihr entlang zur Vorderseite des Dampfers. Trotz der fast undurchdringlichen Dunkelheit konnte sie eine Person ausmachen, die am Bug stand. Libby fiel ein Stein vom Herzen. *Annika Berg!*

Das lange schwarze Haar der jungen Frau war zusammengebunden und fiel leicht gelockt an ihrem Hinterkopf hinunter. Die Lehrerin hatte Libby und ihren Freunden in der vergangenen Woche in einer gefährlichen Lage geholfen. Da sie bei der »Untergrundbahn« arbeitete, also entlaufenen Sklaven dabei half, auf einer geheimen Route von einem sicheren Unterschlupf zum nächsten zu gelangen, hatte Annika ihnen einen Übernachtungsplatz angeboten. Nach wenigen Tagen hatte Libby sie bereits ins Herz geschlossen.

Als Libby einen weiteren Schritt auf sie zuging, hörte Annika sie und drehte sich um. »Komm her und genieß die wunderbare Aussicht mit mir!«

Libby kicherte. »Was für eine tolle Aussicht! Dichter Nebel!« Zum ersten Mal, seitdem sie aufgewacht war, fühlte sie sich besser.

Annika stand an der Reling und blickte angestrengt nach unten. »Ich wollte nachsehen, ob die Leinen ausgeworfen sind. Wir sind am Ufer festgebunden, nicht wahr?«

Libby nickte. Sie konnte das Tau oder Seil kaum erkennen, mit dem das Schiff an die kleinen Weiden am westlichen Flussufer gebunden war.

Annika blickte Libby ins Gesicht. »Wir sind hier, weil der Steuermann nichts sehen kann, dein Vater nichts sehen kann …«

»Ja.« Libby versuchte Annika das Wort abzuschneiden, da sie nicht über ihre Ängste sprechen wollte. Doch im Kopf spann sie den Gedanken weiter. *Wir sind hier, damit wir nicht auf eine Sandbank auflaufen. Damit die scharfen Wurzeln eines im Flussbett liegenden Baumes den Schiffsrumpf nicht durchbohren. Damit wir nicht mit einem anderen Schiff zusammenstoßen. Oder …*

»Sind wir weit genug von der Fahrrinne entfernt?«, sprach Annika Libbys Gedanken laut aus. »Könnten wir von einem Schiff gerammt werden?«

Libby ballte die Hände zu Fäusten. Das war ihre größte Angst. *Wenn ich es nicht zugebe, passiert es vielleicht nicht …*

Nun wünschte sie sich, dass Caleb mit Annika spräche. Denn er beantwortete solche Fragen in der Regel besser – auch weil er jahrelange Übung darin hatte, von deutlich weniger netten Menschen als Annika befragt zu werden.

Die Lehrerin blickte Libby in die Augen. »Falls ein Kapitän das Gefühl hat, er müsse trotzdem weiterfahren …«

Die Schiffsglocke ließ sie innehalten. Dann fiel Libby wieder ein, dass man auf einem Flussdampfer, der im Nebel vertäut war, die Schiffsglocke jede Minute fünf Sekunden lang läutete.

Als die Schiffsglocke verstummt war, wartete Annika Libbys Antwort ab. »Die Leinen halten uns so nah am Ufer wie möglich, ohne dass das Schaufelrad auf der Uferseite beschädigt wird«, erklärte sie. »Wir können nicht weiter aus der Fahrrinne heraus. Wir sind lang und breit, und das Heck wird von der Strömung nach außen gezogen.«

»Und ein Schiff, das nicht wartet, bis der Nebel sich auflöst, kann mit uns zusammenstoßen?« Annikas blaue Augen blickten besorgt. »Warum ordnet dein Vater nicht an, dass alle Leute ans Ufer gehen sollen?«

Libby verlor langsam die Geduld wegen Annikas Fragen. Doch dann fiel ihr ein, dass Annika es gewohnt war, auf Leute aufzupassen – auf Kinder in der Schule und auf Sklaven auf der Flucht. Annika war es gewohnt vorauszudenken.

Trotzdem hatte Libby das Gefühl, ihren Vater verteidigen zu müssen. Ihretwegen hatten Annika und Papa sich nicht gerade unter den besten Voraussetzungen kennengelernt. *Annika soll das Beste von Papa denken. Sie soll in ihm einen Helden sehen.*

»Wenn wir auf dem Schiff bleiben, besteht die Gefahr, dass etwas passiert«, sagte Libby. »Aber wir hoffen das Beste. Wenn wir im Dunkeln ans Ufer gehen würden, gäbe es bestimmt unschöne Überraschungen.«

»Welche?«

Libby zuckte mit den Schultern. »Ich kann nicht erkennen, was am Ufer ist. Ich weiß nur, dass wir uns zwischen Ortschaften befinden und dass es im Fluss Inseln gibt. Wenn ein Dampfschiffkapitän einen Kriminellen an Bord findet und es bis zum nächsten Halt noch weit ist, setzt der Kapitän den Mann auf einer Insel ab.«

»Wenn es ein ernstes Verbrechen ist und der Kapitän keine andere Wahl hat?«, fragte Annika.

»Wenn er weiß, dass seine Passagiere Schaden nehmen könnten«, erklärte Libby.

Annika klang beeindruckt. »Ich hatte keine Ahnung, dass ein Dampfschiffkapitän mit alldem klarkommen muss.«

Libby lächelte. *Nun mache ich Fortschritte*, dachte sie selbstgefällig. *Ich werde dafür sorgen, dass Annika Papa mag. Aber diesmal gehe ich schlau vor.* Aus Erfahrung wusste Libby, dass sie vorsichtig sein musste. Annika hatte ihr bereits klar gesagt, dass sie nicht den Eindruck erwecken wollte, auf der Suche nach einem Mann zu sein.

»Ich weiß nicht, was wir sonst noch vorfinden würden«, fuhr Libby fort. »An einigen Stellen gibt es tiefen Schlamm, Schilf und hohes Gras. Vielleicht Schwingrasenmoore. Und Schlangen.«

»Schlangen?«

»Mokassinottern. Wald-Klapperschlangen. In dieser Jahreszeit leben sie direkt am Fluss.«

»Aha.«

»Auch wenn es neblig ist …« Zu ihrer Überraschung fühlte Libby sich bereits besser. Annika konnte verstehen, wie sehr Libby Schlangen und Kriminelle und Nebel fürchtete. *Es wäre schön, wenn sie immer hier wäre.*

Nun wusste Libby, was sie sagen konnte. »Papa ist ein mutiger Mann. Ein Dampfschiffkapitän darf nicht ängstlich sein …«

Mit weit aufgerissenen Augen hörte Annika ihr zu.

»Und er ist weise und gut.« Libby sprach schnell, damit sie alles erwähnen konnte. »Er kümmert sich um seine Passagiere. Deshalb ist er ein guter Familienmensch, eine gute Wahl als Ehemann.«

Annika trat einen Schritt zurück. »Nun«, sagte sie, »da ich weiß, dass wir in guten Händen sind, kann ich ruhig schlafen gehen.«

Innerlich stöhnte Libby auf. *Nicht schon wieder.* Sie hätte sich am liebsten die Zunge abgebissen. Stattdessen rief sie: »Nein, geh nicht!« Der Nebel schien sie bereits wieder zu umzingeln. Wenn Annika in ihrer Nähe war, hatte Libby weniger Angst. »Ich zeige dir die Laterne, die anderen Dampfern signalisiert, dass wir hier sind.«

Gemeinsam gingen sie auf der Flussseite über das Deck. Als sie sich dem Heck näherten, wurden sie vom Licht der Laterne begrüßt. Doch der Nebel schien noch dichter zu sein als vorher.

»Ich frage mich, aus welcher Entfernung ein Steuermann das Licht sehen kann«, sagte Annika. Bevor Libby antworten konnte, hörte sie das lange, tiefe Tuten eines Dampfschiffs. Das Signal bedeutete: »Ich komme! Aus dem Weg!«

Wie ein Albtraum war es – ein wahr gewordener Albtraum, der Libby erschaudern ließ. Als die Schiffsglocke der *Christina* ohne Unterbrechung zu läuten begann, schrie Libby in den Nebel: »Achtung! Wir sind hier!«

Doch das tiefe Tuten ertönte erneut, diesmal näher als zuvor. Dann hörte Libby das Schlagen von Schaufelrädern auf das Wasser. Annika stand direkt neben ihr, während Libby angestrengt in die Nacht blickte.

Kurz darauf rief ein Deckhelfer auf dem anderen Schiff seinem Steuermann. Der Bug des Dampfschiffs erschien plötzlich und bedrohlich aus dem Nebel. Libby winkte mit den Armen. »Wir sind hier! Achtung! Wir sind hier!«

Nun sah Libby die Reling eines oberen Decks und die Männer, die auf dem Ausguck standen. Als ein Deckhelfer noch eine Warnung schrie, schlug Libbys Herz wie wild. »Rammt uns nicht!«

Doch die Schiffsglocke des Dampfschiffs übertönte ihre Worte, und Libby wurde klar: *Niemand hört auch nur ein Wort von dem, was ich sage!*

Panikerfüllt packte sie Annika am Arm und riss sie von der Reling weg. »Lauf!«

Dicht gefolgt von Annika rannte Libby auf die andere Seite des Schiffes. Dort ließ Libby sich auf den Bauch fallen, und Annika tat es ihr gleich.

Mit den Händen über dem Kopf und dem Gesicht auf den Brettern machte sich Libby auf den Aufprall gefasst. In diesem Augenblick des Wartens erfüllte nur ein Wunsch ihre Gedanken: *Hoffentlich stößt Annika nichts zu!*

Das verborgene Gesicht

Sekunden später spürte Libby, wie ein Ruck durch das Schiff ging. Holzbalken krachten entzwei. Teile flogen durch die Luft und landeten mit einem dumpfen Aufprall auf dem Boden. Erschreckte Stimmen schrien auf. Aus den Verschlägen für die Tiere in der Nähe des Hecks brüllten Kühe und blökten Schafe.

Im Kielwasser des anderen Schiffes schaukelte die *Christina* auf und ab. Mit jeder Welle wurde sie angehoben und die Leinen spannten sich. Dann entfernte sich das Geräusch von schlagenden Schaufelrädern und stampfenden Maschinen immer weiter.

Auf dem Kesseldeck, auf dem Libby lag, kamen die Passagiere der Ersten Klasse aus ihren Kajüten. Auf dem darunterliegenden Hauptdeck riefen Leute in verschiedenen Sprachen durcheinander. Vor Angst immer noch wie gelähmt, hatte Libby das Gefühl, dass sie sich nicht bewegen konnte.

Es kam ihr vor, als wären Stunden vergangen, als sie schließlich den Kopf hob. »Annika?«

Die Lehrerin lag mit dem Gesicht nach unten und hielt die Hände über ihren Kopf.

»Annika?« Libby setzte sich hin. »Ist alles in Ordnung mit dir?«

Annika setzte sich nun ebenfalls auf. »Es geht mir gut, Libby.« Sie drückte Libbys Hand. »Das war knapp, nicht wahr?«

»Ich bin froh, dass du gerannt bist.« Libby klapperten die Zähne, und sie zitterte am ganzen Körper. Und sie zitterte immer noch vor Angst, als Caleb Whitney zu ihnen stieß.

»Libby!« Caleb kniete sich neben sie auf das Deck. »Hast du dir wehgetan?«

Sogar im Nebel und in der Dunkelheit der Nacht konnte Libby Calebs blonde Haare und die Sorge in seinen Augen sehen. Vor fünf Jahren hatte Papa Calebs Großmutter als Chefköchin angestellt. Seitdem lebte auch Caleb an Bord.

»Wo warst du, als das Schiff vorbeifuhr?«, fragte er.

Libby nickte nur, sie war immer noch zu erschüttert, um zu sprechen. Sie nahm einen tiefen Atemzug und versuchte ihre Angst zu verbergen. »Vorhin standen Annika und ich an der Reling, ganz in der Nähe vom Heck. Dort hat es uns getroffen, nicht wahr?«

Caleb nickte. »Wie seid ihr hierhergekommen?«

Libby zwang sich zu einem Lächeln. »Wir sind gerannt.«

»Geht es dir gut, Annika?«, fragte Caleb, als er ihr auf die Füße half.

»Ja, dank Libby.« Annika strich sich die Haare aus den Augen.

Nun wurde Libby zornig. »Wie kann ein Dampfschiffkapitän nur bei solchem Nebel einfach weiterfahren?«

»Er muss einen sehr guten Grund haben.« Caleb schaute ihr prüfend ins Gesicht. »Du hast echt einen Schreck bekommen, was?«

Libby schluckte. »Die Deckpassagiere auf dem Hauptdeck. Auch wenn das Schiff sie nicht direkt getroffen hat …« Libby hielt inne, sie hatte Angst, ihre Gedanken in Worte zu fassen.

»Ich weiß.« Caleb sprach ebenfalls leise. »Ich war dort, als das Schiff uns traf. Es befinden sich über hundert Leute auf jenem Deck. Der Aufprall hätte viele von ihnen ins Wasser werfen können. Aber soweit ich weiß, ist niemand hineingefallen.«

Als Caleb auch Libby auf die Füße half, schaute sie ihm in die Augen. »Du hast genauso viel Angst wie ich«, bemerkte sie.

»Nicht ganz.« Calebs Gesichtsausdruck verriet keine Angst, doch Libby kannte ihn gut. Wenn Caleb entlaufenen Sklaven half, konnte er sich keinen falschen Gesichtsausdruck leisten. Für einen flüchtigen Sklaven könnte das über Leben und Tod entscheiden. Caleb hatte gelernt, seine Gefühle zu verbergen.

»Papa?«, fragte Libby immer noch fröstelnd.

»Ich habe ihn noch nicht gesehen.« Caleb zog seine Jacke aus und gab sie Libby.

Sie war froh über die Wärme. »Es war heute so warm, dass ich kaum glauben kann, wie kalt es jetzt ist.«

»Das bringt der Nebel mit sich«, erinnerte Caleb sie. »Der Fluss ist immer noch warm. Wenn ein Wind kommt oder die Sonne den Nebel durchdringt, wird dein Papa weiterfahren.«

Trotz Calebs Jacke zitterte Libby erneut. Dann erinnerte sie sich an etwas, worüber sie sich freuen konnte. »Papa fährt ein gutes Schiff, nicht wahr?«

Calebs Grinsen war nun echt. »Das beste Schiff! Ich hoffe, es stößt ihm nichts zu.«

Seine Worte ähnelten dem, was Libby in Bezug auf

Annika gedacht hatte, so sehr, dass sie nun auf einmal ein seltsames Gefühl hatte. Falls seinen Passagieren etwas zustoßen würde, wäre dies für Papa ein harter Schlag. Wer auch immer sie waren, ob reiche oder arme Menschen, Sklaven oder Freie – seine Passagiere waren ihm nicht egal.

Als die Schiffsglocke der *Christina* erneut läutete, drangen die hohen Töne einer Geige durch den Nebel und die Dunkelheit. Als sie die fröhliche Melodie hörte, klopfte Libby mit dem Fuß den Takt. »Komm, wir sehen nach, wer spielt. Vielleicht finden wir Jordan und Peter.«

Auf dem Weg zum Geiger gingen sie zum Heck zurück, um nachzusehen, was geschehen war. Auf der Seite der Fahrrinne war ein langes Stück der Reling zersplittert. Genau an der Stelle, wo Libby und Annika gestanden hatten, war die Reling abgerissen – und ein großes Loch im Deck blieb zurück.

Annika warf einen Blick darauf und sagte leise: »Danke, Libby.« Und mit einem Blick zum Nachthimmel sagte sie: »Danke, Herr!«

In diesem Augenblick stieß Papa auf sie. In seiner Kapitäns-Uniform sah er groß und stattlich aus. Doch für Libby bedeutete Papa immer mehr – die Art Vater, die er war. Soweit sie zurückdenken konnte, war Libby stolz auf ihn.

Als Papa sie erblickte, sah er erleichtert aus. *Er hält nach mir Ausschau*, dachte Libby mit einem Gefühl von Geborgenheit. *Er kümmert sich um mich.*

Dann wanderte Papas Blick weiter zu Annika. »Schön, Sie zu sehen, Frau Berg. Geht es Ihnen gut?«

Annika lächelte. »Ja, danke, Kapitän Norstad.«

Libby freute sich darüber, dass Papa sich auch um Annika sorgte. Vielleicht würden sie trotz des schlechten Beginns ihres Kennenlernens doch noch gute Freunde werden.

»Dank Libby geht es mir gut«, fügte Annika hinzu. Als sie die Geschichte erzählte, wurde Papa bleich.

»Und dort habt ihr gestanden?« Papa zeigte auf das Loch im Deck. »Komm, Libby. Lass dich in den Arm nehmen.« Als Papas Arme sie umgaben, fühlte sich Libby wieder geborgen.

Im nächsten Augenblick kam der Schiffsschreiner mit seinen Mitarbeitern zu Kapitän Norstad. »Wir haben viele Gründe, dankbar zu sein«, sagte Papa ihnen. »Niemand hat sich verletzt, und der Schaden hätte viel größer sein können. Sorgen Sie hier bitte mit einer Absperrung dafür, dass niemand hinunterfällt. Gehen Sie dann nach unten und arbeiten Sie auf dem Hauptdeck.«

Libby, Caleb und Annika ließen Papa zurück und begaben sich zur Treppe in der Mitte der *Christina*, um die restlichen Schäden zu begutachten. Auf dem Hauptdeck hatte das vorbeifahrende Schiff die Verschläge für die Tiere aufgerissen. Mindestens sieben Meter der Abdeckung – jenem Teil des Schiffes, das über den Rumpf hinausragte – waren abgerissen.

In der Nähe des Hecks hielt ein Besitzer seine Kuh an einem Seil fest, das sie um den Hals trug. Ein anderer Mann bemühte sich, seine Schafe vom Rand fernzuhalten. Libby wusste: Es war ein Wunder, dass niemand verletzt wurde.

Der Geiger spielte immer noch, und Libby, Caleb und Annika folgten dem Klang seiner Musik. Auf der Vorderseite des Schiffs stießen sie auf Peter, der auf der obersten Stufe der breiten Treppe saß, von der aus man eine gute Sicht auf den Bug hatte. Libbys Neufundländer, ein großer schwarzer Hund namens Samson, lag neben ihm.

Jordan Parker saß zwei Stufen weiter unten. Er war ein entlaufener Sklave, der sich auf die *Christina* geflüchtet hatte und nun für Papa arbeitete. Als Caleb sich neben Jordan setzte, drängten Libby und Annika sich neben Peter.

Für Libby war Peter Christopherson wie der jüngere Bruder, den sie sich immer gewünscht hatte. Er war ein Waisenjunge, der sein Gehör durch eine Krankheit verloren hatte, und lebte seit etwa einem Monat auf der *Christina*. Nun war Libby so froh, ihn zu sehen, dass sie ihn kurz umarmte. Peter sah erstaunt aus, grinste dann aber.

»Geht's dir gut?«, fragte Libby ihn in Gebärdensprache.

»Ja«, antwortete der blonde Zehnjährige in seiner gewohnten Art. Er konnte auf sich selbst aufpassen. Peter hatte die Gebärdensprache an der Schule für Gehörlose in Jacksonville, Illinois, gelernt. Nun brachte er Libby und den anderen die Gebärdensprache bei.

Peter hatte sprechen gelernt, bevor er im Alter von sieben Jahren sein Gehör verloren hatte. »Und dir?«, fragte er Libby.

Sie nickte, doch in ihrem Innern war sie sich nicht so sicher. Immer wenn sie an jenen Augenblick direkt vor dem Aufprall des Schiffes dachte, erschauderte sie. Das Geräusch von schlagenden Hämmern erinnerte Libby an ihr knappes Entkommen.

Auf dem Hauptdeck hing eine Laterne direkt neben der Treppe zum Kesseldeck. Ihr sanftes Licht durchdrang den Nebel und die Dunkelheit vor der Dämmerung. Der Geiger stand in der Nähe der Laterne, während sein Bogen über die Saiten tanzte.

Um ihn herum saßen die Deckpassagiere auf Lattenkisten und Fässern oder standen dort, wo sie gerade Platz fanden, und klopften im Rhythmus der Musik mit den Füßen.

Annika neigte den Kopf in Richtung des Geigers und flüsterte: »Er ist wirklich gut.«

Der Geiger war jung und schlank, sein dunkles Haar reichte ihm beinahe bis zu den Schultern. Er trug einen Schnurrbart, hatte eine gerade Nase und hohe Wangenknochen. Er stand neben dem Koffer eines Einwanderers, doch Libby fragte sich: *Ist das sein Koffer? Irgendetwas passt nicht ganz zusammen.*

Sogar von der Stelle aus, wo Libby saß, konnte sie erkennen, dass das weiße Hemd des Geigers zerlumpt aussah. Das erschien ihr komisch. Deckpassagiere besaßen normalerweise nicht viel Geld, doch die Einwanderer unter ihnen gaben sich Mühe, ihre Kleider stets zu flicken.

Vielleicht kann der Geiger seine Kleider nicht selbst flicken, dachte Libby. *Vielleicht reist er allein.*

Doch Libby dachte weiter. *Auch wenn er alleine reist … Mama ist jetzt seit mehr als vier Jahren tot. Seitdem war Papa die ganze Zeit allein unterwegs.*

Von ihrem Platz auf einer Seite der Treppe blickte Libby nach oben und hielt nach ihrem Vater Ausschau. Als Papa zu ihnen kam, lächelte er Libby und Annika wieder an. Er blieb kurz stehen, um mit Peter und Jordan zu sprechen, und ging dann weiter die Stufen hinunter.

Während der Geiger weiterspielte, ging Papa von einer Menschengruppe zur anderen. Oft blieb er stehen, um mit einer Einwandererfamilie zu sprechen. Mehrmals zeigte Papa auf ein Kind und dann zum Rand des Decks. Jedes Mal, wenn Papa eine Bewegung machte, wie wenn er das Kind zurückhalten würde, nickte ein Vater oder eine Mutter. Obwohl Papa ihre Sprache nicht sprach, schienen sie ihn zu verstehen.

Schließlich kehrte Papa zur Treppe zurück. Neben der Wand, an der die Laterne hing, blieb er stehen und schaute und hörte zu.

Der Bogen des Geigers bewegte sich schneller und schneller und berührte die Saiten dabei fest und kurz. Weder der Nebel noch die Dunkelheit konnten seine Melodien daran hindern, zu allen Zuhörern durchzudringen. Einige klatschten im Rhythmus der Musik.

Dann begann der Geiger beim Spielen zu tanzen. Wo immer dies möglich war, schoben die Passagiere etwas Fracht beiseite. In dem engen freien Raum stampfte der Geiger mit den Füßen und wirbelte dabei herum.

Als ein kleines Mädchen aufstand, drängten die Leute noch weiter zurück, um Platz zu machen. Mit nackten Füßen flog das Mädchen förmlich über die Bretter und drehte sich dabei übermütig im Kreis. Ein noch kleinerer Junge kletterte auf eine Lattenkiste und sprang zur Musik auf und ab.

Als der Geiger aus dem Kreis zurücktrat, schweifte seine Musik weiter, leicht und frei. Andere Tänzer füllten den Raum.

Auch Caleb und Jordan klatschten wie die Deckpassagiere, stampften mit den Füßen und riefen nach mehr Liedern. Peter beobachtete die beiden Jungs, um den Rhythmus zu halten, und begann dann ebenfalls zu klatschen.

Manchmal zupfte der Geiger an den Saiten. Manchmal spielte er auf zwei Saiten gleichzeitig. Von einem fröhlichen Lied zum nächsten ging er, und seine Musik ließ einen den Nebel und die Dunkelheit vergessen.

Libby brauchte nur einen Blick in die Runde zu werfen, um zu wissen, dass sich die Nacht verändert hatte. Die Deckpassagiere begannen, ihren Schrecken zu vergessen. Obwohl sie immer noch von dichtem Nebel umgeben waren, war das Deck von Musik und Lachen erfüllt.

Nur einmal konnte Libby die graublauen Augen des Geigers sehen. *Er ist sich dessen bewusst*, dachte sie. *Er ist sich dessen bewusst, dass Musik die Angst vertreibt.*

Doch seltsamerweise hatte Libby bei dem Mann ein unbehagliches Gefühl. *Sein Gesicht verbirgt ein Geheimnis. Wer ist er? Warum ist er hier?*

Selbst verwirrt durch ihr Unbehagen, schaute Libby dem Geiger weiter zu. *Wie komme ich darauf, dass er ein Geheimnis hat?*

Dann fiel ihr noch etwas auf. Obwohl er in seinen zerlumpten Kleidern arm aussah, hatte er keinen Hut aufgestellt, um Geld zu sammeln.

Eine Zeit lang wartete Papa, als wollte er den Deckpassagieren ihren Spaß nicht verderben. Als der Geiger aufhörte zu spielen, jubelte und klatschte die Menge. Erst dann trat Papa vor.

»Bitte«, lud Papa den Geiger ein. »Würden Sie auch für meine Passagiere der Ersten Klasse spielen?«

Der Mann blickte verständnislos drein. Deshalb zeigte Papa auf den Geiger und seine Geige und dann die breite Treppe hinauf, die zur großen Hauptkajüte führte, in der das Essen serviert wurde.

Der Geiger schüttelte den Kopf. »Nein!«, erwiderte er auf Deutsch. Libby kannte das Wort.

»Es würde mich sehr freuen, wenn Sie das für mich täten«, antwortete Papa. »Meine Passagiere lieben gute Musik und würden sich durch Ihren Auftritt geehrt fühlen.«

Der Geiger schüttelte den Kopf. »Das ist nicht gut!«, sagte er mit starkem deutschem Akzent.

Trotzdem fragte sich Libby, ob er wirklich aus Deutschland kam. Irgendwie klang der Geiger anders als ihre deutsche Freundin Elsa.

»Kommen Sie.« Papa führte den Geiger weg von den horchenden Passagieren. »Ich erwarte nicht, dass Sie gratis spielen sollen. Wir werden Sie für Ihr Konzert bezahlen.«

Einen Augenblick lang zögerte der Geiger, unschlüssig, wie er sich entscheiden sollte. *Seine Augen blicken ängstlich*, dachte Libby. *Warum bloß?*

Störenfriede

Der Geiger deutete auf sein zerschlissenes Hemd. »Meine Kleider?«

»Wenn es Sie stört, können Sie meine Kleider tragen«, schlug Papa vor. »Wir sind etwa gleich groß.«

»Nein!«, rief der Geiger sofort, noch energischer als zuvor.

Papa trat einen Schritt zurück und lächelte. »Sie können anziehen, was Sie wollen. Sie sehen gut aus, wie Sie sind.«

Komisch!, dachte Libby. *So etwas habe ich Papa noch nie tun sehen.* Die Passagiere der Ersten Klasse waren alle gut gekleidet, weit gereist und gebildet. Die Leute, die Papa zur Unterhaltung einstellte, waren immer gut gekleidet, außer wenn sie sich für eine Rolle verkleideten. Doch Libby kannte ihren Vater. Er wollte den Geiger nicht in Verlegenheit bringen.

»Sie sind mein Stargast«, erklärte Papa.

Diesmal nickte der Geiger. »Ich komme.«

»Heute Abend? Nach dem Abendessen?«

Der Geiger lächelte. »Ich spiele ein Konzert, das Ihre Passagiere nie mehr vergessen werden.«

Papa wandte sich an Caleb und Jordan, die immer noch auf den Treppenstufen saßen. »Macht die Veranstaltung bekannt! Sagt den Passagieren der Ersten Klasse, dass wir das beste Konzert veranstalten werden, das sie je gehört haben!«

Der Nebel hatte sich in ein milchiges Weiß verwandelt, als sich Libby in der großen Hauptkajüte, dem

Speisesaal, fürs Frühstück hinsetzte. Calebs Großmutter schien den Passagieren und der Besatzung ebenfalls dabei helfen zu wollen, den Unfall zu vergessen: Sie hatte sich bei der Essenszubereitung mal wieder selbst übertroffen. Als Libby sie durch den Türspalt erblickte, sah sie, dass Omas Wangen von der Hitze des Ofens gerötet waren. Doch Omas Zimtschnecken und ihr einmaliges Frühstück waren so gut wie noch nie.

Nach dem Frühstück traf Libby Caleb und Jordan auf dem Hauptdeck. Sie setzte sich auf eine Lattenkiste und begann: »Ich frage mich, warum der Geiger ins Minnesota-Territorium geht.«

Jordan grinste. »Wahrscheinlich aus demselben Grund wie ich. Um zu sehen, was dort es gibt.«

Libby war neugierig. Sowohl sie als auch Caleb hatten erwartet, dass Jordan in Galena, Illinois, bleiben würde. Nachdem sie wegen der Sklaverei jahrelang getrennt gewesen waren, hielt sich nun seine ganze Familie dort auf. »Warum gehst du überhaupt nach Saint Paul?«

Jordan senkte seine Stimme zu einem geheimnisvollen Flüstern: »Um auszukundschaften das Land.«

»Wie die Kundschafter in der Bibel, die ins verheißene Land reisten?« Bei seiner Geburt hatte Jordans Mutter ihn deshalb »Jordan« genannt, weil sie glaubte, dass er seine Leute aus der Sklaverei über den Fluss ins verheißene Land der Freiheit führen würde. Für viele Sklaven war der Ohio River dieser Fluss. Für andere, wie zum Beispiel Jordans Familie, bedeutete es, den Mississippi zu überqueren und den Staat Illinois zu durchqueren, um schließlich nach Kanada zu gelangen.

»Meinst du, deine Familie würde nach Saint Paul ziehen?«, fragte Libby.

»Kommt drauf an, was finde vor ich. Meine Mamma und mein Daddy gerne leben in Galena, aber es gefährlich is', so nah an dem Ort, wo wir waren Sklaven.«

»Aber das Minnesota-Territorium? Papa hat gesagt, dass Sklavenbesitzer nach Saint Paul und Stillwater reisen, um der Sommerhitze zu entfliehen.«

»Ach, Libby, du dir nicht so viele Sorgen mach!«

»Ich meine es ernst. Die Leute aus dem Süden mögen das kühlere Klima.«

Jordan grinste. »Vor fünf Monaten ich von Riggs bin davongelaufen. Er so viele Sklaven hat, er mich vergessen hat.«

»Vor fünf Monaten hat er dir gesagt, dass ihm noch nie ein Sklave lebend entkommen sei«, erwiderte Libby. »Genau in diesem Augenblick könnten Männer wie er auf der *Christina* sein. Männer, die von der Belohnung auf deinen Kopf wissen. Sie könnten nach Norden reisen, um ihre Familien abzuholen und nach Hause zu bringen. Nicht wahr, Caleb?«

»Vielleicht. Vielleicht nicht.« Caleb strich seine blonden Haare aus den Augen. »Eines ist sicher: Auf der Rückreise den Fluss hinunter muss Jordan sich besonders vorsichtig verhalten.«

Libby war immer noch unbehaglich zumute. »Es ist erst der 17. August. Es bleibt noch viel Zeit für warmes Wetter.« Doch Jordan zuckte nur mit den Schultern.

Er lässt sich nicht so schnell einschüchtern, das weiß ich, dachte Libby, als sie die Jungen verließ und zum Sturmdeck hinaufging. Schon mehrmals hatte sie Jordans Mut bewundert. *Aber manchmal benimmt er sich so mutig, dass er sich in Schwierigkeiten hineinreitet!*

Nachdem die Morgensonne den Nebel vertrieben hatte, führte die *Christina* ihre Reise flussaufwärts fort. Von ihrem Lieblingsbeobachtungsposten aus sah Libby, wie der Raddampfer in einer kleinen Ortschaft anlegte.

Deckhelfer hatten bereits damit begonnen, Fracht abzuladen. Am nahe gelegenen Ufer ärgerten drei Jungen einen kleinen Hund. Als er aus den Armen des kleinsten Jungen sprang, versuchte der Hund, den Jungen zu entkommen, und lief verzweifelt nach links und nach rechts.

Kurz darauf konnte der größte Junge den Hund neben einem Stapel Frachtgut in die Enge treiben. Der Junge nahm den Hund hoch und hielt ihn so fest, dass er vor Angst aufjaulte. Er drehte und wand sich, um sich freizukämpfen.

Eine solche Grausamkeit machte Libby wütend. Zielstrebig ging sie auf die Treppe zu. Auf dem Hauptdeck bemerkte sie, dass Peter vor ihr war.

Bereits von der Anlegeplanke aus rief er: »Hört auf damit!«

Der größte Junge drehte sich schnell um. Er hatte immer noch den Hund auf dem Arm und machte nun einen großen Schritt auf Peter zu. Der Rowdy war mehr als einen Kopf größer als Peter und blickte wütend auf ihn hinunter. »Für wen hältst du dich eigentlich?«

»Ihr sollt aufhören, diesen Hund zu quälen!«, erwiderte Peter, ohne erkennen zu lassen, dass er kein einziges Wort gehört hatte.

Stattdessen ging der Junge zum Fluss hinüber. Dort

hielt er den Hund ins Wasser und rollte ihn dann im braunen, sandigen Schmutz des Flussufers. Der Hund versuchte immer noch, sich zu wehren, und kläffte voller Angst. Je mehr er sich wehrte, desto fester hielt der Grobian ihn.

»Hör auf!«, rief Peter. Er preschte vor und versuchte, dem brutalen Kerl den Hund zu entreißen. Doch der ältere Junge trat einfach einen Schritt zurück. Gleichzeitig traten die anderen beiden Jungen hinter Peter und umzingelten ihn nun.

Als Libby die Gruppe schließlich erreichte, war sie so wütend, dass sie alle Angst verloren hatte. »Lasst diesen Hund los!«, befahl sie.

»Und nun also ein Mädchen!«, verhöhnte der größte Junge Peter. »Jetzt muss dir also ein Mädchen zu Hilfe kommen!«

Der Junge zeigte auf Libby. Peter verstand, was er sagen wollte, und wurde rot im Gesicht. »Ich schaff das schon«, sagte er zu Libby.

Doch Libby wollte nicht weggehen. Sie warf dem größten Jungen einen wütenden Blick zu. »Lass den Hund los, sonst …«

Der Junge lachte. »Sonst was?«

Als erwartete er, dass der Hund Libby beißen würde, stellte der Grobian den Hund vor ihr ab. Doch der Hund tanzte außer Reichweite, stellte sich auf seine spindeldürren Beine und bellte seinen Peiniger an: *Wau, wau, wau!*

Doch seine Freiheit währte nicht lange. Obwohl der Hund davonsprang, konnte der jüngste der drei Lümmel ihn schnell wieder fangen.

Das Geheul des Hundes brachte Libby noch mehr auf. Sie ballte die Fäuste und hieb dem jüngsten Kerl so heftig auf die Nase, dass dieser Nasenbluten bekam. Erschrocken ließ er den Hund fallen.

Entsetzt trat Libby einen Schritt zurück. Doch Peter sprang nach vorn, nahm den Hund auf und lief zur Anlegeplanke. »Schnell weg!«, rief er.

Libby bekam ganz weiche Knie und hatte das Gefühl, sich nicht bewegen zu können. Dann drehte sich der größte Junge um und kam auf sie zu. Plötzlich rannte Libby davon. Nachdem sie schließlich die Anlegeplanke hinaufgerast war, war Libby völlig außer Atem.

Vom sicheren Hauptdeck aus blickte sie zurück. Die anderen Jungen machten sich bereits über den Jungen mit der blutenden Nase lustig.

Peter fand Caleb und Jordan.

Caleb blickte von Peter zu Libby. »Hey, was ist los?«

Peter grinste. »Libby hat einem Jungen die Nase blutig geschlagen!«

»Echt?«, fragte Caleb Libby. »Das Mädchen der High Society von Chicago hat einem Jungen die Nase blutig geschlagen?«

Libby war die Sache sehr peinlich. »Peter, sei still!« Dann dachte sie daran, »Pssst!« zu gebärden.

Doch Peter fuhr fort: »Sie hat einfach ausgeholt und dreingeschlagen! Pass besser auf, Caleb! Verärgere Libby bloß nie!«

Caleb grinste sie an. »Das kann ich nicht. Sie nicht ärgern, meine ich. Aber von nun an bin ich auf der Hut.«

»Was hast du gesagt?«, fragte Peter.

Mit den Handflächen nach oben bewegte Caleb die Hände hin und her, um dadurch auszudrücken: »Ist nicht so wichtig.« Dann zeigte Caleb auf den Hund. Der Schmutz trocknete allmählich, und das Fell des Hundes sah richtig verklumpt aus.

Peter grinste selbstgefällig. »Ich werde Leuten helfen«, verkündete er.

Libby nahm Peters Schiefertafel aus der Tasche, die er immer bei sich trug. »Leuten helfen?«, schrieb sie. »Hunde sind keine Leute!«

Peter blickte empört. »Dieser Hund wird deinem Papa helfen.«

Das war für Libby ein noch größeres Rätsel. »Wie?«, schrieb sie.

»Dein Papa braucht einen Wachhund.«

»Was ist mit Samson?«, schrieb Libby.

»Samson ist ein glücklicher Hund«, sagte Peter schnell, dem Frieden zuliebe. »Er stößt dich bei Gefahr zur Seite. Er springt ins Wasser, um Leute zu retten. Aber dieser Hund – mein Hund – wird Alarm schlagen. Den ganzen Weg die Anlegeplanke hinauf konnte ich fühlen, wie er bellte.«

Libby grinste. »Laut war er allerdings.« Sie hielt die Hände vor der Brust und bog die Finger leicht, als wären es Pfoten. »Wau, wau! Wau, wau, wau!«

Peter las von ihren Lippen ab. Er verstand das Bellen.

»Also«, schrieb Libby, »soll der Hund Papa helfen?«

Peter nickte. »Ich werde es dem Hund beibringen. Natürlich wird er auch mir helfen müssen.«

»Natürlich.« Libby warf Caleb einen Blick zu, der

sich das Lachen verkniff. »Was für eine Farbe hat dein Hund?«

Als Peter nicht antwortete, nahm Caleb Libby die Schiefertafel aus den Händen. »Du kannst nicht einfach irgendeinen Hund aufgabeln und ihn besitzen. Vielleicht gehört er jemandem«, schrieb er.

»Nein«, meinte Peter. »Dieser Hund ist Waise.« Er hielt seine Arme schützend um die schmutzige Kreatur. »Das weiß ich.«

Stimmt, so was wirst du wissen, dachte Libby plötzlich mitfühlend. Peter war selbst ein Waisenkind und würde einen verlassenen Hund erkennen.

Caleb ließ Peter nicht so leicht davonkommen. »Wir müssen bei den Leuten, die hier leben, nachfragen. Jordan und ich kommen mit dir. Diese Jungen werden dich nicht anrühren, wenn wir dabei sind.«

Mit dem Hund auf dem Arm machte sich Peter auf den Weg die Anlegeplanke hinunter. Sobald er ans Ufer trat, kamen die drei Jungen auf ihn zu. Als Peter sie bemerkte, blieb er mutig stehen.

Der Anführer ging direkt auf ihn zu und hielt Peter eine Faust vors Gesicht: »Aha! Der kleine Junge ist zurück!«

Als hätte er ihn gehört, starrte Peter ihn wütend an, ohne ein Wort zu sagen.

Der Kerl gab seinen Freunden einen Wink. »Na los, wir schnappen uns den Köter!«

Die anderen Jungen kamen ebenfalls näher. Der Anführer beugte sich über Peter und blickte ihn drohend an.

Doch dann stellten sich Caleb und Jordan hinter

Peter und starrten die drei tapferen Helden an. Nun, da es drei gegen drei stand, waren sie nicht mehr so erpicht auf einen Kampf. Einer nach dem anderen machte sich aus dem Staub.

Kurze Zeit später kehrte Peter zum Schiff zurück. Sein Hemd war vorne beschmutzt, da er den Hund getragen hatte, doch seine Augen leuchteten wegen der Neuigkeiten, die er Libby erzählen konnte. »Caleb hat für mich herumgefragt. Mein Hund ist tatsächlich ein verlassener Waisenhund. Die Männer, die am Kai arbeiten, haben gesagt, dass er seit drei Wochen hier herumstreunt. Er lebt von Brotkanten, die die Leute ihm hinwerfen.«

Nachdem Peter den Hund abgesetzt hatte, rannte dieser auf einen Deckpassagier zu. Dann setzte er sich, blickte dabei das Essen des Mannes an, wedelte mit dem Schwanz und bellte.

Peter eilte hinüber und nahm den Hund wieder auf den Arm. »Jetzt ist er noch dünn, aber ich finde schon das richtige Futter für ihn. Calebs Großmutter wird mir dabei helfen.«

»Und wie heißt dein Hund?«, gebärdete Libby.

Peter blickte voller Stolz. »Er heißt Wellington.«

»Warum nennst du ihn so?«, schrieb Libby.

»Es ist der richtige Name für so einen guten Hund. Der Herzog von Wellington besiegte Napoleon in der Schlacht von Waterloo.«

Oft war Libby überrascht, was Peter alles wusste. Nun fuhr er fort: »Dieser Hund versteht es, sich zur Wehr zu setzen. Du wirst schon sehen. Er weiß, was es heißt, ums nackte Überleben zu kämpfen.«

»Allerdings«, schaltete sich Jordan ein. »Das ich sehe.«

Auch Libby hegte darüber keinerlei Zweifel. Das nächste Mal, als Peter den Hund absetzte, hielt Libby Abstand, damit der Hund sie nicht berührte. Sogar aus einiger Entfernung stank er.

Als Wellington davonflitzte, rannte Peter ihm hinterher. Libby war erleichtert. »Er benennt diese schmutzige kleine Promenadenmischung nach dem Herzog von Wellington?«

Caleb blickte sie warnend an. »Das ist eine ernste Sache für Peter. Zieh ihn bloß nicht auf.«

Als Libby Caleb in die Augen schaute, wusste sie, dass sie wohl besser den Mund hielt. Sich an Samson zu gewöhnen, war schon schwierig genug gewesen.

Peter hatte eine große Wanne und einen Eimer aufgetrieben, und Jordan half ihm, Wasser aus dem Fluss zu schöpfen. Sobald die Wanne voll war, hob Peter den Hund ins Wasser. Wellington wehrte sich, doch Peter hielt ihn fest. Er goss Wasser über den Rücken und den Kopf des Hundes und rieb ihn mit Seife ein. Obwohl Wellington fiepte und jaulte, wusch Peter ihn ruhig weiter.

Schon bald war er fertig und hob den Hund aus dem Wasser. Wellington war so dünn, dass Libby der Atem stockte. Nun, da sein nasses Fell an seinem Körper klebte, konnte sie alle seine Rippen sehen. Seine Beine schienen nur Haut und Knochen zu sein.

Wie lange ist der Hund schon ohne eine richtige Mahlzeit ausgekommen?, fragte sich Libby.

Caleb leerte das schmutzige Wasser in den Fluss,

und Jordan füllte die Wanne erneut. Während Jordan Wasser schöpfte, bemerkte Libby, dass er von einem Mann beobachtet wurde. Da sie immer noch daran dachte, dass auch Sklavenfänger hier sein konnten, war Libby sofort beunruhigt. Dann bemerkte sie, dass der Beobachter der Geiger war.

Noch einmal seifte Peter Wellington ein, und noch einmal verfärbte sich das Wasser grau. Dafür hatte Wellington eine andere Farbe angenommen.

»Er ist braun!«, rief Libby aus und zeigte dann auf das Fell des Hundes, damit Peter es verstand.

Der Zehnjährige grinste. »Ich hab dir ja gesagt, dass er ein guter Hund ist.«

»Nur weil er braun ist, ist er noch lange kein guter Hund«, sprudelte Libby heraus und verwendete dann Gebärden.

Peters Gesicht und Hemd waren von Schmutzflecken übersät. Seine nassen Ärmel waren besonders schmutzig.

Mit der dritten Wanne Wasser bekam Wellington erneut eine andere Farbe. Zu Libbys Erstaunen sah sein Fell braun-rot aus.

Inzwischen hatte Wellington begonnen, auf Peters Liebe zu reagieren. Peter hob den Hund aus dem letzten Spülwasser, wickelte ihn in ein Tuch und stellte ihn aufs Deck. Als Peter den Hund trocken rieb, rückte Wellington näher an ihn heran.

Auf einmal lachte Caleb laut los. »Libby, Wellington hat genau dieselbe Haarfarbe wie du!«

»Schattenmann«

Libby blickte Caleb böse an. Sie konnte sich nicht vorstellen, etwas weniger zu wollen, als die Haarfarbe eines Hundes zu haben. Besonders die eines Hundes wie Wellington!

Doch Caleb zeigte bereits auf Wellingtons Haare und dann auf Libbys. Peter und Jordan verstanden und stimmten in sein Lachen ein. Eine heiße Verlegenheitsröte stieg Libby ins Gesicht.

»Wie kannst du nur, Caleb Whitney!« Libby war schon immer stolz gewesen auf ihr rotbraunes Haar. Hier auf dem Deck brachte das Sonnenlicht die tiefen rotgoldenen Farbtöne ihres Haares zur Geltung. Es erinnerte Libby auch an das Opfer, das sie für Peter erbracht hatte: Sie hatte sich nämlich ihre langen Haare abgeschnitten.

Plötzlich hörte Peter auf zu lachen, als fiele ihm dies ebenfalls gerade ein. »Libby, du hast sehr schöne Haare.«

Von seiner Freundlichkeit überrascht zwinkerte Libby mit den Augen. Als sie nicht mehr wütend war, sah sie, dass Wellington einen langen, schmalen Kopf und ein drahtiges Fell hatte. Sogar Libby musste zugeben, dass es ein *rotes* drahtiges Fell war.

»Ich denke, er ist eine Art Terrier«, schrieb Caleb auf die Schiefertafel.

»Er ist eine Promenadenmischung!«, fauchte Libby.

»Meine Familie hatte einen Hund wie ihn«, sagte Peter, der Libbys Meinung zum Glück nicht mitbekommen hatte. »Er hat immer die Ohren aufgestellt, wenn ich nach Hause kam. Dann ist er hochgesprungen, um mich zu begrüßen.«

Obwohl Wellington immer noch nass war, drückte Peter ihn an sich. Wellington schmiegte den Kopf in Peters Armbeuge.

Als sie die beiden so miteinander sah, begann Libby ihre Meinung zu ändern. *Vielleicht ist er gar kein so schlimmer Hund. Abgesehen von seiner Größe ist Wellington gar nicht so anders als Samson. Und irgendwie habe ich ihn lieb gewonnen.* Dann streckte Libby sogar die Hand aus und streichelte den nassen Kopf des Terriers.

Später am Abend, als Libby sich für das bevorstehende Konzert die Haare bürstete, vermisste sie immer noch ihre schöne lange Haartracht, die sie sich abgeschnitten hatte. Aber sie war dankbar, dass Annika etwas nachgebessert hatte. Wenigstens sah der Schnitt nun gerade aus. In der feuchten Abendluft lockten sich die Haare sogar auf eine besonders hübsche Art.

Inzwischen war die Sonne untergegangen. Als Libby ihre Kajüte verließ und die Treppe zum Hauptdeck hinunterging, hingen Nebelfetzen über der Wasseroberfläche. Man konnte zusehen, wie der Nebel sich wie viele Finger nach oben streckte. Schon bald verbanden sich die einzelnen Fetzen und veränderten ihre Form. Sich drehend und windend, stiegen sie in die Höhe.

Libby blickte sich unbehaglich um. Würden sie erneut so dichten Nebel bekommen wie letzte Nacht? Wie eine Rauchsäule stand der Nebel in der Dunkelheit.

Kurz darauf betrat Libby die Hauptkajüte, den langen schönen Saal, der sich vom einen Ende des Schiffes zum anderen erstreckte. Die Tische, die während der Mahlzeiten benutzt wurden, waren an die Wände geschoben und die Stühle reihenweise für ein Konzert aufgestellt worden. Über den Köpfen leuchteten Öllampen mit sanftem Schein und ließen Libbys Gedanken an Nebel und Gefahr verblassen.

Caleb und Jordan standen in weiße Jacken gekleidet an der Wand. Obwohl sie Schiffsjungen für Papa waren, nahmen beide noch viele weitere Aufgaben wahr. Während sich Libby mit ihnen unterhielt, kam der Geiger herein.

»Ich glaube, er hat ein Geheimnis«, flüsterte Libby, als der Mann zum anderen Ende des Saals ging. »Vielleicht ist er ein verloren geglaubter Sohn, der sich vor seiner Familie versteckt.«

»Oder vielleicht hat er seine Familie verärgert«, zog Caleb Libby grinsend auf.

Jordan lachte. »Ihr habt beide zu viel Fantasie. Ich glaube, er ist ein Sohn, der seine Familie sucht.«

Der Geiger hielt seine Geige unter dem Arm und trug immer noch das zerschlissene weiße Hemd. Das beschäftigte Libby. Trotz ihres unbehaglichen Gefühls ihm gegenüber hatte es ihr gefallen, wie er den Deckpassagieren nach dem Zusammenstoß geholfen hatte. Libby wollte nicht, dass Passagiere der Ersten Klasse sich über ihn lustig machten.

Dann setzte sich der Geiger. Ein Raunen ging durch die Menge. Es war nicht schwer zu erraten, was die Leute über ihn dachten.

In diesem Augenblick erblickte Libby Annika. Heute Abend trug die Lehrerin ein dunkelrosa Kleid, das ihre Wangen leicht rötete. *Sie ist schön!*, dachte Libby. Und was das Beste war: Annika war *innerlich* schön.

Libby eilte zu Annika und setzte sich neben sie. »Lass uns einen Sitz für Papa frei halten.« Als Annika einen Sitz weiterrutschte, blieb zu ihrer Rechten immer noch ein Stuhl frei, aber auch einer zu Libbys Linken, direkt neben dem Gang.

Zu Libbys Bestürzung stieß Tante Vi zu ihnen und nahm auf dem Stuhl neben Annika Platz. Erst vor wenigen Tagen traf Tante Vi ein, um sie auf der *Christina* zu besuchen. Obwohl sie Schwestern waren, unterschieden sich Tante Vi und Libbys Mutter sehr voneinander. Ihre Mutter hatte Libby immer bedingungslos geliebt, doch Vi nörgelte ständig an ihr herum.

Sie verlangt immer noch, dass ich eine perfekte Dame bin, dachte Libby und war überrascht, dass dieser Gedanke sie nicht mehr schmerzte. Erst vor wenigen Tagen hatte Libby sich entschlossen, dass sie frühere Verletzungen hinter sich lassen wollte. Als sie ihrer Tante vergab, fertigte Libby eine Liste der Dinge an, die Vi bisher zu Libbys Bestem getan hatte.

Nun lehnte Libby sich vor, um Vi an Annika vorbei anzusprechen: »Tante Vi, du hast mir beigebracht, Musik zu mögen.«

Vi schnaubte. »Ich habe dir beigebracht, *gute* Musik zu mögen. Sieh nur, wie dieser Mann gekleidet ist! Seine Hose ist an den Knien zu weit, und sein Hemd ist richtiggehend zerlumpt. Was für eine Schande!«

Libbys Wangen röteten sich vor Verlegenheit, und

sie musste sich fest daran erinnern, dass sie sich entschieden hatte, nett zu ihrer Tante zu sein – egal, was geschah. *Wenn ich nicht antworte, hört sie vielleicht auf damit.*

Doch als Papa den Geiger vorstellte, sprach Vi erneut mit einer Stimme, die laut genug war, dass alle in der Nähe Sitzenden es hören konnten: »Was denkt sich dein Vater dabei, einen solchen Mann zu vornehmen Leuten zu bringen? Der bestiehlt uns noch, bevor der Abend vorbei ist!«

Libby rutschte auf ihrem Sitz tief hinunter und versuchte, sich hinter Annika zu verstecken.

Dann sprach Papa mit seiner kräftigen, klaren Stimme: »Heute haben wir das Vorrecht, Ihnen erstklassige Musik anzubieten. Ich habe das Vergnügen, Ihnen Herrn Franz Kadosa vorzustellen. Bitte heißen Sie ihn mit Ihrem Applaus willkommen.«

Um Libby herum klatschten nur wenige Leute, und dies auch nicht besonders begeistert. Libby und Annika versuchten, umso lauter zu klatschen. Als Herr Kadosa eine Sonate von Beethoven ankündigte, zeigte Annika sich über seine Wahl erfreut.

Kaum hatte Papa sich neben Libby gesetzt, begann Herr Kadosa zu spielen. Zu Libbys Überraschung schien er eine andere Person als der Geiger auf dem Hauptdeck zu sein. Statt der starken Rhythmen der schnellen, lebhaften Volksmelodien spielte er formelle klassische Musik. Statt staccato zu spielen, zog er mit seinem Bogen lange, süße Klänge. Als er seine erste Nummer beendet hatte, begann der Applaus mit Libby, Papa und Annika und schwoll dann um sie herum an.

Tante Vi klatschte einige Male halbherzig. In dem Augenblick der Stille vor der nächsten Nummer sagte sie laut zu Papa: »Es ist beschämend, wie dein Violinist aussieht.«

Papa blickte Vi stirnrunzelnd an. »Herr Kadosa wollte so spielen, wie er ist. Ich wollte ihn dieser Würde nicht berauben.« Obwohl Papa leise sprach, merkte sogar Vi, dass er mit seiner Antwort das Thema als abgeschlossen betrachtete.

Als Herr Kadosa sein zweites Stück ankündigte, war Libby der Komponist unbekannt. Doch Annika flüsterte: »Nummer 24! Nur sehr wenige Violinisten können das spielen!«

Bald bestand kein Zweifel mehr darüber, ob Herr Kadosa das schwierige Stück meistern konnte. Die singenden Töne seiner Geige erfüllten den großen Raum. Als er schließlich die »Ungarische Rhapsodie« gespielt hatte, schienen die Zuhörer nicht mehr auf sein Aussehen zu achten. Sogar Tante Vi stimmte in den warmen Beifall ein.

Libby war erleichtert. *Wenn Papa den Passagieren etwas bieten möchte, um die Gedanken an den Nebel zu vertreiben, ist ihm das gelungen.*

Ab und zu bemerkte Libby, wie ihr Vater Annika beobachtete. Jedes Mal, wenn sie klatschte, sah Papa so aus, als hätte er das Konzert nur für sie arrangiert.

Mitten während des Konzerts bemerkte Libby eine Veränderung. Immer wenn Herr Kadosa ein neues Stück ankündigte, blickte er sich im Raum um. Zuerst hatte es so ausgesehen, als würde er mit seinen Zuhörern Augenkontakt herstellen. Doch dann vermutete

Libby, dass dieses Verhalten einen anderen Grund haben könnte.

Seltsam, dachte sie, als sie im Verhalten des Geigers ein Muster feststellte. *Er ist sehr vorsichtig. Doch er achtet besonders auf die Schatten – auf die Orte, wo sich ein Mann verstecken könnte.*

Dieser Gedanke versetzte Libby in Angst. *Das bilde ich mir nur ein*, sagte sie sich selbst. Doch als sie Herrn Kadosa für einen kurzen Augenblick einmal nicht beobachtete, warf sie einen Blick auf ihren Vater.

Jedes Mal, wenn Papa sich zu Libby drehte, konnte er die Zuhörer überblicken. Libby konnte sich nicht vorstellen, dass sonst noch jemand bemerkte, was er tat, doch sie selbst kannte ihren Vater gut.

Als der Geiger zu einer dunklen Ecke des Raumes blickte, blickte auch Libbys Vater unauffällig dorthin. Mitten in seinem nächsten Stück drehte sich Herr Kadosa langsam im Kreis, wie wenn er es gewohnt wäre, mit Zuhörern hinter seinem Rücken zu spielen.

In jener Richtung gibt es eine weitere Tür, dachte Libby. *Herr Kadosa muss das wissen.*

Kurz darauf erschien ein Mann aus einer anderen Richtung. In der Mitte der Kajüte, zwischen den Luxuskajüten auf der Seite, führte eine Tür direkt aufs Deck. Der Mann stand nur halb im Raum.

Die Schatten an der Wand hinderten Libby daran, das Gesicht des Mannes zu erkennen, doch Papa blickte weiter in jene Richtung. In der Pause flüsterte Libby ihm zu: »Was ist los?«

Papas Stimme war so leise, dass Libby sich ganz nah zu ihm hinlehnen musste. »Ich habe Herrn Kadosa falsch verstanden«, meinte er. »Ich dachte, er machte sich Sorgen wegen seiner Kleidung. Oder dass er bezahlt werden wollte.«

Nun war sich Libby sicher, dass ihr seltsames Unbehagen gerechtfertigt war. »Der Geiger hat ein Geheimnis«, flüsterte sie.

Papa nickte. »Er ist mein Gast. Ich muss ihn beschützen.«

Erneut warf Papa einen Blick zu der Tür, die auf das Deck führte. Als Libby seinem Blick folgte, sah sie, dass nun niemand mehr dort stand. Und auch Papa schien genauso nervös zu sein, wie sie sich jetzt fühlte.

»Ich versuchte, Herrn Kadosa eine Luxuskajüte zu geben, doch er wollte sie nicht«, erklärte Papa. »Sag Caleb und Jordan, dass sie dafür sorgen sollen, dass ihm niemand in die Quere kommt. Sie sollen sich darum kümmern, dass er wohlbehütet zum Hauptdeck gelangt, und dann ein Auge auf ihn halten.«

Als die Leute in der Pause aufstanden, gab Libby die Botschaft ihres Vaters an Caleb und Jordan weiter. Sie beschloss, nicht zu ihrem Stuhl zurückzukehren. *Wenn ich nicht dort bin, kann Papa direkt neben Annika sitzen.*

Schon bald spielte Herr Kadosa weiter. Libby stand ganz hinten im Saal. Zuerst genoss sie die Musik. Dann sah sie, dass ihr Versuch, Papa und Annika zusammenzubringen, fehlgeschlagen war. Tante Vi saß zwischen ihnen!

Libby stöhnte auf. *Was ist bloß los mit ihr?*

Das kann nur eines bedeuten!, dachte Libby. Ihre Tante hatte damit gedroht, Libby zurück nach Chicago mitzunehmen. *Falls Papa Annika heiraten würde, könnte Tante Vi nicht sagen, dass ich bei ihr leben müsste.* Die Vorstellung, wieder bei ihrer Tante zu leben, gefiel Libby überhaupt nicht.

Von ihrem Stehplatz aus konnte Libby den Geiger noch besser sehen. Alle außer Papa schienen in der Musik verloren. Herr Kadosa suchte den Raum nun in einem klaren Muster ab.

Wie wenn er einem Uhrzeiger folgen würde, drehte er sich von links langsam nach rechts. Dabei achtete er sehr darauf, seine Bewegungen natürlich erscheinen zu lassen. Als würde er zu seiner Musik tanzen, wandte er sich dem freien Raum hinter sich zu. Nur seine Augen verrieten ihn, und nur weil Libby gesehen hatte, wie entspannt im Vergleich zu jetzt er vorhin bei den Deckpassagieren gewesen war.

Gegen Ende des Konzerts drehte sich Herr Kadosa nicht mehr im Kreis. Jedes Mal, wenn er aufschaute, blickte er in dieselbe Richtung. Libby warf ebenfalls einen Blick in jene Richtung, um zu sehen, was dort los war, und bemerkte, dass auch ihr Vater in jene Richtung blickte.

Wieder stand der Mann in der Nähe der Tür zum Deck. Er trug einen langen schwarzen Mantel und einen schwarzen Hut, was ihn nahezu mit dem Schatten neben einem Stapel Stühle verschmelzen ließ. Libby konnte das Gesicht des Mannes immer noch nicht sehen, nur den hinteren Teil seines Hutes.

Libby ging so unauffällig wie möglich zu Caleb und Jordan zurück. »Etwas beunruhigt Herrn Kadosa«, flüsterte sie Caleb zu.

Als er nickte, flüsterte sie weiter: »Siehst du den Mann dort an der Wand?«

Erneut nickte Caleb. »Wir kümmern uns drum.«

So langsam, als bewegten sie sich nicht, trennten sich Caleb und Jordan voneinander. Sie brachen in unterschiedliche Richtungen auf. Caleb ging auf der linken Seite des Saals, und Jordan bewegte sich auf der rechten Seite nach vorn. Als Herr Kadosa schließlich sein letztes Stück ankündigte, stand Caleb weiter vorn auf der linken Seite des Raumes. Jordan stand in der Nähe des Stuhlstapels und des dunkel gekleideten Mannes.

Libby blieb weiter hinten, doch in Sicht- und Hörweite, und folgte Jordan in Richtung des geheimnisvollen Mannes im Schatten neben den Stühlen.

In der Stille nach dem Verklingen von Herrn Kadosas letztem Musikstück brachen die Zuhörer in wilden Beifall aus. Wie um dem Geiger einen Wink zu geben, ging Caleb einige Schritte nach vorn. Der Mann im schwarzen Mantel trat aus dem Schatten. Auf einmal krachten die aufgestapelten Stühle vor ihm zu Boden.

Libby hielt die Luft an. Die Zuhörer drehten neugierig die Köpfe. Der Mann aus dem Schatten schnauzte Jordan an: »Wie kannst du nur so ungeschickt sein?«

»Ich sie wieder aufstelle, Sir«, antwortete Jordan schnell. »Der Weg ist gleich frei wieder für Sie.«

»Geh *du* mir aus dem Weg«, sagte der Mann unhöflich. Er ging um die am Boden verstreuten Stühle herum. Doch er kam nicht weit, da der Gang bereits von Passagieren gefüllt war.

Sicher und frei?

Kurz nachdem Libby zu Papa, Annika und Tante Vi zurückgekehrt war, kam ein großer junger Mann auf sie zu. Er hatte braune Haare und blaue Augen und trug den vornehmsten Anzug, den man für Geld kaufen konnte. Er streckte Papa die Hand entgegen und stellte sich als Oliver White III vor.

»Kapitän Nathaniel Norstad«, erwiderte Papa. »Was kann ich für Sie tun?«

»Würden Sie oder die *First Lady* mich mit Ihrer bezaubernden Freundin bekannt machen?«

»Die *First Lady*?«, fragte Papa. Oft wurde die Frau des Kapitäns so bezeichnet, doch Papa war verwitwet.

»Ihre Frau.«

Papa blickte immer noch verwirrt. Der junge Mann blickte in Richtung Tante Vi.

»Oh«, meinte Papa. »Das ist meine Schwägerin, nicht meine Frau.«

»Entschuldigen Sie.« Herr White neigte den Kopf zu Annika. »Das ist die junge Dame, deren Bekanntschaft ich gerne machen würde.«

»Natürlich.« Papas Mundwinkel zuckten, und aus seinen Augen konnte man ablesen, dass er die Situation lustig fand. »Ich habe die Ehre, Ihnen Frau Annika Berg vorzustellen.«

Annika hielt ihre Hand mit der Handfläche nach unten hin. Herr White nahm sie und hob sie kurz an seine Lippen. »Darf ich Sie auf das Deck ausführen?«

Annika blickte Papa kurz in die Augen. »Ich bin

mir sicher, dass das dem Kapitän und seiner *First Lady* nichts ausmachen wird«, sagte sie aalglatt. Doch ihre Augen blickten verschmitzt, wie Libby es oft beobachtet hatte.

Nachdem Annika mit Oliver White verschwunden war, schaffte es Libby, Tante Vi zu entwischen. Als sie auf dem Weg zu ihrer Kajüte über das Kesseldeck ging, sah Libby, wie Annika mit Herrn White spazierte und plauderte. Der dicke Nebel umfing sie, doch war Annikas Laune dadurch nicht verdorben. Ihr Lachen versetzte Libby einen Stich ins Herz.

Wieder war das Schiff vertäut, und die Schiffsglocke erklang. Diesmal hatte es der Steuermann, Herr Fletcher, geschafft, die *Christina* in ruhigere Gewässer zu lenken. Libby war froh, dass sich das Schiff außerhalb der Fahrrinne hinter einer Insel befand. »Wo sind wir?«, fragte sie einen vorbeigehenden Deckhelfer.

»Minnesota-Territorium«, antwortete er. »Etwa hundertdreißig Kilometer von Saint Paul. In der Nähe von Wabasha und Reads Landing.«

Bevor Libby in ihre Kajüte ging, schaute sie in Papas Kajüte vorbei. Sein Bett ließ sich auf einer Seite in der Wand verstauen. Daneben standen ein Krug Wasser und ein Waschbecken. Der Rest der Kajüte diente als Wohnzimmer und als Raum für Gäste, wenn Papa Geschäftliches erledigen musste. Wenn nötig, wurde die Kajüte auch zum Schulzimmer.

Libby traf ihren Vater in seinem großen Schaukelstuhl an. Als sie sich auf den niedrigen Schemel neben Papa setzte, meinte er: »Eines Tages wirst du so erwachsen sein, dass du mich verlassen wirst.«

Libby lächelte. »Nein, Papa. Noch lange nicht.«

Doch Papa meinte es ernst. »Es wird viel schneller geschehen, als mir lieb ist. Sieh nur, wie du dich verändert hast, seit du bei mir wohnst. Du hast letzte Nacht etwas Besonderes getan: Im Augenblick der Gefahr hast du schnell gehandelt und dich und Annika in Sicherheit gebracht. Ich möchte, dass du dich daran erinnerst, wie wichtig das war.«

Papa erhob sich und ging zu seinem Pult hinüber. Dort öffnete er eine Geheimschublade und entnahm ihr etwas. Dann ging er zu Libby, nahm ihre Hand und legte eine Kette in ihre offene Hand.

Als Libby die Kette entgegennahm, bemerkte sie, dass ein Kreuz daran befestigt war. Es war klein und einfach, doch im Licht der Lampe leuchtete sein Gold.

»Sie gehörte deiner Mutter«, sagte Papa. »Ich gab sie ihr, als wir eine wichtige Entscheidung getroffen hatten.«

Papa brach ab. Er musste kurz warten, bis er weitersprechen konnte. Als er das Wort erneut ergriff, war seine Stimme rau vor Gefühlen. »Deine Mutter wusste, dass – falls wir je ein Schiffsunglück hätten – ich nicht gehen würde, bevor alle Passagiere das Schiff verlassen hatten. Das beunruhigte sie.«

Libby konnte verstehen, wie ihre Mutter sich gefühlt hatte. Seit sie an Bord der *Christina* war, fürchtete Libby all die Dinge, die einem Dampfschiff zustoßen konnten. Das zu Ehren ihrer Mutter benannte Schiff war bereits ungewöhnlich lange unterwegs. Es machte Libby Angst, dass die durchschnittliche Lebensdauer eines Dampfschiffs nur fünf Jahre betrug.

»Deine Mutter und ich wollten uns nie trennen«, sagte Papa. »Wir wussten, dass nur der Tod uns scheiden würde. Schließlich war es ihr Tod, nicht meiner, der uns trennte. Aber als deine Mutter eine junge Braut war und Angst davor hatte, die Frau eines Kapitäns zu werden, wählten wir ein Symbol aus, das uns beiden helfen würde. Wir wählten als Zeichen das Kreuz.«

Libby war froh, dass sie das verstand. »Das Zeichen, dass Jesus für uns gestorben ist. Er musste es nicht tun, doch er tat es, damit wir leben können.«

Papa lächelte sanft. »Deine Mutter hatte sich dafür entschieden, ihr Leben mutig zu leben. Gestern Nacht hast du dasselbe getan.«

»Wirklich?«

»Ich bin dir dankbar dafür, wie schnell du reagiert hast«, sagte Papa. »Dass du rechtzeitig von der Reling weggekommen bist und Annika mitgezogen hast.«

»Es geschah alles so schnell, ich hab gar nicht darüber nachgedacht.«

»Das ist sogar noch besser, nicht wahr? Dass du ohne lange zu überlegen das Richtige getan hast.«

Die Gefühle schnürten ihr die Kehle zu, als Libby das Kreuz betrachtete, das Papa ihr gegeben hatte. Nachdem sie auf die *Christina* gezogen war, hatte das Kreuz auch für sie eine ganz persönliche Bedeutung bekommen. Nun würde sie es zusätzlich als Symbol für das Leben, das ihre Mutter und ihr Vater zusammen gehabt hatten, ansehen. *Ihr geistliches Leben*, dachte Libby. *Abgesehen davon, dass sie sich liebten, teilten sie auch denselben Glauben.*

»Komm«, bot Papa ihr an. »Ich helfe dir, die Kette anzulegen.«

Als ihr die Kette um den Hals hing, hielt Libby das Kreuz hoch, um es sich noch einmal anzusehen. »Ich werde es in Ehren halten, und auch seine Bedeutung«, versprach sie ihrem Vater. »Die doppelte Bedeutung.«

»Das wusste ich«, meinte Papa. »Deshalb habe ich dir die Kette gegeben.«

Libby war acht Jahre alt, als ihre Mutter starb. Sie sehnte sich immer noch nach den Gesprächen, die sie miteinander gehabt hatten. *Mama wusste immer, wie es war, ein Mädchen zu sein. Vielleicht wird ein Teil von mir Mama mein ganzes Leben lang vermissen.*

Nun war Libby seltsam zumute, sie war sogar überrascht. Aus irgendeinem Grund erinnerte die Bedeutung des Kreuzes sie an Annika. Einmal hatte sich Libby gefragt, warum die Lehrerin noch nicht geheiratet hatte. Annika hatte es klargestellt: *»Ich will nur heiraten, wenn ich einen Mann Gottes finde – einen Mann, der mich so liebt und wertschätzt, wie ich ihn wertschätze.«*

Als hörte er Libbys Gedanken, ergriff Papa erneut das Wort. »Ich habe all diese Jahre benötigt, um über den Verlust deiner Mutter zu trauern. Sie würde wollen, dass ich im Leben vorwärtsblicke. Wir haben darüber gesprochen.«

Bei seinen Worten schreckte Libby hoch. Da sie wusste, dass Papa und Annika ihretwegen einen schlechten Start miteinander gehabt hatten, fürchtete sie sich davor, etwas zu sagen. Schon mehrmals hatte sie sich in etwas hineingeritten, weil sie unüberlegt gehandelt hatte. Und das war in der Regel mit Schwierigkeiten verbunden gewesen.

»Annika ist eine besondere junge Frau«, fuhr Papa fort. »Sie hat vor, das Schiff in Saint Paul zu verlassen. Ich würde sie gerne irgendwie umstimmen.«

»Sie könnte dir dabei helfen, uns zu unterrichten«, antwortete Libby.

Papa lächelte. »Genau darauf bin ich auch gekommen. Wir werden wieder Schule haben, obwohl es August ist. Sag den Jungen, sie sollen nach dem Frühstück in meine Kajüte kommen. Ich frage Annika, ob sie mir helfen möchte.«

Libby sprang mit einem Gedanken im Kopf auf: *Ich kann es kaum erwarten mitzubekommen, was mit Papa und Annika geschieht.*

An der Tür drehte sich Libby noch einmal um. »Danke, Papa!« Sie nahm die Kette in die Hand und hob das kleine Kreuz hoch. Papa nickte. Sein Blick war voller Liebe.

In der folgenden Nacht konnte Libby kaum einschlafen. Sie starrte in die Dunkelheit und musste ständig an Oliver White denken. *Spricht er immer noch mit Annika? Was ist, wenn Annika ihn und nicht Papa liebt?*

* * *

Am nächsten Morgen zog Libby sich an und ging auf das Sturmdeck hinaus. Der Nebel war nun ein milchiges Weiß, und sie konnte immer noch nicht viel weiter sehen als einige Meter über den Bug des Schiffes hinaus. Libby suchte ihren Vater in seiner Kajüte auf und erkundigte sich nach dem Mann im Schatten neben dem Stuhlstapel.

»Nachdem du gestern Abend weggegangen warst, sprach ich mit Herrn Kadosa«, antwortete Papa. »Ich habe ihm Hilfe angeboten, aber er schien Angst davor zu haben, mit mir zu sprechen.«

»Er hat den ›Schattenmann‹ beobachtet, als vertraute er ihm nicht.«

»Ich weiß.« Papa blickte besorgt. »Herr Kadosa wollte das weder Caleb noch mir erklären. Wenn er meine Hilfe nicht will, kann ich ihn nicht dazu zwingen, sie anzunehmen.«

Nun stellte Papa die Tintenfässchen, Schiefertafeln und Bücher, die sie für den Unterricht brauchten, auf den großen Tisch. Im Sommer hatte er die größte Wandtafel gekauft, die Libby je gesehen hatte. Während sie sich umsah, erinnerte sie sich daran, wie sie sich gefühlt hatte, als sie auf die *Christina* gezogen war. Zuerst hatte sie gedacht, sie müsste nicht zur Schule gehen. Dann erfuhr sie, dass Papa Caleb unterrichtete und dass sie ebenfalls mit ihm zur Schule gehen würde. Caleb hatte sie überrascht, da er ihr gesagt hatte: »Bei deinem Vater macht Schule Spaß.«

Spaß! Ab jenem Zeitpunkt hatte Libby Caleb für komisch gehalten. Wie konnte Schule bloß Spaß machen? Doch allmählich hatte Papa sie umgestimmt. Trotzdem gab es etwas, was Libby immer noch nicht mochte. Papa erwartete, dass sie sich über ihre Vorstellungen und Überzeugungen austauschten, und Libby fragte sich, was Caleb wohl von ihr denken würde. Nun gehörten auch Jordan und Peter zu ihrer Klasse.

»Ich glaube, du bist diesen Sommer mindestens fünf Zentimeter gewachsen«, begrüßte Papa Jordan, als er zusammen mit Caleb eintrat. Obwohl er bereits groß gewesen war, als er zum ersten Mal auf die *Christina* gekommen war, schien Jordan jeden Tag größer zu werden.

»Sieben Zentimeter, Sir«, antwortete er höflich. »Caleb hat mich gerade heute Morgen gemessen.«

»Wir markieren unsere Größe immer mit einem Bleistiftstrich am Türpfosten in Omas Küche«, erklärte Caleb. »Jordan ist zwar größer als ich, aber nur gut zwei Zentimeter.«

Wunderbar!, dachte Libby. Vor fünf Monaten war sie nur wenige Zentimeter kleiner gewesen als Caleb. Libby war größer als die meisten Mädchen und froh, dass Caleb sie nun abhängte.

Peter kam herein, und er und Jordan setzten sich auf einen Platz, von dem aus sie die Wandtafel gut sehen konnten. Libby und Caleb setzten sich auf der anderen Seite des Tisches hin.

»Ich habe Miss Berg gebeten, heute Morgen ebenfalls zu uns zu kommen«, erklärte Papa. »Hier ist sie nun.«

Als Annika die Kajüte betrat, blickte sie Libby an, und die beiden lächelten einander an. Libby sah Papas ordentliche Kajüte nun mit Annikas Augen.

Der große Tisch, der für den Unterricht verwendet wurde, nahm einen Großteil der Kajüte ein. In seiner Nähe stand das Pult, an dem Papa oft Büroarbeit erledigte. Neben seinem großen Schaukelstuhl befanden sich ein Büchergestell und ein kleiner Tisch, auf dem Papas offene Bibel lag.

Große Fenster waren vorne und an den Seiten der Kajüte angebracht. Von ihrem Platz aus beobachtete Libby normalerweise, wie der Fluss vorbeifloss. Doch heute versperrte der milchige Nebel jegliche Sicht auf das Wasser.

»Möchten Sie sich hierhin setzen?«, lud Papa Annika ein, als er einen Stuhl neben die Wandtafel stellte.

Papas warmes Lächeln galt allen. »Ich habe unsere Schule diesen Sommer vermisst. Und Sie, Miss Berg, möchte ich besonders willkommen heißen.«

Normalerweise begann Papa seinen Unterricht mit einem Bibelzitat. Heute Morgen schlug er das achte Kapitel des Römerbriefs auf und gab Peter die Bibel, damit er mitlesen konnte.

Papa gab den Vers 28 auswendig wieder: »›Wir wissen aber, dass denen, die Gott lieben, alle Dinge zum Besten dienen, denen, die nach dem Vorsatz berufen sind.‹«

Dann neigte Papa den Kopf zum Gebet. »Danke, Herr, dass du uns in deiner Liebe berufen hast. Wir sind dir dankbar, dass du auch die schwierigen Dinge in unserem Leben zum Besten wendest. Wir bitten dich, dass du unseren Glauben an dich sowie unseren Mut stärkst. *Amen!*«

Als nach dem Gebet alle hochschauten, schrieb Annika schnell auf die Wandtafel, um Peter zu erklären, was Papa gebetet hatte. Obwohl Peter allen die Gebärdensprache beibrachte, hatten sie immer noch viel zu lernen. Die Wandtafel und die Schiefertafel, die Peter in einer Tasche über der Schulter trug, waren ihnen eine Hilfe, wenn sie Peter etwas erklären wollten.

»Bevor wir in Saint Paul anlegen, will ich euch erzählen, was ihr dort sehen werdet«, begann Papa. »Im Jahr 1851 unterzeichneten die Dakota-Indianer Abkommen, die den Verkauf von Millionen Hektar Land ermöglichten. Allein im Jahr 1855 kamen über 30 000 Menschen im Minnesota-Territorium an. Ihr habt die Einwanderer gesehen, die unsere Decks bevölkern und sehr daran interessiert sind, sich im Minnesota-Territorium niederzulassen.«

Erneut schrieb Annika schnell für Peter. Dann fuhr Papa fort: »Wenn Land erhältlich ist, gibt es Leute, die es verkaufen. Viele von ihnen verkaufen Land zu einem fairen Preis. Doch Saint Paul hat auch viele Spekulanten – Leute, die beim Kauf oder Verkauf ein Risiko eingehen in der Hoffnung, daraus Profit zu schlagen.

Viele Leute, die ins Minnesota-Territorium gekommen sind, haben Land zu einem niedrigen Preis erworben und zu einem hohen Preis verkauft. Sie sind auf ehrliche Weise reich geworden. Doch Spekulanten beschreiben ein Stück Land manchmal falsch. Oder sie verkaufen wertloses Land an Leute, die es nie gesehen haben.«

Annika schrieb *wertloses Land* und zeichnete ein stirnrunzelndes Gesicht.

»Nun«, fragte Papa, »wenn es in einem Gebiet extrem viele neue Siedler gibt, was denkt ihr, was dann geschehen wird?«

»Das Minnesota-Territorium wird zu einem eigenen Staat«, antwortete Caleb.

Papa nickte. »Weil Saint Paul die Hauptstadt des Minnesota-Territoriums ist, trefft ihr vielleicht Leute an, die sich darum bemühen, dass das Minnesota-Territorium ein Staat wird. Vielleicht stößt ihr auf einige der problematischen Dinge, die in einem sich verändernden Gebiet geschehen. Aber ihr trefft bestimmt auch auf gute Leute, die ein neues Leben an der Grenze beginnen wollen. Oder Leute, die anderen Leuten dabei helfen wollen, etwas Gutes aus ihrem Leben zu machen.«

»Leute wie Harriet Bishop.« Annikas Augen glänzten aufgeregt.

»Ich bin Miss Bishop noch nie persönlich begegnet«, erwiderte Papa. »Aber ich habe gehört, dass sie sich sehr um andere Leute kümmert. Als die Stadt noch ganz jung war, hat sie viele Beschwernisse in Kauf genommen, um Kinder zu unterrichten.«

Papa schaute sich in der Kajüte um. »Während unseres Aufenthalts in Saint Paul denkt an die Spekulanten, an die Einwanderer, an die Leute, die einen neuen Staat gründen wollen. Haben sie einen Traum von Leben, Freiheit und dem Bestreben nach Glückseligkeit? Was denkt ihr, was sie wollen? Dann denkt über eure eigenen Überzeugungen nach.«

In großen Buchstaben schrieb Papa seine Fragen an die Tafel:

Was ist dir am wichtigsten?

Was willst du unbedingt?

»Schreibt eure Antwort in einem einzigen Satz auf«, forderte Papa sie auf. »Schreibt es auf eure Schiefertafel und dann auf ein Stück Papier, das ihr behalten könnt.«

Erst war es still im Raum, da alle darüber nachdachten, wie ihre Antworten lauten sollten. Libby suchte in Gedanken nach etwas, was sie sagen konnte. Für Caleb war es einfach. Er wollte bei der Presse arbeiten – als Reporter oder als Herausgeber. Das hatte er schon mehrmals erwähnt. Doch für sie selbst sah die Sache ganz anders aus.

Papa weiß, dass ich mir eine »Gib-nie-auf-Familie« wünsche. Und ich kann ja nicht sagen, dass ich will, dass Papa und Annika heiraten. Libbys Wangen glühten vor Scham, als ihr in den Sinn kam, was sie nach einer Drohung von Tante Vi zu Annika gesagt hatte. *»Tante Vi sagt, ich brauche den Einfluss einer Frau – und dass ich deshalb wieder bei ihr leben muss. Aber ich könnte auf der ›Christina‹ bleiben, wenn du Papa heiraten würdest.«* Da Annika Papa zu diesem Zeitpunkt noch nicht einmal kennengelernt hatte, war sie über Libbys Hilfe nicht besonders erfreut gewesen.

Dann dachte Libby an ihre Angst, die sie im Nebel hatte. Nun wusste sie, was sie schreiben konnte.

Bald wurde die Stille von Kreidestiften unterbrochen. Jordan sprach leise mit Annika. Als Sklave war es Jordan untersagt gewesen, Lesen und Schreiben zu lernen. In den Monaten nach seiner Flucht in die Freiheit hatte er große Fortschritte gemacht. Doch beim Schreiben benötigte er immer noch Hilfe, und so schrieb Annika, was er sagen wollte.

Nach einer Weile ging Papa zur Tafel, zeigte auf seine Fragen und dann auf Peter, um ihm zu signalisieren: »Beginnen wir mit dir.«

»Ich will ein Entdecker sein. Und ich will Leuten

helfen«, antwortete Peter. »Ihr habt mir alle geholfen. Nun will ich *euch* helfen.«

Libby kamen die Tränen. Peter war als Waisenkind nicht nur ohne Familie gewesen. Hinzu kam, dass der Mann, bei dem Peter nach dem Tod seiner Familie gelebt hatte, unehrlich und grausam gewesen war.

Libby lehnte sich vor und gebärdete Wörter, die Peter ihr beigebracht hatte: »Kleiner Bruder.« Dann veränderte sie ein Wort, um zu zeigen, wie sehr ihr seine Antwort gefiel. »*Großer* Bruder.«

»Jordan«, meinte Papa. »Und du?«

»Ich wissen muss, was ich will erzählen meiner Familie über Saint Paul.«

»Was meinst du damit?« Papa hatte noch nicht die Gelegenheit gehabt, mit Jordan zu sprechen, seitdem sie Galena verlassen hatten.

»Mein Bruder Zack nervt immer wieder meine Mamma und mein' Daddy«, erklärte Jordan. »Zack frag': ›Sind wir in Sicherheit jetzt wirklich?‹ Also Mamma und Daddy miteinander gesprochen haben. Bevor ich bin aufgebrochen nach Saint Paul, sie mir haben gesagt: ›Jordan, du gehst erkunden das Land. Schau dich gut um und berichte uns, ob das ist 'n Ort, wo wir können leben in Freiheit.‹«

Papa nickte. »Saint Paul könnte genau das sein, was deine Familie braucht.«

Oder auch nicht, dachte Libby. *Was, wenn jemand aus dem Süden Jordan oder seine Familie wiedererkennt?*

»Also«, meinte Papa, »geht es nicht nur darum, einen Wohnort zu finden.«

»Ja, Sir. Unser Leben lang wollten wir gehen nach

Kanada. Die ganzen Jahre, in denen wir waren Sklaven, war das das verheißene Land – der Ort, wo wir frei sein konnten endlich. Doch vor zwei Nächten Daddy sagte: ›Wenn wir gehen nach Kanada, wir dieses Land verlassen. Vielleicht wir aber müssen anderen Sklaven helfen, die wollen beginnen ein neues Leben. Wenn wir bleiben hier, wir können beitragen dazu, dieses Land zu machen zu einem Land, wo wir ehemaligen Sklaven können leben in Freiheit.‹ Darum ich will finden einen Ort, wo mein' Familie kann leben sicher und frei.«

»Ich werde länger als sonst in Saint Paul sein«, erklärte Papa. »Das gibt dir einige Tage Zeit, dich umzuschauen.«

Papa blickte Libby an. »Du bist dran. Was denkst du?«

Genau in diesem Augenblick blickte Libby zum Fenster hinter Papa. Sofort vergaß sie alles andere.

Was war das? Ein Mensch? Hatte jemand hereingeschaut und war gleich danach wieder verschwunden?

Libbys Zeichnung

Nicht einmal sich selbst konnte Libby erklären, was vorgefallen war. Eine Frage blieb in ihren Gedanken hängen: Versuchte jemand, sie auszuhorchen?

»Hey Libby!« Caleb winkte mit der Hand vor ihrem Gesicht. »Wir sind hier, nicht da draußen.« Er neigte den Kopf in Richtung der Fenster.

Libby schluckte, als sie bemerkte, dass alle auf sie warteten. Beim Sprechen verhaspelte sie sich: »Ich will stark sein.«

Caleb kicherte. »Du *bist* doch stark. Stärker als alle Mädchen, die ich kenne!«

Libbys Augen funkelten wütend, als sie Caleb anschaute. *Einem Jungen die Nase blutig zu schlagen, war nicht ganz das, was ich meinte.*

Dann bekam sie auf einmal Angst. *Caleb Whitney, wage es bloß nicht, Papa davon zu erzählen!*

»Was meinst du mit ›stark sein‹?«, fragte Papa.

Nun musste Libby genau das tun, was sie eigentlich nicht wollte – vor allen über ihre Gefühle sprechen. Doch sie hatte keine andere Wahl. »Ich will auch mit schwierigen Situationen umgehen können.«

»Das freut mich, Libby.« Papas Lächeln erwärmte ihr das Herz. »Stark sein ist etwas, was für uns alle wichtig ist.«

Papa wandte sich an Caleb. »Und wofür hast du dich entschieden?«

Libby erwartete, dass Caleb sagen würde, er wolle

Journalist werden. Als er sprach, war Calebs Stimme leise, aber bestimmt. »Ich will Gott besser kennen.«

Gott besser kennen? Libby traute ihren Ohren kaum. *Ach, komm schon, Caleb. Wie kannst du so etwas vor allen sagen – so etwas Großes und Wichtiges?*

Einen Augenblick lang war Papa so bewegt, dass ihm die Worte fehlten. Schließlich sagte er: »Caleb, von allem, was du dir wünschen könntest, ist das das Allerbeste.«

Als Papa sich umschaute, blickte er jeden Einzelnen im Raum an. »Ich nehme an, wir alle wollen Gott besser kennen und wissen nicht, wie wir es sagen sollen.«

Klar. Libby mochte Caleb. Sie mochte vor allem, dass er so klar für das einstand, wovon er überzeugt war, doch manchmal schien er so …

Libby suchte nach einer passenden Bezeichnung. *So geistlich.* Manchmal fragte sich Libby, ob Caleb echt war – warum er nicht die dummen Dinge tat, die sie selbst immer tat. Es machte ihr beinahe Angst, zu sehen, wie gut er alles hinbekam – er, der nur ein klein wenig älter war als sie selbst.

Eine Zeit lang arbeiteten alle still für sich an ihren Aufgaben. Dann bat Papa wieder um ihre Aufmerksamkeit. »Es ist wichtig, dass ihr alle wisst, was ihr im Leben wollt. Was euch am meisten am Herzen liegt, wird einen Einfluss auf alles haben, was ihr tut. Deshalb muss ich euch etwas sagen:

Weil ihr euch dafür entschieden habt, was ihr wirklich wollt – woran ihr glaubt –, kommt ihr vielleicht einmal in eine Zeit der Prüfung. Alle möglichen Dinge können geschehen, sodass ihr euch dann fragt, ob ihr die richtige Entscheidung getroffen habt. Ihr denkt dann vielleicht sogar: ›Glaube ich wirklich, was ich gesagt habe?‹

Wenn das geschieht, müsst ihr euch noch einmal entscheiden. Werdet ihr das ›wegwerfen‹, was euch wichtig ist – und somit zum Ausdruck bringen, dass es unbedeutend ist? Oder werdet ihr euch klarmachen, dass es doch bedeutsam ist, und an eurem Glauben festhalten? In dieser Zeit müsst ihr Gott um Hilfe bitten.«

Libbys Magen verkrampfte sich. Das klang verdächtig nach einer schwierigen Hausaufgabe in der Schule. *Ich will nicht auf die Probe gestellt werden.*

Als hörte er ihre Gedanken, fügte Papa hinzu: »Macht euch bewusst, wie sehr Gott euch liebt und euch beschützt.«

Libby wusste, was das bedeutete. Sich von Gott lieben zu lassen, war, wie wieder ein kleines Mädchen zu sein. Sich von Papa auf den Schoß nehmen zu lassen. Oder Mamas Arme um sich zu spüren, auch wenn man Angst hatte.

Das schaffe ich, dachte Libby. In diesem Augenblick verschwand ihre Angst.

Nachdem Annika für Peter alles aufgeschrieben hatte, blickte Libby zu Papa. Die Sorge in seinen Augen war immer noch da.

Dann meinte Peter: »Wir sollten ein Geheimzeichen vereinbaren.«

»Was meinst du?«, gebärdete Papa.

»Wisst ihr, wie sich die ersten Christen gegenseitig geholfen haben?«

Papa wusste es, doch er ließ Peter erzählen. »Als ich klein war, haben Mama und Papa mir erzählt, wie sich die Christen in den Katakomben von Rom versteckten. Andere Leute fürchteten sich, dorthin zu gehen, weil man dort Menschen begraben hatte. Aber die Christen fürchteten sich nicht. Und sie hatten ein Geheimzeichen.«

Mit zwei raschen Strichen zeichnete Peter einen einfachen Fisch auf die Wandtafel. »Die ersten Christen sprachen eine andere Sprache als wir.« Er erklärte, dass die fünf Buchstaben in ihrem Wort für *Fisch* für die fünf Wörter *Jesus Christus, Gottes Sohn, Retter* standen. Der Fisch diente den Christen als Erkennungszeichen.

Papa lächelte sanft. Vorsichtig, damit er den Fisch nicht verwischte, den Peter gezeichnet hatte, schrieb Papa auf die Tafel: »Deine Mutter und dein Vater haben dich gut gelehrt, Peter.«

»Es kann unser Geheimzeichen sein«, wiederholte Peter. »Wenn wir einen Fisch zeichnen, dann bedeutet das, dass jemand von uns da gewesen ist.«

Doch nun fühlte sich Libby wieder unbehaglich und fürchtete sich sogar. Peters Spiel gefiel ihr gar nicht. Es schien so ernst zu sein, als würden sie es tatsächlich bald benötigen.

Erneut blickte sie zum Fenster. Genau in diesem Augenblick zog etwas ihre Aufmerksamkeit auf sich. Etwas, was sie nur aus den Augenwinkeln wahrgenommen hatte.

Libby warf einen Blick auf Caleb und bemerkte, dass Papa Calebs Sicht aufs Fenster versperrte. *Was ist es?*

Wie kann da bloß ein Schatten sein, wenn doch die Sonne vom Nebel verborgen wird?

Libby sprang auf die Füße und eilte zum Fenster. Als sie hinausblickte, war niemand in Sicht. Libby versuchte ihre komische Reaktion zu vertuschen, indem sie sich umdrehte und so tat, als würde sie Annika helfen.

Doch als sie später Papas Kajüte verließen, fragte Caleb sie: »Was war los mit dir? Du warst irgendwie nur halb bei der Sache.«

»Ach ja?« Libby war die Angelegenheit erneut peinlich, und sie verwarf ihren Plan, Caleb zu erzählen, was los war, wieder. Um nichts in der Welt würde sie es ihm jetzt erzählen. »Vielleicht hab ich mehr gesehen als ihr alle!«

Als sie nun neben Caleb an der Reling stand, wandte sie ihm den Rücken zu. Wenigstens war die Sache mit Annika gut gelaufen. *Wenn sie einen Mann Gottes heiraten will, hätte sie mit Papa definitiv einen solchen Mann.*

Dann fiel Libby etwas ein. *Papa hat uns nicht gesagt, was er selbst unbedingt will.* Das war in Ordnung, denn Libby dachte, dass sie es wusste. *Doch was will Annika?*

Erneut wurde Libby unruhig. *Eine Zeit der Prüfung steht vielleicht bevor? Papa ist sonst nicht so negativ. Er würde uns nicht warnen, wenn er nicht dächte, dass es wichtig ist.*

Libby holte tief Luft und spürte eine sanfte Brise an den Armen. Die Brise blies den Nebel fort. Als die Sonne erschien, sah Libby einen kleinen Bach, der ins ruhige Wasser floss. Dann starteten die Maschinen der

Christina, und Libby hörte das Geräusch von schlagenden Flügeln. Zwei große, dunkelbraune Vögel flogen vom Bach in die Höhe.

»Das sind Adler!«, rief Caleb aus. Als er sich seine blonden Haare aus den Augen strich, wusste Libby, dass ihr Ärger über seine Frage verflogen war.

Die Adler breiteten ihre großen Flügel aus, und Libby sah ihre weißen Köpfe und Schwanzfedern. Höher und höher stiegen die Adler am klaren blauen Himmel. Libby blickte ihnen nach, bis sie aus ihrem Blickfeld verschwunden waren.

»Ich wünschte, ich könnte auch so fliegen«, sagte sie leise.

Genauso leise kam Calebs Antwort: »Das kannst du. Das ist der Vers deines Papas.«

Libby blickte ihn verständnislos an. *Was meinst du, Caleb?*, hätte sie am liebsten gefragt.

Als er schwieg, dachte Libby an den Vers, den Papa im Unterricht vorgelesen hatte: *»Denen, die Gott lieben, dienen alle Dinge zum Besten.«*

Wie ein Strom lebendigen Wassers flossen die Worte durch Libbys Kopf und trösteten sie. *Ich liebe dich, Herr. Das heißt also: Deine Verheißung gilt mir. Doch hat Papa noch einen anderen Lieblingsvers?*

Sie stand da und suchte den Himmel ab. *Wie kann ich wie ein Adler fliegen? In die Wolken aufsteigen?*

»Was meinst du, Caleb?«, fragte sie schließlich. »Wie lautet Papas Vers?«

Caleb drehte sich um und blickte nun in Richtung des Baches, von dem die Adler hergekommen waren. »›Die aber auf den HERRN harren, gewinnen neue

Kraft …‹«, sagte er leise. »›… dass sie auffahren mit Flügeln wie Adler, dass sie laufen und nicht matt werden, dass sie wandeln und nicht müde werden.‹«

In diesem Augenblick formulierte Libby den Wunsch, den sie im Unterricht geäußert hatte, als Gebet. *Hilf mir, stark zu sein, Herr! Ich fürchte mich vor harten Zeiten. Doch wenn sie kommen, hilf mir, mich daran zu erinnern, dass du mich liebst. Und dass du die Dinge zum Besten wenden kannst. Und hilf mir, zu laufen, zu wandeln, aufzufahren mit Adlerflügeln.*

* * *

Nach dem Mittagessen traf Libby Caleb, Jordan und Peter auf dem Hauptdeck an. Dort erblickte sie auch Herrn Kadosa. »Da ist der Geiger«, sagte Libby. »Kommt, wir sprechen mit ihm.«

Der Musiker saß auf einer großen Kiste am Rand des Decks und blickte auf den Fluss hinaus. Libby ging von hinten auf ihn zu. »Herr Kadosa?«

Als er sich nicht umdrehte, sprach Libby lauter: »Herr Kadosa?« Der Geiger beachtete sie noch immer nicht.

Hört er schlecht?, fragte sich Libby. Da sie ihn nicht am Arm oder an der Schulter berühren wollte, wie sie es mit Peter immer tat, ging Libby um ihn herum, damit der Geiger sie sah. »Herr Kadosa?«, sagte sie erneut, während sie ihm ins Gesicht blickte.

Der Geiger fuhr erschrocken hoch. »Guten Nachmittag!«, grüßte er sie freundlich.

Zum ersten Mal sah Libby sein Gesicht im Sonnenlicht. Er sah jünger aus, als sie gedacht hatte. Links unten am Kinn war seine Haut ein wenig gerötet und rau von der Kinnstütze seiner Geige.

»Ich bin Libby«, sagte sie. »Kapitän Norstads Tochter.« Sie zeigte auf die Jungen. »Caleb Whitney. Jordan Parker. Peter Christopherson. Wir wollen Ihnen für Ihre wunderbaren Konzerte danken.«

»Konzerte?«, erwiderte er. »Mehr als eins?«

»Wir haben beide gehört. Das auf dem Deck und das in der Hauptkajüte.«

»Nun«, wollte der Geiger wissen, »welches hat euch besser gefallen?«

Libby lächelte. »Das auf dem Deck.«

Herr Kadosa lächelte nun ebenfalls. »Ich wollte den Passagieren eine Freude machen.«

Dann trat Peter vor. »Haben Sie eine Familie?«

Als Herr Kadosa antworten wollte, hielt Peter ihm seine Schiefertafel hin. »Bitte. Ich kann nicht hören.«

Der Geiger nahm die Schiefertafel in die Hand und begann zu schreiben: »Ich habe einen so netten Jungen wie du, aber jünger.« Herr Kadosa hielt die Hand mit gespreizten Fingern hoch.

»Er ist fünf Jahre alt«, sagte Peter.

Der Geiger nickte, wischte dann seine Worte auf der Tafel aus und schrieb erneut: »Ich bringe ihm das Geigespielen bei. Es quietscht noch bei ihm.«

Herr Kadosa hielt sich die Ohren zu und machte eine Grimasse. Peter lachte.

»Aber mein Sohn wird es lernen«, schrieb Herr Kadosa. »Genauso wie ich.« Der Geiger zeigte auf sich und sagte mit deutschem Akzent: »Er wird gut.«

Gut, dachte Libby. *Der Sohn von Herrn Kadosa wird ein guter Geiger werden.*

»Bitte«, sagte Herr Kadosa, als Libby und die Jungen sich von ihm entfernten. »Nennt mich Franz.«

Seltsam, dachte Libby. *Ich weiß, dass Herr Kadosa ein Konzertviolinist ist. Vielleicht der beste Violinist, dem ich je begegnen werde. Aber ich habe ihn zuerst als Fiedler kennengelernt, und das bleibt er für mich.*

Trotzdem war Libby so verwirrt wie noch nie. Sie hatte sich gefragt, ob der Geiger ein Geheimnis hatte. Doch nun schien er gar nicht mehr so geheimnisvoll zu sein.

Libby stieg die Treppe hoch, um in ihre Kajüte zu gehen. Wie schon so oft lag Samson auf einem seiner Lieblingsplätze, direkt vor der Tür ihrer Kajüte. Da Libby Samson nun schon seit fünf Monaten kannte, wusste sie, dass er sein Maul manchmal zu einem Grinsen verzog und von ganz tief unten in seiner Kehle »Wuff!« sagte. Im Gegensatz dazu war Wellington ein kläffendes Hündchen.

Als Peter Libby die Treppen hinauffolgte, war der Terrier bei ihm. Bei Samsons Anblick blieb Wellington wie angewurzelt stehen. In nächsten Augenblick stellte er sich kampflustig auf seine spindeldürren Beine. Das schrille Bellen des Terriers ließ Samson aufhorchen.

Wellington wich zurück und tanzte dann in einem Bogen auf die Seite des riesigen Neufundländers. Samson drehte den Kopf, woraufhin der kleine Hund ernsthaft zu bellen begann. *Wuff, wuff, wuff!*

Samson behielt den Terrier im Blick und setzte sich auf. Das machte Libby nervös. »Halte deinen Hund fest!«, forderte sie Peter auf, doch dann fiel ihr ein, dass er sie nicht hören konnte.

Doch auch Peter schien besorgt zu sein und nahm Wellington auf den Arm. Doch nach einem kurzen Augenblick befreite sich der Terrier und sprang auf den Boden. Dort nahm er sofort wieder seine Kampfstellung ein. Er ging um Samson herum und bellte dabei wie verrückt.

In diesem Augenblick kamen Caleb und Jordan die Treppe herauf. »Was geht hier vor?«, fragte Caleb.

Beim Anblick des kleinen Hundes, der sich dem großen entgegenstellte, grinste Jordan. »Ich wette auf Wellington.«

»Nein!«, rief Libby aus. Sie wollte ihren Hund nicht verlieren sehen. »Samson ist vorsichtig. Er will Wellington nicht wehtun.«

Da lachte auch Caleb. »Wie viele für Wellington? Wie viele für Samson?«

Samson stellte sich auf alle vier Pfoten und hob den Kopf. Tief aus seiner Kehle ließ er ein *Wuff!* ertönen.

Wellington wich zurück. Erleichtert warf Peter Libby einen Blick zu. Doch im nächsten Augenblick rannte der Terrier genau auf Samson zu.

Samson blieb stehen. Während der Terrier ihn umkreiste, wartete Samson. Doch sein Kopf bewegte sich nach links und rechts, und mit seinen Augen verfolgte er den kleineren Hund.

Wuff, wuff, wuff!

Erneut hob Samson den Kopf. Wellington wich zurück, aber nicht viel.

Samson wartete. Erneut kam der kleinere Hund

rasch näher. Plötzlich legte Samson eine seiner riesigen Pfoten auf Wellingtons Rücken und drückte den kleinen Hund aufs Deck.

Augenblicklich verwandelte sich das Bellen des Terriers in ein Winseln. Doch alles Jaulen und Winden nützte nichts – Samson hielt ihn dort.

Wenige Sekunden später hob Samson die Pfote. Wellington jaulte nochmals, sprang auf und flitzte davon.

Als Peter ihn einfing, zitterte der kleine Hund und steckte die Nase in Peters Armbeuge. Etwas später hob Wellington zwar den Kopf, bellte Samson aber nicht mehr an.

* * *

Später an jenem Abend holte Libby ihre Zeichenstifte und Papier. Während sie in Chicago gelebt hatte, war sie von einem berühmten Künstler unterrichtet worden. Wann immer sie konnte, übte Libby. Nun setzte sie sich auf ein Fass und skizzierte Deckpassagiere. Sie begann mit den Kindern und zeichnete dann eine Mutter oder einen Vater.

Libby dachte an Papas Schulstunde und sah sich nach Einwanderern um. Oft hatten sie ein Stück Papier an ihrem Hemd oder ihrem Kleid befestigt. Das Papier diente dazu, dass andere Leute einem Einwanderer sagen konnten, wann sie aus einem Schiff oder Zug aussteigen mussten.

Während sie zeichnete, hörte Libby den Gesprächen zu. *Was wollen sie?*, fragte sie sich. *Was wollen sie **wirklich**?* In den meisten Fällen konnte Libby nicht genug

Wörter ihrer Sprache verstehen, um es herauszufinden.

Sie war in ihre Arbeit vertieft, als sie auf einmal eine raue Stimme hörte. »Hallo!«

Libby blickte auf und sah Jordan das Deck überqueren.

»He, Junge!«, rief der Mann.

Jordan blieb wie versteinert stehen. Dann drehte er sich mit verkrampften Schultern und ausdruckslosem Gesicht nach der rufenden Stimme um.

Ein kleiner, dünner Mann stand hinter ihm. Sein Haar war glatt gekämmt, und der Kragen um sein Kinn stand hoch, sodass es aussah, als hätte er keinen Hals. Doch er sprach, als gehörte ihm die ganze Welt.

Dann weiteten sich die Augen des Mannes vor Überraschung. »Ich *kenne* dich! Du bist Micah Parkers Sohn.«

Jordan zuckte zusammen. Dann, fast ohne Luft zu holen, richtete er sich zu seiner vollen Größe auf. »Ja, Sir, ich bin Micah Parkers Sohn«, sagte er höflich. »Und stolz darauf.«

Jordan ballte seine Finger zu Fäusten. »Wollen Sie sagen, ich soll davonlaufen in Panik?« Furchtlos sah Jordan aus, wie er jetzt dem Blick des Mannes standhielt, sich nach vorn lehnte und den kleineren Mann überragte.

Plötzlich wich der Mann zurück. Er verlor keine weitere Zeit und entfernte sich, doch Jordans Worte folgten ihm: »Sagen Sie mein' Besitzer, wo bin ich. Und sagen ihm: Ich *keine* Angst nich' hab! Sagen ihm: Ich bin Micah Parkers Sohn, und ich nicht leb in Angst!«

Als der kleine, dünne Mann verschwand, lächelte Libby. In diesem Augenblick hatte Jordan seine gepflegte Sprache, an der er so hart gearbeitet hatte, vergessen. Doch er hatte nicht vergessen, wer er war.

Dann fiel Libby Papas Warnung ein, und ihre guten Gefühle verschwanden augenblicklich. Jordan hatte den ersten Test bestanden, doch Libby fragte sich unweigerlich, ob weitere Prüfungen bevorstanden.

Nach einer Weile ging sie die breite Treppe zum Kesseldeck hinauf, dann zu dem Bereich, in dem sich die Passagiere der Ersten Klasse ein wenig die Beine vertreten konnten. Als sie in einer schattigen, unauffälligen Ecke angekommen war, setzte sie sich dort hin.

Schon bald blieb ihr Blick an einem Mann hängen, der für sich allein stand. Obwohl er sich über die Reling lehnte und aufs Wasser hinunterblickte, konnte Libby sein braunes Haar und die rechte Seite seines Gesichts sehen. Mit flinken Fingern begann sie zu zeichnen.

Als sie fertig war, bemerkte Libby, dass ihr die Zeichnung gut gelungen war – sehr gut. Sie hatte versucht, die harten Züge um den Mund des Mannes ehrlich darzustellen. Beim Anblick des Gesichts schrillten bei Libby innerlich die Warnglocken. *Ist in seinem Leben etwas nicht in Ordnung?*

Genau in diesem Augenblick blickte der Mann in ihre Richtung und bemerkte ihre Stifte und ihr Papier. Seine Augen verdunkelten sich vor Ärger.

Sofort zog Libby ein anderes Blatt über die Skizze, doch es war zu spät. Der Mann wusste, dass sie ihn gezeichnet hatte. Aus irgendeinem Grund verärgerte ihn das.

Libby sammelte ihre Stifte ein, stand auf und ging davon. Bei einer Wand, hinter der der Mann sie nicht mehr sehen würde, blickte sie zurück. Wer auch immer dieser Mann war – er beobachtete sie immer noch.

Trotz der warmen Temperaturen an diesem Tag fröstelte Libby. *Wer ist er?*, fragte sie sich wieder. *Ist er ein Betrüger und fürchtet sich davor, wiedererkannt zu werden?* Sein harter Gesichtsausdruck war furchteinflößend.

»Herr Ärger«, so würde ich ihn nennen.

Wo ist sie?

Libby ging direkt zum Büro der *Christina.* »Ich möchte eine meiner Zeichnungen in den Tresor legen«, sagte sie dem jungen Angestellten, der dort arbeitete. Als dieser den Tresor öffnete, sah er neugierig aus, sagte jedoch nichts.

Er traut sich nicht zu fragen, warum, dachte Libby und schmunzelte innerlich. *Er weiß, dass ich die Tochter des Kapitäns bin.*

Später, nach dem Abendessen, stand die Sonne im Westen tief am Himmel. Libby ging in ihre Kajüte im »Texas«, der kistenartigen Konstruktion auf dem obersten Deck des Schiffes. Im »Texas« hatten viele Besatzungsmitglieder ihre Kajüten. Lange Schatten fielen auf ihr Bett, doch Libby konnte genug sehen, um sich zu orientieren.

Das Erste, was ihr in ihrer Kajüte auffiel, war, dass ihre Zeichnungen verstreut auf dem Boden lagen. Daraus schloss sie, dass jemand ihren großen Schrankkoffer geöffnet hatte. Als Nächstes fand sie einen Wachstropfen auf dem Boden. Hier auf dem »Texas«, weit entfernt von Wasser und Hilfe, erlaubte Papa es nicht, dass man Kerzen benutzte. Aber es bestand kein Zweifel: Da war Wachs.

Jemand war in meiner Abwesenheit hier. Jemand ist in meine Kajüte eingedrungen, in meinen Privatraum. Wer auch immer das war – diese Person hat meine Sachen durchgeschaut, all meinen Besitz durchsucht. Es muss der Mann sein, den ich auf dem Deck gesehen habe!

Zuerst war Libby wütend. Sie hätte am liebsten laut geschrien oder losgeheult. *Dieser Mann wollte meine Zeichnung! Warum? Wer ist er? Was versucht er zu verbergen?*

Dann wurde Libby etwas noch Schlimmeres bewusst. *Wer auch immer er ist – er weiß, dass ich ihn identifizieren kann. Dass ich die Zeichnung anderen Leuten zeigen kann.*

Ohne Zeit zu verlieren, machte sich Libby auf die Suche nach ihrem Vater. Sie fand ihn und Annika auf dem Sturmdeck miteinander reden. Libby blieb stehen, da sie die beiden nicht unterbrechen wollte.

Doch Annika bemerkte sie und fragte: »Was ist los, Libby?«

Nachdem sie ihnen alles erzählt hatte, fragte Papa: »Weißt du, wie der Mann heißt?«

Libby schüttelte den Kopf. »Er sah für mich wie ein ›Herr Ärger‹ aus.«

»Beschreib ihn noch einmal für mich.«

»Groß, braune Haare, blaue Augen. Grausame Züge um den Mund.« Libby erzählte von der Zeichnung im Tresor.

»Ich werde meine besten Leute dafür aufbieten«, sagte Papa. »Es bleibt uns nicht mehr viel Zeit, bevor wir Saint Paul erreichen. Doch wenn sie die Zeichnung sehen, können sie mit der Suche beginnen.«

Papa ging davon, kam jedoch noch einmal zurück. »Ich liebe dich, Libby«, sagte er. »Vergiss das nicht, ja? Bring deine Decken heute Nacht in meine Kajüte. Du kannst dir auf dem Boden ein Bett machen.«

Nachdem er das Deck schon halb überquert hatte,

drehte sich Papa ein zweites Mal um. »Dieser Mann hat es auf dich abgesehen, Libby. Nimm Samson überallhin mit!«

»Ich frage mich, was hier vor sich geht«, sagte Libby zu Annika, nachdem Papa sich entfernt hatte. Sie zählte an den Fingern ihrer Hand auf: »Erstens: der große Mann im Schatten der Hauptkajüte. Schwarzer Hut und ein langer, schwarzer Mantel.«

Dann nahm Libby den nächsten Finger »Zweitens: der kleine, dünne Mann auf dem Hauptdeck. Glatte Haare und mit einem so hohen Kragen, dass es aussieht, als hätte er keinen Hals. Derjenige, der Jordan mit den Worten ›Ich kenne dich! Du bist Micah Parkers Sohn‹ gedroht hat.«

Libby holte tief Luft. »Drittens: der Mann, den ich in dem Bereich für die Passagiere der Ersten Klasse gezeichnet habe. Groß, braune Haare, blaue Augen. Grausame Züge um den Mund. Und zweifellos der Mann, der meine Kajüte durchsucht hat.« Schon allein beim Gedanken daran zog sich Libby der Magen zusammen.

»Vielleicht ist es wie bei Kindern in einem Schulzimmer«, meinte Annika. »Diejenigen, die Ärger machen wollen, finden einander immer.«

»Du meinst, sie haben sich auf der *Christina* getroffen? Und wir müssen mit noch mehr Ärger rechnen?«

»Vielleicht«, gab sich Annika vorsichtig. »Dein Papa weiß es wohl besser als ich.«

Eine halbe Stunde später schauten Libby und Peter vom Sturmdeck aus zu, wie die *Christina* eine Flussbiegung gut einen Kilometer südlich von Saint Paul nahm.

Als das Dampfschiff sein langes, tiefes Pfeifen ertönen ließ, sah Libby die Stadt in den letzten Rottönen des Sonnenuntergangs.

In der Nähe des Flussufers standen große Lagerhallen. Weiter oben waren Wohnhäuser und Geschäfte am Steilhang verteilt. Kirchtürme überragten alle anderen Gebäude und zeigten himmelwärts.

Dann durchbrach ein hohes quietschendes Geräusch die friedliche Stille. Das markerschütternde Geräusch ließ Libby erzittern. *Ist das eines der Dinge, mit denen man rechnen muss, wenn man ins Minnesota-Territorium kommt?*

Als sie zu Peter blickte, schaute dieser immer noch so fröhlich drein wie zuvor. Doch Wellington jaulte und wand sich und rieb sich mit den Pfoten die Ohren.

Dann ging das hohe Quietschen weiter und weiter. Ein solches Geräusch hatte Libby noch nie gehört und versetzte sie in Schrecken. Sie sprang auf und rannte in die Kajüte ihres Vaters.

»Das sind die Ochsenkarren vom Red River«, erklärte er ihr an der Tür. »Hab keine Angst.«

»Ochsenkarren?« Libby drehte sich schnell um. Vor sich konnte sie nur eine Insel und die Gebäude am steilen Ufer ausmachen.

»Mit Pelzen beladene zweirädrige Karren«, erklärte Papa. »Sie kommen von Pembina, das ganz weit oben an der Grenze des Minnesota-Territoriums zu Kanada liegt. Die Fahrer benutzen kein Schmierfett auf den Radachsen. Es ist Holz, das sich auf Holz dreht. Angeblich kann man das Quietschen meilenweit hören.«

Libby glaubte das. Obwohl sie die Karren nicht

sehen konnte, war der Lärm so stark, dass Papa lauter sprechen musste.

Er trat an die Reling und schaute angestrengt flussaufwärts. »Normalerweise kommen die Fahrer im Juli nach Saint Paul. Ich frage mich, warum sie dieses Jahr so spät dran sind.«

Papa wandte sich wieder von der Reling weg und ging weiter. »Es sind vielleicht hundert oder mehr Karren. Ich muss mit den Passagieren sprechen. Sie fürchten sich bestimmt ebenfalls.«

Libby kehrte zu Peter zurück. Inzwischen war die *Christina* so nah am Ufer, dass sie die Anlegestelle für Dampfschiffe sehen konnten. Peter versuchte Wellington immer noch auf dem Arm zu halten, doch der Hund drehte und wand sich und bellte wie verrückt.

»Was ist los mit ihm?«, fragte Peter.

Libby zeigte auf die Ohren des Hundes, machte ein schmerzverzerrtes Gesicht und bedeckte ihre eigenen Ohren mit den Händen.

»Hast du Ohrenschmerzen?«, fragte Peter. »Hat Wellington Ohrenschmerzen?«

Libby nahm Peters Schiefertafel. »Ochsenkarren«, schrieb sie. »Hohes Quietschen. Tut Wellingtons Ohren weh. Meinen Ohren auch.«

Libby zeigte in Richtung der Straßen von Saint Paul. »Schau hin«, gebärdete sie. »Vielleicht sehen wir sie.«

Vier andere Dampfschiffe hatten bereits am Ufer angelegt. Herr Fletcher, der Steuermann, steuerte die *Christina* neben den Kai.

Hinter dem Hafengebiet führte eine unbefestigte Straße das Steilufer hinauf. Dort sah Libby die Ochsenkarren vorbeifahren. Sie hatten riesige Räder – bestimmt anderthalb Meter hoch. Die Fahrer gingen neben ihren Ochsen.

Als die Deckhelfer der *Christina* das Schiff vertäuten, eilte Libby auf das Hauptdeck hinunter, um zuzuschauen. Dort, wo gleich die Anlegeplanke hinuntergelassen werden würde, traf Libby auf Caleb. *Aha*, dachte sie, *auch er ist schon sehr gespannt darauf, Saint Paul zu besuchen.*

Die Passagiere der Ersten Klasse, die darauf warteten, an Land zu gehen, bildeten eine Schlange die ganze Treppe hoch. An der von der Anlegeplanke abgewandten Seite der Treppe stand Oliver White an der Wand. Auf dem Boden neben ihm befand sich sein großer Schrankkoffer.

Ich frage mich, warum er so weit hinten steht, dachte Libby – überrascht, dass er nicht ganz vorne in der Schlange stand. Dann bemerkte Libby, dass Herr White mit Annika sprach.

O-ooh!, dachte Libby. *Hoffentlich freunden sie sich nicht miteinander an!* Sie ertrug nicht einmal den Gedanken daran.

Das Quietschen der Ochsenkarren schien nicht enden zu wollen, doch dann hörte es zu Libbys Erleichterung plötzlich auf. Zwischen den Lagerhallen hindurch sah sie, dass Männer ihre Karren zu entladen begannen.

Sobald die Anlegeplanke der *Christina* ausgefahren war, strömten die Passagiere der Ersten Klasse an Land. Die Deckpassagiere hatten ihr Gepäck ebenfalls gepackt und warteten mit ihren Kindern an der Hand darauf, dass sie an die Reihe kamen. Der müde, ausgelaugte Blick, den Libby oft auf den Gesichtern von Einwanderern beobachtet hatte, war wie weggeblasen. Stattdessen strahlten ihre Augen hoffnungsvoll und klangen ihre Stimmen erwartungsvoll. Die Luft war vom Klang verschiedener Sprachen erfüllt.

In der langen Dämmerung nach dem Sonnenuntergang trug ein Mann einen kleinen Jungen die Anlegeplanke hinunter. Als sie sich nicht mehr in der Menschenmenge befanden, stellte der Mann den Jungen auf die Füße und zeigte nach unten.

»Minnesota-Territorium«, sagte er. »Das Land der Möglichkeiten!« Der Mann ließ sich auf die Knie fallen und küsste den Boden. Sein Sohn tat es ihm gleich.

Libby konnte sich nicht vorstellen, jemals selbst in den Schmutz zu knien und mit den Lippen den zertretenen Boden an der Anlegestelle zu berühren. Doch Libby bemerkte, wie auch eine Frau dasselbe tat. Als sie sich wieder aufrichtete, leuchtete ihr Gesicht vor Aufregung.

Das habe ich nie ganz verstanden, dachte Libby. *Sowohl bei Papa als auch bei Tante Vi hatte ich immer eine Heimat, einen Ort der Geborgenheit.*

Dann schaute Libby zu, wie die Leute die *Christina* verließen: Junge und Alte, Ledige und Verheiratete, Paare ohne Kinder, Eltern mit wenigen Kindern und Eltern mit vielen Kindern, einige mit wenig Gepäck und andere mit viel Gepäck. Und alle hatten sie dasselbe Ziel im Blick: Sie strebten sehnlichst danach, hier ein neues Leben zu beginnen.

Auch der Geiger war unter den vielen Menschen.

Franz stand in der Schlange und hielt dabei eine Reisetasche in der einen und seinen Geigenkasten in der anderen Hand. Vor ihm balancierte eine Frau mit zwei Kindern eine große Reisetasche auf der Schulter. Trotz des warmen Abends trug sie einen schweren schwarzen Mantel.

Als sie die Anlegeplanke hinuntergehen konnten, nahm die Frau das jüngste Kind an der Hand und bedeutete dem größeren Mädchen zu folgen. Mitten auf der Anlegeplanke blickte das ältere Mädchen auf das dunkle Wasser hinunter und blieb wie angewurzelt stehen.

Caleb wollte gerade helfen, doch Franz stellte seine Habseligkeiten auf eine Lattenkiste und eilte nach vorn. Er nahm das Kind an der Hand und führte es sicher über die Anlegeplanke.

Andere Einwanderer strömten nach vorn. Aus den Augenwinkeln nahm Libby eine schnelle Bewegung wahr. Dann bewegte sich die Menschenmenge, und Libby sah Franz wieder.

»Danke, danke«, sagte die Frau, als sie den Kai erreichten.

»Alles in Ordnung bei Ihnen?«, fragte er. »Sie haben jemanden, der Sie abholt?«

»Ja, mein Mann, er trifft mich hier.« Die Frau zeigte auf das Stück Papier, das an ihren Mantel geheftet war. Es stand *Saint Paul, Minnesota-Territorium* darauf. »Mein Mann, er kommt hier, um zu arbeiten, Geld zu sparen und uns nach Amerika zu bringen.« Sie berührte das blonde Haar des jüngsten Kindes. »Dieses er hat nie gesehen.«

Franz wünschte der Frau alles Gute und eilte über die Anlegeplanke zur *Christina* zurück. Doch als er bei der Lattenkiste ankam, auf die er seine Geige und seine Reisetasche gestellt hatte, verschwand sein Lächeln. Plötzlich rief er laut: »Meine Geige! Sie ist weg!«

Als Libby sich schnell umdrehte, schlüpfte gerade ein großer Mann durch die Tür in den Frachtraum.

»Caleb!«, rief Libby, und zu zweit machten sie sich auf die Verfolgungsjagd. In dem schwach beleuchteten Raum rannten sie zwischen Stapeln von Frachtgut hindurch und folgten dem Geräusch von sich entfernenden Schritten.

Kurz darauf hörten die Schritte auf. Libby und Caleb blieben stehen, um zu horchen. Libby hörte, wie sich auf einer Seite des Schiffes eine Tür schloss.

Caleb zögerte nicht länger und rannte los. Libby folgte ihm durch den Frachtraum in den Maschinenraum. Auf der gegenüberliegenden Seite riss Caleb die Tür auf. Als er und Libby auf dem Deck daneben ankamen, war es leer.

Gemeinsam rannten sie auf dem Deck zur Vorderseite des Schiffes zurück. Als Caleb um die Ecke bog, blieb er so abrupt stehen, dass Libby mit ihm zusammenstieß. Niemand bewegte sich schnell, niemand versuchte zu fliehen.

Caleb runzelte die Stirn. »Wer auch immer dieser Dieb ist – er ist ziemlich dreist.«

»Hast du sein Gesicht gesehen?«, fragte Libby ihn.

Sie hatten beide nicht genau hinsehen können. Wütend über ihren Misserfolg, schlug sich Caleb mit der Faust in die Hand.

Zu Libbys Erleichterung sprach Annika nicht mehr mit Oliver White. Er stand immer noch neben seinem Schrankkoffer und wartete darauf, dass die Menschenmenge das Vorderdeck freigab. Er sah besorgt aus und fragte Libby und Caleb: »Habt ihr etwas gefunden?«

Caleb schüttelte den Kopf. Zwischen den Deckpassagieren hindurch bahnten sie sich einen Weg zu Franz hinüber.

»Wo ist sie?«, fragte er. »Wo ist meine Geige?«

Die Pfandleihe

Sie ist meine Arbeit!«, jammerte der Geiger. »Damit verdiene ich Geld. Aber noch mehr!«

Herr Kadosa wurde zusehends verzweifelter und raufte sich die Haare. »Von einem Vater zum nächsten ist meine Geige gekommen. Nun lehre ich meinen Sohn. Sie ist ...« Er hielt inne, da er nach dem richtigen Wort suchte. »Sie ist großer Wert.«

»Sehr wertvoll«, korrigierte Caleb.

Plötzlich begann der Geiger in einer Sprache zu sprechen, die Libby nicht erkannte. Genauso plötzlich wechselte er wieder ins Englische. »Ich komme nach Amerika, weil man sagt, es ist das Land der Möglichkeiten. Ich sage: Es ist das Land der Diebe!«

»Oh nein!«, rief Libby aus. »Nur weil *jemand* stiehlt, heißt das noch lange nicht, dass *alle* stehlen. Wenn *eine* Person etwas Falsches tut, heißt das nicht, dass Sie von *allen* so behandelt werden!«

Libby dachte an die grausamen Sklavenfänger, welche die auf Jordans Kopf ausgesetzte Belohnung einstreichen wollten. Doch die Frau eines Sklavenbesitzers hatte versucht, Jordans Familie zu beschützen.

»Sogar wenn eine ganze Gruppe von Leuten nicht nett ist, heißt das noch nicht, dass alle Leute in unserem Land so sind«, fuhr Libby fort. »Egal, wohin Sie gehen – in den Norden, Osten, Süden, Westen – überall gibt es gute Leute.«

Mit schmerzerfülltem Blick schüttelte der Geiger den Kopf. »Wo auch immer ich hingehe, werde ich gefragt, wie lange ich schon Geige spiele. Ich weiß es nicht. Ich war so alt wie mein Sohn, als ich auf einem Stuhl stand, um zu spielen. Und nun ist sie weg. Alles ist futsch!«

»Vielleicht nicht«, meinte Caleb. »Wir müssen zur Polizei gehen.«

»Polizei?« Die Augen des Geigers waren voller Furcht. »Nein! Nicht die Polizei!«

Einen Augenblick lang dachte Caleb nach. »In Amerika ist die Polizei ein Freund der guten Leute«, erklärte er. »Die Polizei wird uns helfen.«

Der Geiger schüttelte den Kopf. »Nein, nein, nein!«

»Die Polizei wird uns helfen, Ihre Geige wiederzufinden.«

»Nein, nein, nein!«

»Wir verschwenden Zeit«, erwiderte Caleb. »Wir müssen den Dieb sofort erwischen. Kommen Sie mit uns zur Polizei. Sie müssen nicht hineingehen. Ich werde mit ihnen sprechen.«

Immer noch unsicher folgte Franz Caleb über den Kai. Bei der Polizeiwache wartete der Geiger mit Libby draußen.

Bald darauf kam Caleb zurück. »Ich habe mein Bestes gegeben«, sagte er zu Franz. »Aber ich weiß nicht, ob sie Ihre Geige finden werden.«

Von der Polizeiwache aus gingen sie zum Büro der Zeitung *Pioneer and Democrat*. Dort trafen sie jemanden an, der noch spätabends arbeitete. Caleb half dem Geiger, eine Anzeige aufzugeben, in der er eine Belohnung auf die Rückgabe seiner Geige ausschrieb.

»Mehr können wir heute nicht mehr tun«, sagte

Caleb zum Geiger, als sie zum Kai zurückgingen. »Alle Läden sind geschlossen. Morgen helfen Libby und ich Ihnen bei der Suche.«

In der Nähe des Flusses wurden die Straßen voller. Es sah so aus, als wäre kein einziger Quadratmeter mehr frei. Viele Einwanderer nutzten ihre Schrankkoffer als Tische. Eine Familie hatte Zeltstoff als Dach zwischen zwei Fässern aufgespannt.

All die kleinen Hütten zu sehen, in denen die Leute schliefen, beunruhigte Libby. »Die Leute leben auf der Straße!«

»Als im Mai der Wasserweg für die Schifffahrt frei wurde, kamen dreitausend Leute in nur vier Tagen an«, wusste Caleb. »Das ging den ganzen Sommer ähnlich weiter.«

»Aber der Winter kommt schon bald!« Libby wusste, dass viele Leute aufs Land ziehen und eine Farm bewirtschaften würden. Doch sie war sich sicher, dass andere in der Stadt bleiben und Arbeit finden wollten.

»Hotels und Pensionen sind zum Bersten voll«, erzählte Caleb ihr. »Sogar wenn die Leute bezahlen können, gibt es keinen Ort in Saint Paul, wo sie unterkommen können.«

Es war nicht schwierig, sich darüber klar zu werden, dass auch Franz einen Übernachtungsort brauchte. »Kommen Sie mit uns auf die *Christina* zurück«, lud Libby ihn ein. »Ich frage Papa, ob Sie auf dem Schiff wohnen können, bis wir auslaufen. Und wir helfen Ihnen, Ihre Geige wiederzufinden.«

* * *

Früh am nächsten Morgen stand Libby auf dem Hauptdeck und wartete darauf, dass die Anlegeplanke hinuntergelassen wurde. Als Caleb, Jordan und Peter zu ihr stießen, war auch Wellington bei ihnen.

Sobald es möglich war, über die Anlegeplanke ans Ufer zu gelangen, raste Wellington auf den Kai. Samson rannte ihm hinterher und folgte dem kleineren Hund die Jackson Street hinauf.

Zuerst störte sich Libby überhaupt nicht daran, dass die Hunde vorausliefen. Wenn sie das Schiff verließen, brauchten sie normalerweise Auslauf. Caleb und Jordan blieben immer wieder stehen und ließen sich Zeit. Doch als sich die Hunde immer mehr entfernten, eilte Libby ihnen hinterher. Sie traute Wellington nicht.

Kurz darauf lief der Terrier eine Seitenstraße hinunter. In einem Wohnviertel mit eingezäunten Höfen schreckte Wellington ein Kaninchen auf. Im Zickzack floh das Kaninchen in ein Loch. Wellington schob seine Schnauze ins Loch und kläffte, bis das Kaninchen aus einem anderen Loch herausgekrochen kam und losrannte.

Erneut nahm der Hund die Verfolgung auf. Als Peter ihn zurückrief, gehorchte Wellington nicht. Aufgebracht stellte sich Libby vor Peter, zeigte auf den Hund und gebärdete ihr stärkstes »Nein!«

Im nächsten Augenblick verschwand das Kaninchen unter einem weißen Lattenzaun. Wellington zwängte sich unter dem Zaun hindurch. Doch Samson musste die Jagd aufgeben und spähte zwischen den Latten hindurch.

Das Kaninchen rannte an einer Seite des Hauses entlang in einen kleinen Gemüsegarten. Als es verschwand, schnüffelte Wellington an der Spur, bis das Kaninchen wieder davonsprang. Diesmal konnte es entkommen.

Libby atmete auf. Doch als Peter rief, gehorchte Wellington noch immer nicht. Er war ganz damit beschäftigt, die Schnauze in die Gartenerde zu stecken.

»Was ist los mit deinem Hund?«, gebärdete Libby.

»Er kann Wild aus einem Loch jagen«, antwortete Peter stolz. »Er tut nur, was er von Natur aus gut kann.«

»Na, dann bring ihm bei, das zu tun, was er von Natur aus *nicht* tut!«, erwiderte Libby. Doch schon im nächsten Augenblick war sie froh darüber, dass Peter sie nicht gehört hatte. Im Vergleich zu Wellington war Samson ein Vorzeigehund.

Wellington grub immer noch. Als hinter seinen Pfoten Erde durch die Luft flog, öffnete Peter das Tor und rannte in den Hof. Doch Wellington ließ sich nicht auf den Arm nehmen, sondern sprang davon.

O-oh!, dachte Libby, doch diesmal war auch Peter aufgebracht. Wellington grub nun ein weiteres großes Loch. Als der Haufen Erde hinter ihm wuchs, packte Peter den Hund.

Während Peter ihn auf dem Arm trug, füllte Libby die Löcher. Schon bald waren ihre Hände und Schuhe ganz schmutzig. Als sie fertig war, konnte sie doch noch für eine Sache dankbar sein: Wenigstens hatte der Terrier keine Pflanzen ausgegraben.

Dann bemerkte Libby, dass Samson verschwunden war. Sie eilte aus dem Garten und blickte die Straße hinauf und hinunter. Weiter unten schauten Caleb und Jordan einem Mann zu, der ein großes Haus baute. Samson saß neben ihnen.

Als Libby und Peter zu ihnen stießen, sprach Jordan den Zimmermann auf der Leiter an.

»Du willst mit mir sprechen, Sohn?«, fragte der Mann und stieg herunter.

»Würden Sie sagen mir, wie es ist für Leute wie uns, zu leben im Minnesota-Territorium?«

Der Mann streckte ihm die Hand hin. »Ich bin James Thompson.«

»Jordan Parker.«

»Schon lange hier, Jordan?«, fragte Herr Thompson.

»Bin in Saint Paul angekommen gestern. Und Sie?«

Herr Thompson lächelte. »Lange bevor du geboren worden bist. Ein methodistischer Missionar benötigte einen Übersetzer für die Indianer, und ich begann für ihn zu arbeiten. Er kaufte meine Papiere und ließ mich frei.«

Herr Thompson steckte seinen Hammer in eine Lasche seiner Latzhose und setzte sich auf ein Fässchen mit Nägeln. »Gefällt es mir in Saint Paul? Ja. Ich baue gerne Häuser hier. Habt ihr gesehen, wie überfüllt die Stadt ist?«

Jordan nickte. »Die Leute auf den Straßen leben. Aber ich gehört habe, wenn man hat Geld, man kann in einem Tag bauen ein Haus.«

»Einen Schuppen«, korrigierte Herr Thompson. »Nicht die Art Häuser, die ich baue. Im Winter bläst der Wind direkt aus Norden. Die Kälte dringt einem bis in die Knochen. Meine Häuser halten die Leute warm.«

Herr Thompson blickte Jordan in die Augen. »Warum fragst du wegen des Minnesota-Territoriums?«

»Ich einen Ort suche, wo mein' Mamma und mein Daddy und meine Schwestern und mein Bruder können leben sicher und frei. Wenn uns kalt sein muss, dann uns eben kalt is', aber wir frei werden sein?«

Herr Thompson erwiderte Jordans Blick. »Im Minnesota-Territorium zu leben, ist nicht anders als anderswo. Wenn du dich frei sein lässt, wirst du frei sein.«

Was für eine seltsame Antwort, dachte Libby. Sie war sich sicher, dass Herr Thompson Jordan damit nicht sagte, er solle tun, was immer er gerade wollte. *Was meint er damit?*

»Bist du frei zu leben?«, fragte Herr Thompson.

Jordan nickte. »Ja, frei, zu verdienen mein eigenes Geld. Frei, zu lesen und zu schreiben.«

»Frei zu wählen?«

Jordans Kopf schoss in die Höhe. »Nun Sie machen Witz. Es keinen einzigen ehemaligen Sklaven gibt, der wählt.«

Herr Thompson lächelte. »Noch nicht, aber darum geht es zum Teil beim Problem in Saint Paul. Die Demokraten und die Republikaner sollten eigentlich gemeinsam eine Staatsverfassung schreiben. Doch stattdessen sind sie so wütend aufeinander, dass sie sich in getrennten Zusammenkünften treffen. Die neue Republikanische Partei will uns ehemaligen Sklaven das Wahlrecht geben.«

Jordan trat überrascht einen Schritt zurück und machte große Augen. »Herr Thompson, ohne zu sein respektlos – Sie die Wahrheit sagen?«

»Ich versichere dir: Die Republikaner in Saint Paul arbeiten daran. Ich weiß nicht, ob sie es hinbekommen werden. Wenn sie mit den Demokraten keinen Kompromiss finden, wird das Minnesota-Territorium kein Staat werden.«

Jordan schüttelte immer noch ungläubig den Kopf. »Herr Thompson, vor fünf Monaten ich meinem Meister bin davongelaufen. Vor fünf Monaten mich haben meine Freunde lesen und schreiben gelehrt.«

Jordan warf einen Blick auf Caleb und Libby. »Und vor fünf Monaten ich meinen ersten Cent verdient habe. Sie den Eindruck eines ehrlichen Mannes machen, Herr Thompson, doch zu besitzen das Wahlrecht, das nich' so leicht is' zu glauben.«

Herr Thompson lächelte bis zu den Augen. »Jordan, als ich dir die Hand anbot, hast du sie genommen. Hast du mir da vertraut?«

Jordan nickte, sein Blick fest auf das Gesicht des Mannes gerichtet.

Erneut bot Herr Thompson ihm die Hand. Ohne mit den Augen zu blinzeln, schlug Jordan ein und grinste dabei von einem Ohr zum anderen.

»Was kann dein Daddy gut?«, fragte Herr Thompson.

»Er besser als irgendjemand sonst kann umgehen mit Pferden.« Nach Jordans Stimme zu urteilen, hatte er darüber keinerlei Zweifel. »Sagt man: ›Dieser Micah Parker, für den kein Pferd gibt's, das er nicht kann reiten. Es nirgends ein Pferd gibt, das nicht dressieren kann er.‹ Und das stimmt!«

»Wenn du deine Familie hierherbringen willst,

schau dich nach Arbeit um«, riet Herr Thompson ihm. »Einige unserer Leute arbeiten im Winslow House.«

»In Saint Paul?«, fragte Jordan.

»Es gibt zwei Hotels, die ›Winslow House‹ heißen. Eines in Saint Paul und eines etwa sechzehn Kilometer entfernt in Saint Anthony. Das Hotel in Saint Anthony meine ich. Einige Leute, die dort arbeiten, leben in Fort Snelling. Andere wohnen im Hotelkeller, bis sie ihre eigenen Häuser gebaut haben.«

»Ihre eigenen Häuser?« Jordans Stimme klang ehrfürchtig.

»Und, Jordan, sieben Familien bauen eine Kirche auf.«

Jordan richtete sich zu seiner stolzen Haltung auf, die Libby an fürstliche Würde erinnerte. »Mein' Mamma und mein Daddy, meine Schwester Serena, mein Bruder Zack, meine kleine Schwester Rose und ich …« Jordan blickte ganz aufgeregt. »Wir könnten sein die achte Familie!«

»Na, dann hoffentlich bis bald«, meinte Herr Thompson, als er wieder die Leiter hinaufstieg. »Bis dahin sei frei!«

Erneut fragte sich Libby, was er damit meinte. Doch als sie Herrn Thompson verließen, sagte Jordan: »Ich gerade habe geschmeckt die Freiheit und Lust habe, überall zu geben mein Bestes!«

* * *

Als Libby und die Jungen zur *Christina* zurückkehrten, stießen sie auf den Geiger, der auf sie wartete.

»Ich glaube, dass die Pfandleihe nun offen ist«, sagte ihm Caleb. »Der Dieb geht vielleicht dorthin. Es ist ein guter Ort, um etwas Gestohlenes loszuwerden.«

Peter wollte nicht mitkommen. »Ich muss deinem Papa helfen«, erklärte er Libby. »Er sagte, ich könne sein Schiffsjunge sein.« Das klang so wichtig, dass Libby neugierig wurde.

Auf dem Weg erklärte Caleb Franz und Jordan, dass eine Pfandleihe ein Ort war, an dem die Leute Geld borgten. Wenn ein Mann ein Darlehen benötigte, gab der Pfandleiher ihm Geld im Austausch gegen etwas, was bewies, dass er dem Pfandleiher das Geld zurückzahlen würde.

»Wenn ich eine Uhr hätte«, nannte Caleb als Beispiel, »würde ich sie ihm geben. Aber der Pfandleiher würde mir weniger Geld geben, als sie wert ist. Außerdem würde er hohe Zinsen verlangen. Falls ich ihn nicht immer bezahlen könnte, würde ich meine Uhr verlieren.«

»Ich weiß, was meinst du«, sagte Jordan. »Ein Dieb etwas unter seinem Wert verkauft. Aber er genug Geld macht, sodass lohnt sich das Stehlen.«

Caleb grinste. »Genau!«

Als sie das Geschäft betraten, klingelte eine Glocke an der Tür. Die Pfandleihe war ein großer, schwach beleuchteter Raum mit zwei geschlossenen Türen auf einer Seite. Auf der gegenüberliegenden Seite stand ein Gestell mit Jacken. Daneben befand sich ein Glaskasten, der Uhren und Schmuck enthielt. Die hintere Hälfte des Raumes war mit einer Wand, die wie ein Metallkäfig aussah, für Kunden abgesperrt.

Als ein kleiner, dünner Mann hinter dem Metallkäfig hervortrat, starrte Libby ihn an. Der Mann hatte glatte Haare und einen so hohen Kragen ums Kinn, dass es aussah, als hätte er keinen Hals.

Libby versuchte sich daran zu erinnern, warum dieser Mann ihr bekannt vorkam, und trat einen Schritt zurück, während Caleb Fragen stellte. Wie Libby blickte auch Franz sich um, und Jordan starrte durch das Metallgitter.

»Gerade vor wenigen Minuten kam ein Mann, der mir eine Geige verkaufen wollte«, antwortete der Pfandleiher auf Calebs Frage. »Er meinte, ich böte ihm nicht genug Geld, und ging wieder.«

»Wie hat der Mann ausgesehen?«, fragte Libby schnell.

»Groß. Blaue Augen. Blonde Haare wie seine.« Der Mann nickte mit dem Kopf in Calebs Richtung.

Dann bemerkte der Pfandleiher Jordan hinter Caleb. Plötzlich trat Jordan zurück. *Warum?*, fragte sich Libby. *Hat er den Mann erkannt?*

Einen Augenblick lang starrten Jordan und der Mann sich an. Und da wusste Libby auf einmal, wer der Pfandleiher war.

Der Mann auf dem Hauptdeck der »Christina«! Der Mann, der Jordan gedroht hat! Der Mann, der weiß, dass Jordan Micah Parkers Sohn ist!

»Herr Ärger«

Innerhalb von drei Sekunden war Jordan draußen. Als Caleb, Franz und Libby sich auf den Rückweg machten, sah Libby sich schnell um, um festzustellen, ob sie außer Hörweite waren. Dann brach die Wut aus Libbys Innerem hervor. »Als er auf der *Christina* war, hat der Pfandleiher Jordan gesagt, er kenne ihn und wisse, dass er Micah Parkers Sohn ist. Aber können wir uns sicher sein, dass Riggs weit weg ist?

Und nun hat der Pfandleiher gesagt, der Mann, der die Geige zu ihm gebracht habe, sei groß. Blaue Augen. Und blonde Haare wie Caleb. Aber können wir dieser Beschreibung trauen?«

Libby wurde jeden Augenblick nervöser. »Dieser Mann – dieser Pfandleiher – ist durch und durch böse. Ich bin mir sicher, dass er zu *allem* bereit wäre, was man von ihm verlangen würde! Auch wenn es total falsch ist!«, stieß sie hervor.

»Du könntest recht haben, Libby«, meinte Caleb. »Er sieht nicht gerade wie jemand aus, dem ich in einer dunklen Gasse begegnen möchte.«

Nach einigen weiteren Schritten blieb Franz urplötzlich stehen. »Warum ist Jordan aus der Pfandleihe gerannt?«, fragte er.

Caleb antwortete zögerlich, da er sich überlegte, wie viel er sagen durfte. Schließlich sagte er: »Wir trauen dem Pfandleiher nicht.«

»Weil Jordan ein flüchtiger Sklave ist?«, fragte der Geiger.

Nun befand sich Caleb in der Zwickmühle. Libby wusste, dass Caleb nicht lügen würde, aber was konnte er sagen? Schließlich war das Gesetz über flüchtige Sklaven in Kraft. Sogar in einer freien Gegend wie dem Minnesota-Territorium war es für Sklavenjäger legal, einen Suchtrupp aufzubieten, einen entlaufenen Sklaven zu verhaften und ihn zu seinem Besitzer zurückzubringen.

Der Geiger beobachtete Calebs Gesicht genau. »Hast du Angst, es zuzugeben? Denkst du, ich wisse nicht, dass Jordan ein entlaufener Sklave ist?«

Caleb gab immer noch keine Antwort. Kurz darauf gingen sie an einer freien Stelle zwischen zwei Gebäuden vorbei. Als hätte er auf sie gewartet, kam Jordan dort auf sie zu.

Franz blickte Caleb und Libby und dann Jordan an. »In meinem Land haben wir nicht eure Art Sklaven«, sagte der Geiger. »Aber Leute werden auf andere Weise gefangen gehalten. Ich werde dich beschützen, Jordan, genauso, wie du mich auf der *Christina* beschützt hast.«

Dein Land, Franz, fragte sich Libby. *Wo ist es?*

Bevor sie fragen konnte, atmete Jordan erleichtert auf und dankte dem Geiger.

Caleb fügte hinzu: »Können wir Ihnen sonst irgendwie helfen?«

Das Gesicht des Geigers veränderte sich, als setzte er sich eine Maske auf, und er schüttelte den Kopf.

»Wenn ihr meine Geige findet, ist es gut. Ich werde euch für immer dankbar sein.«

Er hat wieder Angst, dachte Libby. *Er versucht uns*

weiszumachen, dass wir ihm vertrauen können. Und gleichzeitig vertraut er uns nicht. Warum bloß?

Libby war sich sicher, dass das mit dem »Schattenmann« zusammenhing. Seit dem Konzert hatte Libby nach dem Mann im langen schwarzen Mantel Ausschau gehalten. Da das Gesicht des Mannes von dessen Hut beschattet gewesen war, fragte sich Libby, ob sie ihn je wiedererkennen würde. Doch sie hätte Franz am liebsten zugerufen: *Caleb und Jordan und Peter und Papa und ich, wir sind anders! Sie können uns vertrauen!*

Bei diesem Gedanken spürte Libby die Wärme, die eine vereinte Familie mit sich brachte, in der man sich umeinander kümmerte. Und um Leute wie Jordan und seine Familie und die anderen, die sich auf die *Christina* flüchteten.

Doch dann, nach allem, was geschehen war, fielen Libby plötzlich die Leute ein, denen sie *nicht* vertrauen konnte.

Mein Kopf fühlt sich müde an, dachte sie. *Verwirrt. Wie kann ich das alles nur klären?*

Erneut dachte Libby an die drei Männer, die auf der *Christina* gewesen waren – die drei Männer, die ihr Angst einjagten. Die drei Verdächtigen.

Erstens, sagte Libby zu sich selbst, *der »Schattenmann«. Der große Mann im schwarzen Mantel beim Konzert in der Hauptkajüte.*

Zweitens: der kleine, dünne Mann mit dem hohen Kragen. Der Mann auf dem Hauptdeck, der sagte, er kenne Jordans Besitzer Riggs. Der Mann, der uns nun als Pfandleiher bekannt ist. Bei seinem Anblick flüchtete Jordan.

Drittens: der große Mann in dem Bereich für die Passagiere der Ersten Klasse. Der Mann mit den grausamen Zügen um den Mund. Der Mann, dessen Gesicht ich gezeichnet habe. Der Mann, der die Zeichnung haben wollte. Der sehr wahrscheinlich meine Kajüte durchsucht hat. »Herr Ärger«.

Dann kam Libby ein weiterer verwirrender Gedanke. Um alles nur noch schlimmer zu machen: Wer war die Person, die durch das Fenster in Papas Kajüte geschaut hatte, während sie Unterricht gehabt hatten?

* * *

Kurz nachdem sie auf die *Christina* zurückgekehrt waren, traf Libby Annika an. »Hättest du Lust, mit mir zu Harriet zu gehen?«, fragte sie. Harriet Bishop war mit Annika befreundet und außerdem als erste Lehrerin von Saint Paul bekannt.

»Hast du herausgefunden, wo Miss Bishop lebt?«, fragte Libby, als sie am Fluss entlang über das Hafengelände gingen.

»Nein, aber jeder kennt sie. Wir werden sie problemlos finden.«

Die Suche stellte sich jedoch als schwieriger heraus, als Libby und Annika sich das vorgestellt hatten. Es war zwar einfach, Wegbeschreibungen zu bekommen, aber schwierig, diesen auch zu folgen. Direkt über dem Kai lag die *Jackson Street*, neben der ein Bach floss.

Nachdem sie ein Stück zurückgegangen waren, um eine Brücke zu finden, fanden Annika und Libby Straßen, die in verwirrenden Bögen verliefen. Immer wenn sie an eine Stelle mit freier Sicht kamen, blickte Annika zum Fluss und vergewisserte sich, dass sie in die richtige Richtung gingen. Oft mussten sie wegen Bauarbeiten auf den Straßen große Umwege in Kauf nehmen. Während die Augustsonne auf sie herunterbrannte, wurde Libby immer müder.

»Es hat wohl ziemlich stark geregnet, bevor wir kamen«, bemerkte Annika schließlich. Immer wieder musste sie ihren Rock etwas heben und Schlammpfützen ausweichen.

Nach ihrer Fahrt den Mississippi hinauf, der einen niedrigen Wasserstand hatte, wollten sie sich nicht über den Regen beklagen. Doch sogar Annika schien vom Schmutz überwältigt. »Dort ist ein Baum mit etwas Gras darunter. Komm, wir setzen uns und ruhen uns etwas aus.«

Der Schatten war für beide angenehm, und schon bald fragte Annika: »Libby, was war deine Mutter für ein Mensch?«

Libby lächelte. »Nett. Lustig. Weißt du noch, wie Papa uns gefragt hat, was wir am meisten wollen? Was uns am wichtigsten ist? Mama wollte den Leuten helfen. Tante Vi will Dinge. Das ist einer der Gründe, warum Papa wollte, dass ich wieder bei ihm wohne.«

Nun war Libby dankbar für jene schmerzhafte Nacht in Burlington, Iowa, als Papa sich dafür entschieden hatte. »Nach dem Tod von Mama hatte Papa das Gefühl, dass ich zu jung war, um ohne Mutter auf dem Schiff zu leben. Dann wurde ihm klar, dass er keine andere Wahl hatte, als mich zu sich zu nehmen.«

»Was war geschehen?«, wollte Annika wissen.

Libby zögerte. Sie hatte sich in den letzten fünf Monaten so stark verändert, dass sie Annika nicht gern erzählte, was für ein Mensch sie selbst gewesen war. Doch vielleicht war es wichtig, dass Annika es wusste. »Na ja, ich wurde langsam eine verwöhnte Göre.«

»Hmm.« Annika blickte wieder verschmitzt drein. »Ich frage mich, wie es dazu kam. Doch ich nehme an, dass du kein verwöhntes Kind mehr bist.«

»Wahrscheinlich nicht«, sagte Libby. Aber sie war sich da nicht immer so sicher.

Als sie Miss Bishop antrafen, wurden sie von ihr zum Nachmittagstee eingeladen. »Annika! Was für eine Überraschung, dich hier zu sehen!«

Annikas warmes Lachen zeigte, wie sehr sie sich freute, ihre Freundin überrascht zu haben. »Als du mich ermutigt hast, Lehrerin zu werden, wärst du nicht auf den Gedanken gekommen, dass ich dir folgen würde?«

Annika war zwölf Jahre alt gewesen, als Miss Bishop mit ihr über den Lehrerberuf gesprochen hatte. Doch jenes Gespräch war Annika in Erinnerung geblieben.

Libby wusste, dass Harriet Bishop als Baptistenmissionarin nach Saint Paul gekommen war. Ihre dunklen Haare waren auf Höhe des Gesichts leicht gewellt und fielen ihr in engen, langen Locken auf die Schultern. Ihre klaren Augen gaben Libby das Gefühl, dass Miss Bishop wohl meistens wusste, wohin sie gehen wollte und wie sie dorthin kam.

»Wie war es, als Sie zum ersten Mal hierherkamen?«, fragte Libby.

»Im Umkreis von fast fünfhundert Kilometern gab es keine einzige Buchhandlung. Meine Schule bestand aus einem drei mal sechs Meter großen Blockhaus mit einem Dach aus Baumrinde. Dieses Blockhaus hatte drei Fenster und eine so niedrige Tür, dass ich mich beim Eintreten bücken musste. Das Gebäude war auch schon als Stall genutzt worden.«

Miss Bishops Augen blickten belustigt. »Ein freundliches Huhn ging ein und aus. Die neun Kinder in meiner Klasse sprachen drei verschiedene Sprachen. Aber ich wäre auch als Königin nicht glücklicher gewesen. Ich hätte mit keinem lebenden Menschen die Plätze tauschen wollen.«

Miss Bishop bot Libby und Annika Limonade und Plätzchen an und setzte sich dann. »Seitdem hat sich vieles verändert. In einigen Wochen werden wir das erste Schulgebäude einweihen, das die Stadt mit öffentlichen Geldern finanziert hat. Es ist sogar aus Stein gebaut.«

»Und nun hast du eine Insel, die nach dir benannt ist!«, sagte Annika. »Du hast auch ein Buch geschrieben. Herzlichen Glückwunsch!«

Nach einer Weile lehnte sich Miss Bishop vor und sagte: »Annika, es ist schön, dass wir uns ein wenig austauschen können. Aber was kann ich für dich tun?«

»Ich würde gerne in dieser Gegend unterrichten. Weißt du von einer offenen Stelle?«

»Du bist soeben den Fluss heraufgekommen?«

Annika nickte.

»Bist du dir sicher, dass dir unsere langen, kalten Winter nichts ausmachen? Vom Rest der Welt abgeschnitten zu sein?«

»Ich weiß es nicht«, antwortete Annika ehrlich.

»Solche Winter, wie die Leute sie beschreiben, habe ich noch nie erlebt. Schon allein auf euren Straßen zu gehen, ist schwierig.«

»Ah ja, unsere Straßen.« Miss Bishop lächelte und bot Libby ein weiteres Plätzchen an. »Die füllen sich auch gern mit Schnee. Und es kann sehr einsam sein hier.«

»Aber du hast es überlebt«, bemerkte Annika.

»Mit der Hilfe des Herrn. Immer wenn es wirklich schwierig war, habe ich mich daran erinnert, wie er mich hierhergeführt hat. Sagt dir Gott, dass du hierherkommen sollst?«

Annika nickte. »Ich glaube, dass er will, dass ich diesen Winter in Saint Paul verbringe.«

»Dann werde ich mich nach einer offenen Stelle umschauen. Kannst du morgen noch einmal bei mir vorbeikommen?«

Als sie sich von Miss Bishop verabschiedeten, leuchteten Annikas Augen, doch Libby hatte Angst um sie. Bei jedem Schritt durch die schmutzigen Straßen wuchs Libbys Sorge. Schließlich konnte sie ihre Gedanken nicht mehr länger zurückhalten: »Bitte, Annika, willst du nicht lieber mit uns kommen?«

Die Lehrerin schüttelte den Kopf.

»Wir fahren in den Süden, wo es wärmer ist«, versprach Libby. »Man sagt, in Saint Paul werde es so kalt, dass man sich die Nase abfrieren kann.«

Annika lachte. »Dann passe ich auf, dass das nicht geschieht.«

»Ich werde mir diesen Winter Sorgen um dich machen.«

»Nein, das musst du nicht.« Annika umging ein Loch in der Straße. »Dir geht es ohne mich gut.«

Libby lächelte mit dem Lächeln, das sie an den Jungen in Chicago geübt hatte. »Papa hätte gerne, wenn du mit uns kämst.«

Ein warnender Ausdruck trat auf Annikas Gesicht, doch Libby sprach schnell weiter: »Wenn du Papa heiraten würdest, hättest du ein viel leichteres Leben.«

Direkt vor einer Schlammpfütze blieb Annika stehen. »Libby, kann dein Vater nicht für sich selbst sprechen?«

»Oh, doch!«, rief Libby. Sie öffnete den Mund und versuchte ihre Aussage wiedergutzumachen, doch es kamen keine Worte heraus.

Im nächsten Augenblick machte Annika einen Schritt in die Pfütze. Sie war tief – so tief, dass braunes Wasser aufspritzte und Annikas Kleid bis zu den Knien verschmutzte. Sie konnte sich gerade noch fangen, sodass sie nicht hinfiel.

»Oh, Annika!«, stöhnte Libby, als sie der Lehrerin half, auf trockeneren Boden zu gelangen. Libby hätte sich am liebsten vor Scham verkrochen. »Es tut mir leid! Das ist alles mein Fehler!«

Annika seufzte. »Ja, Libby. Aber ich vergebe dir. Wir vergessen die ganze Angelegenheit, ja?«

Libby nickte, doch nun ließ ihr etwas anderes keine Ruhe. »Du hast Schmutz auf deiner Wange.«

Annika nahm ihr Taschentuch hervor und rieb sich ihre Wange. Als sie wieder weitergingen, sagte sie: »Libby, ich frage mich noch etwas anderes: Falls ich deinen Papa heiraten würde, wie würden wir zwei miteinander auskommen, was denkst du?«

»Du wärst meine Freundin«, antwortete Libby schnell.

»Manchmal wäre ich deine Freundin – jemand, mit dem du sprechen kannst. Aber ich wäre auch deine Mutter.«

Der verschmitzte Gesichtsausdruck, den Libby bei Annika oft beobachtet hatte, war verschwunden.

»Ich würde deine Mutter Christina nicht ersetzen können. Das könnte niemand. Das *sollte* niemand. Aber manchmal müsste ich mich wie eine Mutter *verhalten.*«

»Du meinst, mich zurechtweisen?«

»Dich korrigieren«, sagte Annika. »Ich müsste dir sagen, was du falsch machst, damit du lernst, dich zu verändern. Wärst du dazu bereit?«

Libby konnte sich kaum vorstellen, dass es dazu kommen würde. Sie und Annika waren miteinander befreundet. Libby war sich sicher, dass es immer so weitergehen würde wie jetzt. »Du musst dir keine Gedanken machen. Ich werde mich benehmen.«

Doch Annika lächelte nur.

Die restliche Wegstrecke legten sie schweigend zurück. Für Annika war es besonders peinlich, dass Papa auf dem Hauptdeck stand, als sie und Libby die Anlegeplanke hinaufeilten. Wie immer sah Papa in seiner Kapitäns-Uniform stattlich und schön aus. Und außerdem sauber.

Annika versuchte, sich an ihm vorbeizuschleichen, doch Papa hielt sie an. »Sie haben die Straßen von Saint Paul entdeckt.«

Offensichtlich beschämt nickte Annika.

»Es tut mir leid«, sagte Papa.

»Mir auch.« Dann lachte Annika. »Es ist nur mein Stolz, der verletzt ist. Ich bin froh, dass ich dem Schmutz *nach* dem Gespräch mit Harriet Bishop begegnet bin und nicht davor.«

»Sie haben sich nach Arbeit umgesehen?«, fragte Papa schnell. »Ich wollte noch einmal mit Ihnen darüber sprechen, dass Sie auf der *Christina* unterrichten könnten.«

»Bemühen Sie sich nicht«, meinte Annika trocken. »Das hat Libby bereits getan.«

Papas Blick zu Libby sprach Bände. Ihr Vater schätzte ihre Hilfe nicht besonders. Auf einmal fühlte sich Libby, als wäre sie diejenige mit Schmutz am Kleid. Oder eher im Gesicht.

»Miss Berg«, sagte Papa. »Ich würde Ihnen gerne die weniger schmutzigen Seiten von Saint Paul zeigen. Wir könnten sogar in einem edlen Hotel zu Abend essen.«

Annika lächelte. »Danke, Kapitän Norstad. Das würde mir sehr gefallen. Ich bin bereit, sobald ich gutes, sauberes Wasser finde.«

* * *

Libby erfuhr bald, dass Franz von einem Musikladen in Saint Paul gehört hatte, in dem auch Spielzeuge verkauft wurden. Jordan wollte das Winslow House aufsuchen, das Hotel in Saint Anthony, in dem er laut Herrn Thompson Arbeit finden könnte. Also blieb Jordan zurück, um sich nach einem Weg nach Saint Anthony zu erkundigen, während sich Caleb, Libby und Franz auf den Weg zum Musikladen machten. Als sie durch die Straßen gingen, erzählte Franz ihnen von seiner Frau und seiner Tochter.

Im Musikladen sah Libby allerlei wunderbare Dinge an der Wand hängen: ein großes Blechblasinstrument, ein Cello, eine Pendeluhr und eine Porzellanpuppe. Auf einer Theke in der Nähe befand sich ein kleines Karussell mit geschnitzten Holzpferden.

Von ihren Jahren in Chicago her war Libby sich sicher, dass viele dieser Spielsachen aus England, Frankreich und Deutschland importiert worden waren. *Kein Wunder, dass es Tante Vi gefällt, hier einzukaufen!*

Nun erklärte Franz, dass seine Geige gestohlen worden war. Der Ladenbesitzer war sich sicher, dass er sie heute Morgen gesehen hatte.

»Eine gute Geige ist wie ein Gemälde«, sagte er. »Sie ist einzigartig, unverkennbar.«

»Wenn wir Ihre Geige finden würden, wie könnten wir wissen, dass es Ihre ist?«, fragte Libby Franz.

»Ich zeige es euch«, antwortete der Ladenbesitzer. Er nahm eine Geige von der Wand und drehte sie um. »Seht ihr die Zeichnung des Holzes? Die schöne Musterung? Aber das Holz *seiner* Geige ist noch viel schöner.«

»Wie kann ich sie beschreiben?« Franz zuckte mit den Schultern. »Die Hinterseite ist fein und fließend – wie ein Fluss ist sie. Ja, genau.«

Franz wandte sich an den Ladenbesitzer. »Und der Klang?«, fragte er, als wollte er absolut sichergehen. »Haben Sie auf der Geige gespielt?«

»Von höchster Qualität. Besser als all meine eigenen guten Instrumente. Die beste Geige, auf der ich je gespielt habe. Ich konnte dem Mann nicht die Geldsumme anbieten, die er haben wollte. Ich bot ihm alles Mögliche in meinem Laden an, doch er wollte Gold, keinen Tauschhandel.«

»Was ist mit der Geige?«, fragte Libby mit angehaltenem Atem. »Wo ist sie nun?«

»Es tut mir leid«, sagte der Ladenbesitzer zu Franz. »Ich hatte keine Ahnung, dass der Mann ein Dieb war, aber auch so tat es mir sehr weh, dass ich ihn weiterschicken musste. Ich habe ihm von einem Mann erzählt, der mit den Ochsenkarren vom Red River hergekommen ist. Ihr könnt ihn beim Larpenteur's Lake finden. Er hat viele Jahre Gold gespart und hat soeben seine Pelze für diese Saison verkauft. Ich dachte, dass er den benötigten Goldbetrag haben könnte.«

»Der Dieb, der die Geige hergebracht hat – können Sie den beschreiben?«, bat Caleb.

»Groß. Braune Haare. Blaue Augen.«

Libby und Caleb warfen sich einen Blick zu. Groß, braune Haare, blaue Augen? Diese Beschreibung traf auf unzählige Männer zu.

»Braune Haare, nicht blonde?«, fragte Libby nach.

»Genau.«

Hat der Pfandleiher uns also angelogen?, fragte sich Libby. Dessen Beschreibung traf auf die Hälfte der Schweden in Minnesota zu.

»Hatte der Mann einen Vollbart oder einen Schnurrbart?«, fragte Libby.

Der Ladenbesitzer schüttelte den Kopf. »Aber er

hatte einen roten Abdruck am Hals, gleich unter der linken Kinnhälfte.«

»Aha!«, rief Franz aus. »Der Dieb spielt Geige?«

»Ja, er hatte dort ganz eindeutig gerötete Haut von der Kinnstütze.«

Der Ladenbesitzer hielt Franz seine eigene Geige hin. »Bitte«, sagte er. »Erweisen Sie mir bitte die Ehre und spielen Sie auf meinem bescheidenen Instrument.«

Franz nahm die Geige und trat einen Schritt von Libby und Caleb zurück. Er stand hinter der Theke und wandte ihnen und der Tür das Gesicht zu. Als der Ladenbesitzer sich zum Zuhören setzte, hob Franz den Bogen.

Von den ersten Tönen an wusste Libby, dass er die »Ungarische Rhapsodie« spielte, die sie auf der *Christina* gehört hatte. Als sich die Musik wie ein Adler erhob, schloss Franz die Augen und schien von einem weit entfernten Land zu träumen.

Genau in diesem Augenblick spürte Libby Calebs Hand auf der Schulter. Einen Augenblick lang wurde sein Griff fester, wie um sie zu warnen. Dann hörte Libby das Geräusch.

Ein Mann hatte den Laden betreten. Ein Mann, der leise zum Ladenbesitzer ging. Libby drehte sich ganz leicht um und war froh darüber, dass Caleb sie gewarnt hatte.

Da sie das Porträt des Mannes erst vor Kurzem gezeichnet hatte, erkannte Libby ihn sofort. Als sie die grausamen Züge um seinen Mund sah, erschauderte sie.

Im nächsten Augenblick blickte »Herr Ärger« Libby direkt an. Seine Augen weiteten sich überrascht, und Libby wusste, dass er sie erkannt hatte.

»Guten Nachmittag, Miss Norstad«, sagte er. Seine Worte klangen höflich, doch die Kälte in seinem Gesicht gab ihr einen Stich ins Herz.

Wie wenn er etwas kaufen wollte, ging »Herr Ärger« zur Theke. Doch während sie ihn beobachtete, begann Libby zu zittern.

Diebe!

Als Libby näher an Caleb heranrückte, sah sie die Augen des Geigers. Er war nicht mehr in seiner Musik verloren, sondern beobachtete jede Bewegung des Mannes.

Als der Ladenbesitzer fragte: »Kann ich Ihnen mit irgendetwas behilflich sein?«, schüttelte »Herr Ärger« den Kopf und ging zur Tür. Mit der Hand am Knauf drehte er sich um und starrte Libby noch einmal an.

Sobald »Herr Ärger« den Laden verlassen hatte, stützte sich Libby auf die Theke. Ihre Hände zitterten, als sie ihr Gesicht bedeckte. Ein Gedanke drang durch ihre Angst. *Warum will er bloß das Bild, das ich von ihm gezeichnet habe?*

Franz hörte auf zu spielen. »Was ist los?«

Doch Caleb antwortete für Libby. »Es ist okay, er ist weg.« Caleb sprach sanft, und Libby merkte, dass er sie trösten wollte. »Bleib mit Franz hier. Ich will sehen, wohin ›Herr Ärger‹ geht.«

»Wer war dieser Mann?«, fragte Franz, als Caleb hinauseilte.

Mühsam riss Libby sich zusammen. »Der Verdächtige Nummer drei. ›Herr Ärger‹. Groß. Braune Haare. Blaue Augen. Grausame Züge um den Mund. Kennen Sie ihn?«

Franz schüttelte den Kopf. Er wandte sich an den Ladenbesitzer. »Ist er der Mann, der Ihnen die Geige angeboten hat?«

»Ich habe ihn noch nie gesehen. Aber ich möchte

Ihnen etwas anbieten. Benötigen Sie einen Übernachtungsort?«

Franz blickte Libby an. »Wenn die *Christina* Saint Paul verlässt, ja. Aber ohne Geige kann ich meinen Lebensunterhalt nicht verdienen.«

»Während Sie Ihre Geige suchen, leihe ich Ihnen meine beste. Ich stelle Sie Männern und Frauen vor, die Ihnen Arbeit geben können. Den Einwohnern von Saint Paul wird es eine Ehre sein, wenn Sie hier unter uns wohnen.«

Doch Caleb kehrte unverrichteter Dinge zurück. »Herr Ärger« hatte ihn abgehängt. »Sogar wenn ich herausbekommen hätte, wo er wohnt, könnten wir nichts beweisen«, meinte Caleb.

Auf dem Rückweg zum Kai besprachen Libby und Caleb mit Franz die Lage.

»Drei Männer waren auf der *Christina*, die Ihre Geige genommen haben könnten«, sagte Libby.

»Der Mann, der in der Pfandleihe arbeitet, ist klein. Zwei andere Männer sind groß. Einen von ihnen haben Sie gerade gesehen – ›Herrn Ärger‹, der sich darüber aufregte, dass ich ihn gezeichnet habe. Der andere Mann stand während Ihres Konzerts im Schatten. Haben Sie ihn erkannt?«

»Sein Gesicht? Ich konnte ihn nicht sehen.«

»Gibt es möglicherweise jemanden, der sich an Ihnen rächen will?«, fragte Caleb.

Der Geiger wich zurück. »Hier in Amerika?« Franz schüttelte den Kopf, doch die Maske legte sich wieder über sein Gesicht.

Nachdem Franz sie verlassen hatte, nahmen Libby

und Caleb Samson auf einen Spaziergang am Flussufer mit. Dort konnten sie ungestört miteinander sprechen.

»Der Geiger verheimlicht uns irgendetwas«, meinte Libby.

»Bist du dir sicher?«, fragte Caleb. »Ich glaube, wir können Franz vertrauen.«

»Ich vertraue ihm auch. Aber es gibt da etwas, was er uns nicht verraten will.« Libby hielt inne, um die richtigen Worte zu finden. »Es scheint, als gäbe es etwas Wichtiges in seinem Leben, worüber zu sprechen er sich fürchtet.«

Caleb starrte sie an. »Da könntest du recht haben. Aber was könnte es sein?«

»Erstens ist er ein berühmter Violinist. Er sagt es uns zwar nicht, aber das ist nicht schwer zu erraten.«

»Wahrscheinlich spielt er in einem berühmten Orchester«, sagte Caleb. »Aber wenn das stimmt, warum sagt er es uns dann nicht?«

»Vielleicht ist er bescheiden.«

Caleb widersprach. »Man kann bescheiden sein und trotzdem erzählen, was man arbeitet, ohne damit zu prahlen. Ich glaube, er hat noch andere Gründe.«

»Okay, was wissen wir über ihn?«, dachte Libby laut nach. »Wir wissen, dass er einen kleinen Sohn hat. Heute hat er von einer Frau und einer Tochter gesprochen. Er ist nach Amerika gekommen …«

»Das ist es!«, rief Caleb aus. »Er ist nach Amerika gekommen, aber weshalb? *Weshalb* ist er hierhergekommen? Und warum ist seine Familie nicht bei ihm? An diesem Punkt hört er immer auf.«

»Und er sagt nie, aus welchem Land oder aus welcher Stadt er ist. Vielleicht rennt er von einem Familienstreit davon.«

Caleb schüttelte den Kopf. »Franz ist kein nachtragender Typ. Er ist zu weich in seinem Innern. Er sagt, was er denkt, aber wenn er Streit hätte, würde er ihn beenden wollen.«

Libby stimmte Caleb zu. »Aber was könnte sein Geheimnis sein? Er trägt zerlumpte Kleider, als wäre er arm.«

Caleb unterbrach sie. »*Als wäre er arm.* Denkst du, er ist arm?«

Libby schüttelte den Kopf. »Nicht wirklich arm. Nicht wie die Leute, die nicht genug zu essen haben. Ich glaube, er hatte einmal viel Geld, das nun aus irgendeinem Grund weg ist. Denkst du, Kadosa ist sein richtiger Name?«

»Ich habe mich dasselbe gefragt. Wenn wir sogar das infrage stellen, was verheimlicht er uns noch alles?«

Libby mochte das Gefühl nicht, das diese Erkenntnis ihr gab. »Viele Einwanderer ändern ihre Namen, wenn sie nach Amerika kommen. Yohansson zu Johnson zum Beispiel.«

»Das meine ich nicht«, sagte Caleb. »Und du auch nicht.«

* * *

Als Papa nach dem Abendessen mit Annika zurückkehrte, pfiff er auf der Treppe fröhlich vor sich hin. Danach verbrachte er Zeit mit Libby in seiner Kajüte. Er schaukelte in seinem Schaukelstuhl hin und her, und

Libby saß auf dem niedrigen Schemel neben ihm. Das war Libbys liebste Tageszeit – die Augenblicke, in denen sie und Papa miteinander reden konnten.

»Weißt du, Libby, etwas beschäftigt mich schon ziemlich lange. Eines Tages werden wir durch die Eisenbahn ersetzt …«

»Dampfschiffe werden durch die Eisenbahn ersetzt?« Die Vorstellung erschreckte Libby.

»Immer mehr Eisenbahnlinien führen an den Mississippi. Im Augenblick bedeutet das für uns mehr Aufträge. Doch die Zeit wird kommen, in der die Eisenbahnlinien von Meer zu Meer verlaufen werden. Wenn das ›eiserne Pferd‹ Dampfschiffe ersetzt, brauche ich einen anderen Lebensunterhalt.«

Dieser Gedanke war für Libby so neu, dass sie sich nicht einmal vorstellen konnte, dass Papa etwas anderes als ein Kapitän sein könnte. Doch ihr Vater fuhr fort.

»Trotz allem, was früher in diesem Sommer geschehen ist, hatte ich insgesamt eine gute Saison. Ich habe meine Besatzung ausbezahlt, und es ist noch Geld übrig. Nun, solange ich es habe, will ich dieses Geld in Land investieren.«

»Als Spekulation?« So, wie sie Papa kannte, konnte Libby dies jedoch kaum glauben.

»Als Zukunftsplanung. Um einen heimlichen Traum von mir zu verwirklichen. Ich will mich umsehen. Vielleicht finde ich Land auf einem Kliff über dem Fluss. Dampfschiffe muss ich zwar möglicherweise hinter mir lassen, doch den Fluss werde ich nicht verlassen. Falls die Zeit dafür kommt, möchte ich Bäume und Hügel und einen Blick auf den Fluss. Genug Land, um Holz zu hacken und Getreide anzupflanzen und davon zu leben …«

»Und eine Familie zu haben?«, fragte Libby.

Papa streckte den Arm aus und zog Libby in einer Umarmung zu sich. »Wir sind eine Familie. Eine *Gib-nie-auf-Familie*. Schon vergessen?«

»Eine Familie, die zusammenhält, auch wenn es schwierig ist.« Dann dachte Libby an Annikas Reaktion auf ihre Verkupplungsversuche und traute sich nicht weiterzusprechen. Doch schließlich ging sie das Risiko ein. »Eine *größere* Familie, meine ich.«

»Ja. Mehr Leute in unserer Familie.« Papas Augen blickten auf einmal erfreut. »Als Erstes sollten wir schauen, was Annika von unserer Idee hält. Würde dir das gefallen?«

»Wenn du meinst, dass du Annika heiraten möchtest, würde mir das sehr gefallen«, antwortete Libby. »Aber ich glaube, du musst sie erst davon überzeugen.«

Papa seufzte, und das Lächeln in seinen Augen war verschwunden. »Allerdings. Sie ist eine ziemlich unabhängige junge Frau. Ich glaube, ein Teil von Annika hat Angst beim Gedanken an eine Beziehung.«

»Das glaube ich auch«, sagte Libby, doch tief in ihrem Innern hatte sie einen riesigen Wunsch. *Ich hoffe, dass Papa nie herausfindet, dass ich Annika gesagt habe, sie solle ihn heiraten.*

Froh darüber, dass »Herr Ärger« nicht mehr auf der *Christina* war, nahm Libby ihre Decken und richtete sich das Bett wieder in ihrer Kajüte ein. Falls »Herr Ärger« derjenige war, der ihre Sachen durchsucht hatte, war er nun weg. Aus ihrem Leben verschwunden. Zumindest glaubte Libby das.

In jener Nacht ging Libby singenden Herzens zu Bett. Noch lange dachte sie voller Aufregung an Papa und Annika. In Gedanken beschäftigte sich Libby mit ihnen, während sie sich auf ihrer Maishülsen-Matratze hin und her wälzte.

Als sie hörte, wie Papa die Treppe hinunterging, um zu kontrollieren, ob alles in Ordnung war, wurde Libby klar, dass der Schlaf nicht so bald kommen würde. Sie stand auf, zog sich schnell an und setzte sich auf das Sturmdeck. Von ihrem Lieblingsplatz aus hatte sie eine gute Sicht auf die Lagerhäuser, das Kliff am Fluss entlang und die Stadt Saint Paul.

Schon bald zog Libby sich einen Pullover über. Die kühle Nacht nach dem warmen Tag erinnerte sie daran, dass sie im Minnesota-Territorium war. Bald würde der Herbst kommen und danach dann die richtige Kälte. *Vielleicht wird Annika dann bei uns sein, und wir werden weit weg von hier sein.*

Im Hafengebiet war es jetzt ruhig. Der Mond stand hoch am Himmel, von einer Wolkenschicht bedeckt. Über Libby ragte eine Reihe Lagerhäuser als tieferes Schwarz in den Nachthimmel.

Lange saß Libby da. Dann, gerade in dem Augenblick, als sie in ihre Kajüte zurückkehren wollte, hörte sie ein Geräusch. Was war das? Gedämpfte Schritte? Das leise Knarren eines Zaumzeugs?

Auf der Straße bei den Lagerhäusern nahm Libby eine Bewegung wahr. Libby lehnte sich vor und spähte in die Dunkelheit.

Dann sah sie es: Ein von Pferden gezogener Wagen fuhr rückwärts auf den schmalen Landstreifen auf der dem Fluss zugewandten Seite eines Lagerhauses. Der Wagen hielt neben der Tür an. Kurz darauf tauchte ein zweiter Wagen auf, und schließlich drängte sich ein dritter Wagen in den engen Zwischenraum.

Von jedem Wagen kletterte ein Mann. Zwei waren groß, und einer war klein. Alle drei schlichen sich durch die Tür.

Warum?, fragte sich Libby. *Was führen die bloß im Schilde?*

Kurz darauf kamen sie wieder zurück. Jeder Mann trug etwas Schweres auf der Schulter. Als der Mond hinter den Wolken hervorkam, erkannte Libby, was es war. Ein Haufen Pelze!

Diebe!, dachte Libby, als sie beobachtete, wie sie die Wagen beluden. *Diebe, die die Pelze stehlen!*

Dann hörte Libby, wie die Anlegeplanke der *Christina* ausgefahren wurde und leise Schritte ans Flussufer gingen. Im Schatten des Schiffes gingen zwei Männer auf die Wagen zu.

Noch mehr Diebe! Was kann ich bloß tun?

Als Libby aufstand, um ihren Papa zu holen, fiel ihr ein, dass er nicht in seiner Kajüte war. Bis sie ihn gefunden hätte, wären die Diebe schon längst auf und davon.

Dann fiel ihr Blick auf die Schiffsglocke neben ihr. Sofort war Libby dort angekommen und packte das lange Seil zwischen der Glocke und der Kommandobrücke.

Riggs!

Beim ersten Zug am Seil ertönte die Glocke. Der scheppernde Klang erfüllte die Nacht, und der Kai erwachte zum Leben. Immer wieder läutete Libby die Glocke.

Auf der *Christina* rannten Deckhelfer nach oben, um nachzuschauen, was los war. Bei den Lagerhäusern sprangen die Diebe in ihre Wagen. Als Männer von der *Christina* zu ihnen rannten, stand Libby an der Reling und schaute zu. Genau in diesem Augenblick liefen zwei Polizisten um das eine Ende des Gebäudes herum.

Doch am anderen Ende des Lagerhauses knallten die Diebe ihren Pferden die Peitschen auf die Rücken. Ratternd und schwankend fuhren die Wagen auf die Straße. Die Polizisten verfolgten sie, doch die Diebe konnten entkommen.

Als die ganze Aufregung vorüber war, ging Libby langsam zur Kajüte ihres Vaters. Entmutigt wartete sie, bis Papa kam. *Ich hab's versucht*, dachte sie. *Aber es war nicht genug.*

Zuerst kam Caleb. Er fragte sie: »Libby, wie schaffst du es nur, immer so viel Ärger zu verursachen?«

Libby starrte ihn an. »Caleb Whitney, ich habe versucht, die Diebe aufzuhalten. Ich wollte die Polizei warnen, die Besitzer des Lagerhauses, alle, die es hören konnten.«

»Toll, du hast die Leute gewarnt. Du hast alle im

gesamten Hafengebiet geweckt. Aber die Diebe konnten entkommen, bevor Jordan und ich sehen konnten, wer sie waren.«

»Das wart *ihr* am Flussufer? Nun, ich kann dir sagen, wer sie waren. Zwei waren groß, und einer war klein genug, um der Pfandleiher zu sein.«

Doch Caleb hörte ihr kaum zu, sondern schnaubte: »Fiel dir nichts anderes ein, wie du hättest Hilfe holen können?«

Libby senkte den Kopf. Sie ballte die Hände zu Fäusten, bis ihre Fingernägel in die Handflächen drückten. Um nichts in der Welt wollte sie, dass Caleb sie weinen sah.

Doch er hatte noch nicht ausgeredet. »Libby, du hast dich wieder an den Pranger gestellt. Diese Diebe wissen, wer du bist. Sie wissen, dass es auf der *Christina* nur eine Kapitänstochter gibt.«

Wie eine Wasserflut überkam Libby die Wut. Doch als sie aufschaute, bemerkte sie den Ausdruck in Calebs Augen. »Du hast Angst, nicht wahr?«, sagte sie.

»Wie kann ich *keine* Angst haben? Sobald du an Bord gekommen bist, hat dein Papa mich beauftragt, auf dich aufzupassen.«

»Aha«, sagte Libby. »Ich bin Teil deiner Arbeit.«

Caleb stöhnte auf. »Nein! Ich meine: Ja! Ach, du weißt, was ich meine.«

»Nein.« Libbys Wut war zurück und schäumte über. »Ich dachte, wir wären Freunde. Ich dachte, dass es dir gefällt, dass ich bei der ›Untergrundbahn‹ mithelfe, dass du mir vertraust …«

Plötzlich drehte Caleb sich schnell um und stolzierte

davon. An der Tür drehte er sich um. »Libby, du machst mich so wütend, dass ich schreien könnte!«

Dann war er weg.

Als die Tür zuknallte, kicherte Libby. *Ha! Auch der große Caleb Whitney kann sich ärgern!*

Dann verwandelte sich ihr Kichern in Schluchzen. Eine halbe Minute später fielen ihr Calebs erschreckte Augen ein, und sie musste lachen. Doch als sie erneut zu weinen begann, schluchzte sie, als würde sie nie mehr aufhören.

Genau in diesem Augenblick riss Caleb die Tür auf und schob Samson hinein. »Behalt ihn bei dir«, warnte er. »Ich kann nicht die ganze Zeit auf dich aufpassen.«

»Du brauchst überhaupt nicht auf mich aufzupassen!«, rief Libby ihm nach. Doch diesmal war Caleb endgültig weg.

* * *

In Papas Kajüte erzählte Libby am nächsten Morgen Papa alles, was in der Nacht vorgefallen war. Papa hielt eine Tasse Kaffee in der Hand und war immer noch entspannt, als er aus dem Fenster auf die Jackson Street blickte. »Da ist Joe Rolette!«

Schnellen Schrittes eilte ein Mann den steilen Hang herunter und kam direkt auf die *Christina* zu.

»Wer ist Joe Rolette?«, wollte Libby wissen.

»Der Repräsentant von Pembina – an der kanadischen Grenze, wo die Ochsenkarren herkommen. Dank Männern wie Joe und seinen Partnern ist Saint Paul im internationalen Handel tätig.«

Papa sah sich bereits nach seiner Krawatte um.

»Außerdem ist Joe der Mann, der die Gesetzesvorlage gestohlen hat, die die Hauptstadt von Minnesota von Saint Paul nach Saint Peter verlegt hätte. Er ging einfach mit der Gesetzesvorlage davon und versteckte sich in einem Hotel in Saint Paul, bis es für die Abstimmung zu spät war.«

Libby kicherte. Die Leute vom Minnesota-Territorium nahmen das jedoch zweifellos ernst.

»Im Winter kommt Joe mit Schlittenhunden nach Saint Paul. Libby, wo ist meine Zahnbürste?«

»Ist sie nicht beim Waschbecken?«

»Und mein Kamm? Der ist auch nicht hier.«

Libby eilte ihm zu Hilfe. Papa war so ordentlich, dass sie nie erlebt hatte, dass er je etwas gesucht hatte.

Als er die Kapitäns-Uniform bereitlegte, sagte er: »Meine Kleiderbürste! Und wo sind meine Schuhe?«

Aufgebracht blickte Papa sich um. »Was ist denn hier los? Alles, was ich brauche, ist verschwunden!«

»Aaaah! Hat Peter dir gestern geholfen?«, fiel es Libby nun ein.

Plötzlich blieb Papa stehen. »Ja. Warum? Ich glaube schon. Als er fragte, was er tun solle, schlug ich ihm vor, dass er meine Kajüte aufräumt.«

Statt an ihrem gewöhnlichen Ort fand Libby Papas Zahnbürste auf seinem Pult. Sein Kamm war irgendwie zwischen dem Bett und der Wand hinuntergefallen. Seine Kleiderbürste und seine Schuhe befanden sich in einer Schublade unter dem Bett.

Als Papa schließlich sein Kapitänsjackett angezogen und seine Mütze aufgesetzt hatte, sah er erschöpft aus. Und Joe Rolette klopfte bereits an die Tür.

»Kannst du dir für Peter eine andere Aufgabe ausdenken?«, bat Papa Libby, als sie hinaushuschte.

* * *

»Heute werde ich mich in der Umgebung von Saint Paul ein wenig umschauen«, erwähnte Papa beim Frühstück beiläufig. Möchten Sie mich begleiten, Frau Berg?«

»Eigentlich schon«, antwortete Annika, »aber ich habe versprochen, mich noch einmal bei Harriet Bishop zu melden. Sie sucht eine Lehrerstelle für mich.«

Papa sah enttäuscht aus. »Ich wäre immer noch sehr erfreut, wenn Sie mir beim Unterricht auf der *Christina* helfen würden. Sie könnten auch Englischunterricht für Einwanderer anbieten, die flussaufwärts reisen.«

Bevor Annika eine Antwort geben konnte, unterbrach Peter und fragte Papa: »Wie kann ich dir heute helfen? Soll ich wieder die Kajüte sauber machen?«

Papa nahm Peters Schiefertafel und schrieb schnell: »Ich möchte, dass du mir auf andere Weise hilfst. Wenn du ein Entdecker sein willst, warum begleitest du mich nicht?«

Während Deckhelfer Joe Rolettes Pelze auf die *Christina* luden, machte sich Papa mit Peter auf den Weg. Vom Schiff aus schaute Libby zu, wie die beiden das Hafengelände durchquerten.

»Peter darf den ganzen Tag bei Papa sein«, sagte sie zu Annika.

»Libby, Peter braucht eine Schwester wie dich«, antwortete Annika sanft. »Und er braucht deinen Papa, genauso wie du ihn brauchst. Dein Vater hat genug Liebe für euch beide.«

Doch Libby folgte Papa mit ihren Augen, noch lange nachdem er und Peter in die Jackson Street eingebogen waren. *Ich hatte Papa immer für mich allein. Mein Leben verändert sich. Ich weiß nicht, ob mir diese Veränderungen gefallen.*

* * *

Am Ufer sahen Libby und Franz zu, wie Jordan und Caleb von einem Wagen zum anderen gingen. Schon bald fanden sie einen Bauern, der in die junge Stadt Saint Anthony fuhr. Auf dem Weg dorthin kam er nah am Larpenteur's Lake vorbei, wo die Ochsenkarrenfahrer ihr Lager aufgeschlagen hatten.

Franz schwang sich auf den Sitz neben dem Fahrer, und Libby, Caleb und Jordan kletterten hinten auf den Wagen. Auf der holprigen Strecke lehnte sich Jordan an die hohen Bretter an der Vorderseite des Wagens. Mit geschlossenen Augen summte er so leise, dass Libby ihn kaum hören konnte.

Als Jordan die Worte zu singen begann, drehte Franz den Kopf, um zuzuhören. Jordan wiegte sich mit der Musik hin und her und schien dabei zu vergessen, wo er war.

»Deep River, my home is over Jordan;
Deep River; Lord, I want to cross over into camp ground;
Lord, I want to cross over into camp ground.«

(»Tiefer Fluss, mein Zuhause ist jenseits des Jordans;
Tiefer Fluss; Herr, ich will zum Lagerplatz übersetzen;
Herr, ich will zum Lagerplatz übersetzen.«)

Als wäre es erst gestern – und nicht schon vor einigen Monaten – gewesen, erinnerte sich Libby daran, wie sie Jordan zum ersten Mal singen gehört hatte. Sein Rücken war wund gewesen und hatte geblutet, während er in der Sonne saß und sich von Caleb die Wunden auswaschen ließ.

»Hasst du Riggs nicht?«, hatte Libby ihn gefragt, nachdem sie erfahren hatte, dass Jordan von seinem Besitzer ausgepeitscht worden war.

»Ich will wütend sein. Ich will ihn von ganzer Seele hassen«, hatte Jordan ihr geantwortet. *»Aber als ich nur so hoch war, mein Daddy sagte zu mir: ›Das Hassen raubt deinen Knochen Stärke, macht dich blind, wenn du kämpfen muss. Wenn du vergibst, du stark sein.‹«*

Von jenem Zeitpunkt an hatte sich Libbys Leben für immer verändert wegen all dessen, was sie bei Jordan und seiner Familie beobachtet hatte. Für Jordan und seine Familie stand eine Flussüberquerung für das Entkommen aus der Sklaverei und den Beginn eines neuen Lebens in Freiheit. Doch es bedeutete noch mehr. Das stark ausgeprägte geistliche Leben, das Jordan und seine Familie führten, war wie ein fließender Fluss.

»Oh, don't you want to go to that gospel feast,
That promised land where all is peace?«

(»Oh, willst du nicht gehen zu jenem Evangeliumsfest,
In jenes verheißene Land, wo lauter Frieden herrscht?«)

Wie ein Schrei kamen diese Worte tief aus seinem Herzen. Leise begann Franz mitzusummen. Jordans Stimme wurde immer fester und lauter.

»Lord, I want to cross over into camp ground.«

(»Herr, ich will zum Lagerplatz übersetzen.«)

Bei der Abzweigung zum Larpenteur's Lake hielt der Bauer an. Libby, Caleb und Franz kletterten vom Wagen und gingen das restliche Wegstück zum Lager der Ochsenkarrenfahrer zu Fuß.

Jordan blieb jedoch sitzen – er wollte weiter bis nach Saint Anthony.

Von Papa hatte Libby erfahren, dass die Fahrer französische, schottische, englische sowie Cree- und Ojibwa-Vorfahren hatten. Auf all ihren Wagen hatten sie je etwa fünfhundert Kilogramm Pelze von Manitoba und vom Red-River-Tal bei sich. Normalerweise machten sich die Fahrer im Juni auf den Weg in den Süden und waren dann etwa vierzig Tage lang unterwegs. Mehrmals hatte Papa sich gefragt, warum sie dieses Jahr erst so spät angekommen waren.

Kurz darauf hörte Libby die leichten, munteren Klänge einer Geige. Franz begann schneller zu gehen, und Libby fragte ihn: »Glauben Sie, es ist Ihre Geige?«

Sie fanden den Lagerplatz am Ufer eines kleinen Sees. Hier und da standen bedeckte Wagen, doch einige Fahrer hatten Tipis aufgestellt. Andere hatten Büffelleder als Zelte über ihre Karren gespannt. In der Nähe weideten Ochsen und Maultiere im Präriegras.

Einige Männer saßen auf Baumstämmen um ein Lagerfeuer. Sie trugen blaue Hemden mit Metallknöpfen und roten Schärpen um die Hüften. Die meisten Gesichter waren von der Sonne braun gebrannt und vom Wind zerfurcht. Zwei Männer fertigten neue Radachsen für ihre Karren an. Andere Männer reparierten Zaumzeug für die Rückreise in den hohen Norden.

Unter den Fahrern befand sich eine Handvoll Frauen und Kinder. Die Karren der Frauen waren hell bemalt, und die Erdkruste war von den Speichen und Felgen abgewaschen.

Als Libby sich nach ihren Karren erkundigte, erklärte eine Frau: »Wenn wir einen Fluss überqueren, nehmen wir die Räder ab und binden vier davon zu einem Floß zusammen.«

Die Räder waren gebogen, und die Fahrer benutzten Büffelleder als Auskleidung, um die Pelze vor dem Wasser zu schützen. Nun waren die Karren nicht mehr mit Pelzen beladen, aber einige enthielten Vorräte für die Heimreise und den kommenden Winter.

Die Frau erzählte Libby auch, warum sie erst so spät nach Saint Paul gekommen waren. Viele von ihnen waren krank gewesen. Oft war eine Karrenachse zerbrochen und musste ersetzt werden. Mehrere Male waren Ochsen in einen Sumpf gestolpert. Was nach festem Grund ausgesehen hatte, wurde in einem Umkreis von drei bis vier Metern erschüttert.

Beim Lagerfeuer spielte ein Ochsenkarrenfahrer eine beschwingte Melodie nach der anderen. Als er aufhörte, fragte Franz den Geiger: »Darf ich?«

Der Fahrer beäugte Franz kritisch.

»Ich werde vorsichtig sein«, versprach Franz sofort. »Ich bin auch Geiger.«

Er ließ den Bogen über die Saiten tanzen und wiederholte das letzte Stück des Fahrers. Als er fertig war, drehte er die Geige um. Als gefiele ihm die Maserung des Holzes, strich er mit der Hand sanft über die Rückseite.

Vorsichtig gab Franz die Geige ihrem Besitzer zurück. »Hab ich die Melodie getroffen?«

Der andere Mann strahlte ihn an. »Fast. Sie haben ein gutes Gehör! Ich zeig Ihnen die Stelle, die Sie nicht ganz getroffen haben.« Der Fahrer spielte einen Teil der Melodie nochmals, indem er kurze, schnelle Bogenbewegungen machte.

Franz summte mit der Geige mit, klopfte mit dem Fuß auf den Boden und nickte mit dem Kopf im Takt der Musik. Schließlich sagte er. »Danke, danke! Nun hab ich's! Immer wenn ich Ihr Lied spielen werde, werde ich an Sie denken.«

»Und ich an Sie!« Der Fahrer verbeugte sich so tief, dass seine Schärpe den Boden berührte. »Wenn ich meinen Kindern von dieser Begegnung erzähle, werde ich sagen, dass ein berühmter Mann auf meiner Geige gespielt hat.«

Dann ließen Libby, Caleb und Franz das Lager hinter sich und gingen denselben Pfad zurück, den sie gekommen waren.

»War es Ihre Geige?«, fragte Libby.

Franz schüttelte den Kopf. »Aber es ist eine gute. Habt ihr gehört, wie süß sie gesungen hat? Der Mann hat nicht nur eine gute Geige. Er ist auch ein ausgezeichneter Geiger. Darum hat er sein Gold für eine noch bessere Geige gespart.«

Franz konnte seine Enttäuschung nicht verbergen. »So nah dran waren wir, meine Geige zu finden. Der Ochsenkarrenfahrer dachte wohl, der Dieb wollte sie gar nicht verkaufen. Viel, viel Gold verlangte er. Niemand konnte sie kaufen.«

»Sammeln Sie überall Lieder, wo Sie hinkommen?«, wollte Libby wissen. »Haben Sie so verschiedene Musikstile spielen gelernt?«

Franz lächelte. »Ich war ein Kind, als mein Kindermädchen mich auf Besuche in ihr Dorf mitnahm. Ich habe zu den Melodien der volkstümlichen Fiedler getanzt. Ihre Musik ist mir ins Blut gegangen, und ich habe sie nie vergessen.«

Schon bald kamen sie an den Weg, auf dem Postkutschen zweimal am Tag zwischen Saint Paul und Saint Anthony hin- und herfuhren. Die Kutsche nach Saint Paul kam zuerst, und Franz stieg auf. Kurz darauf hielt eine andere Kutsche an, um Libby und Caleb nach Saint Anthony mitzunehmen.

»Wir haben einen weiteren Hinweis«, sagte Libby, als sich die Pferde in Bewegung setzten.

»Ich weiß«, erwiderte Caleb. »Wenn Franz als Junge ein Kindermädchen hatte, das sich um ihn kümmerte, dann kommt er aus einer wohlhabenden Familie.«

»Mir ist noch etwas anderes eingefallen.« Libby dachte an den Tag, an dem der Geiger nicht reagierte, als sie ihn ›Herr Kadosa‹ nannte. »Ich glaube, Franz ist sein echter Vorname. Darum hat er uns gebeten, ihn so zu nennen.«

Schon bald brachte die Kutsche sie ans Ostufer des Mississippi. Libby blickte nach vorn und sah das Winslow House von Saint Anthony, ein fünfstöckiges Backsteingebäude. Eine hohe Treppe führte zum Haupteingang des Hotels hinauf.

In der Nähe des Eingangs bemerkte Libby einen verschwommenen Farbtupfer. Jemand rannte die Treppe herunter, über die Straße und dann weitere Stufen zum Flussufer hinunter. Libby lehnte sich vor, um besser sehen zu können. War das möglicherweise Jordan? Doch er war zu weit weg, um das mit Sicherheit sagen zu können.

Als die Kutsche näher kam, sah Libby einen gut gekleideten Mann ganz oben auf der Hoteltreppe stehen. In seiner Hand hielt er einen Stock mit einem goldenen Griff. Das ließ Libby die Person, die sie gerade nicht erkannt hatte, sofort vergessen. Der Mann auf der Treppe bekam ihre ganze Aufmerksamkeit.

»Ich habe ein schreckliches Gefühl«, flüsterte sie. »Denkst du, dass Herr Thompson verstanden hat, dass Jordan ein entlaufener Sklave ist?«

Caleb wusste genau, worauf sie hinauswollte. »Er dachte wahrscheinlich, dass Jordan ein freier Schwarzer war – wie er selbst. Dass Jordan Freiheitspapiere hat und dass es nicht gefährlich war, ihn hierhin zu schicken. Er könnte in großen Schwierigkeiten sein.«

Als die Kutsche anhielt, wurde Libbys Vermutung zum Albtraum. Das flaue Gefühl in ihrer Magengegend wich einer Angst, die sie nicht ignorieren konnte.

»Caleb!« Libby brachte die Worte kaum hervor. »Schau mal, wer auf der Treppe steht.«

Caleb blickte in dieselbe Richtung und schreckte auf. »Ist das wirklich Riggs?« Der Mann war nicht nur Jordans Besitzer und sein meistgefürchteter Feind. Er war auch ein grausamer Sklavenhändler.

Caleb ballte vor Wut die Fäuste. »Ausgerechnet hier! Wie konnte Jordan bloß in dasselbe Hotel kommen?«

Gefürchteter Freund

»Riggs muss hierhergekommen sein, um der Hitze zu entfliehen«, murmelte Libby.

»Nun, so groß ist die Überraschung eigentlich nicht«, meinte Caleb. »Dein Papa sagt, dass dieses Hotel den Leuten aus dem Süden am meisten zusagt. Es hat jeden Luxus, den ein Hotel bieten kann, und außerdem eine gute Aussicht auf die Wasserfälle.«

In diesem Augenblick stieg der Postkutscher von seinem Sitz herunter. Er öffnete die Tür und rief: »Alle aussteigen!« Doch Libby saß wie versteinert da.

Als der Kutscher sie zur Eile antrieb, sagte Caleb: »Wir haben uns entschieden, noch etwas weiterzufahren.«

»Es geht nicht weiter. Endhaltestelle.«

Caleb blickte sich um. Riggs stand immer noch ganz oben auf der Treppe beim Haupteingang des Hotels. Offensichtlich hielt er nach jemandem Ausschau.

»Wir können nicht aussteigen«, flüsterte Libby. »Das muss Jordan gewesen sein, der da weggerannt ist. Wenn Riggs uns sieht, weiß er mit Sicherheit, dass Jordan hier ist.«

»Wir warten in der Kutsche«, teilte Caleb dem Fahrer mit. »Wir fahren mit Ihnen nach Saint Paul zurück.«

»Die Rückfahrt ist frühestens in einer Stunde«, erwiderte der Fahrer. Er deutete mit dem Kopf auf das Hotel. »Ihr müsst drinnen warten.«

Also stand Caleb auf, nahm jedoch den Türgriff auf der anderen Seite der Kutsche und öffnete die Tür. Als er ausstieg, folgte Libby ihm. Die Postkutsche stand zwischen ihnen und dem Mann auf der Treppe.

»Wende Riggs den Rücken zu«, flüsterte Caleb Libby zu. »Tu so, als ob du mit mir einen netten Spaziergang machen würdest.« Caleb hielt Libby seinen gebeugten Arm hin, und Libby hakte sich bei ihm ein. Von seinem Sitz auf dem Wagen rief der Fahrer seinen Pferden zu: »Hü!«

Doch Libby hatte keine Zeit, den ersten Blick auf die schönen Wasserfälle auszukosten. Sie war extrem nervös und musste sich stark beherrschen, um sich nicht nach Riggs umzudrehen.

Ohne den Kopf beim Sprechen zu Libby zu drehen, wandte Caleb dem Winslow House ständig den Rücken zu. Gerade als Libby dachte, sie könnte die Spannung nicht mehr länger ertragen, kamen sie an den Fluss.

Vor ihnen befanden sich zwei Inseln, Hennepin Island zu ihrer Linken und Nicollet Island zu ihrer Rechten. Das Flussufer war steil und sah schlammig aus, als hätte es erst kürzlich geregnet.

»Es wird rutschig sein«, warnte Caleb sie. »Halte dich an meinem Arm fest und veranstalte kein Theater. Wenn wir halb unten sind, kann Riggs uns nicht mehr sehen.«

Libby war sich sicher, dass sie tief einsinken würde, sobald sie einen Fuß auf das schlammige Ufer setzen würde. Als sie zögerte, klemmte Caleb ihren Arm ein und zog sie mit sich vorwärts.

Es war genauso schlimm, wie Libby es erwartet hatte. Als sie den Hang zum tiefer liegenden Flussufer hinuntergingen, rutschte Libby aus, doch Caleb hielt sie fest. Im nächsten Augenblick sank ihr rechter Fuß in dem weichen Boden tief ein.

Libby blieb angsterfüllt stehen. »Gibt es hier Schlangen?«

»Wahrscheinlich. Geh weiter.« Caleb hielt ihren Arm wieder fester. »Wir sind noch nicht außer Sichtweite.«

Beim nächsten Schritt sank auch Libbys linker Fuß tief ein. Nach zwei weiteren Schritten ging ihr der Schlamm bis zu den Knöcheln und schwappte beinahe von oben in ihre Schuhe.

Libby atmete hörbar ein. »Oh, Caleb, das halt ich nicht aus!«

»Du musst!« Calebs Stimme erlaubte keine Widerrede. »Wenn Riggs Jordan erwischt, verliert er sein Leben. Geh weiter – egal, was kommt!«

Libby brachte ihre Füße nur mit Mühe aus dem Schlamm, nur um beim nächsten Schritt wieder einzusinken. Sie jammerte: »Aber wohin gehen wir überhaupt?«

»Erst mal außer Sichtweite. Dann suchen wir Jordan. Er muss Riggs gesehen haben, sonst wäre er nicht so gerannt.«

»Denkst du, Jordan ist hier?«

»Wo sonst? Irgendwie müssen wir ihn an einen sicheren Ort bringen.«

Vor Libby erstreckte sich das Flussufer. Beim Weitergehen behielt sie die Felsen im Blick. Schon bald übertönte das Donnern der Wasserfälle sogar Calebs Rufen.

Von der schnellen Strömung wurden riesige Baumstämme mitgeführt, die über die Wasserfälle in ruhigeres Wasser fielen. Caleb ging flussaufwärts, am Ufer entlang.

Schon bald kamen sie zu einer großen Mühle. Davor stand ein Pferdegespann, während der Besitzer darauf wartete, dass sein Getreide gemahlen wurde.

Erst als sie hinter einen Stapel Baumstämme getreten waren, blieb Caleb stehen. Er spähte um den Stapel herum zurück. Libby tat es ihm gleich.

Mindestens zwei Häuserblocks hinter ihnen überragte das Winslow House die umliegenden Gebäude. Caleb hatte recht. Falls Riggs immer noch auf der Vordertreppe stand, war er außer Sicht.

Als Caleb wieder flussaufwärts blickte, ließ er Libbys Arm los. Er wollte Jordan möglichst bald finden.

Auf der anderen Seite des Flusses, am Westufer, befanden sich eine weitere Getreidemühle und ein Sägewerk. Sie gehörten zum Dorf Minneapolis, das damals viel kleiner war als das sich rasch ausbreitende Dorf Saint Anthony. Mit seinen vielen Fachwerkhäusern, die aus dem Holz gefertigt waren, das in den Mühlen gesägt worden war, sah Saint Anthony wie so manche kleine Stadt in New England aus, die Libby auf Bildern gesehen hatte.

Inzwischen fühlte sich ihre Panik wie ein fester, harter Knoten in ihrem Magen an. »Wenn Jordan hier ist, wo kann er sein?«

Caleb zuckte mit den Schultern. »Eigentlich überall. Saint Anthony hat über viertausend Einwohner!«

»Wenn wir bloß irgendwie herausfinden könnten, in welche Richtung Jordan gerannt ist«, meinte Libby.

»Peter hat uns ein Geheimzeichen gegeben. Glaubst du, dass Jordan sich daran erinnert?«

Zuerst suchten sie seine Fußabdrücke, doch der schlammige Boden war von unzähligen Spuren übersät. Dann, in der Nähe der Brücke zur Nicollet Island, entdeckte Libby das erhoffte Zeichen.

»Schau!« Sie zeigte nach unten. »Peters Fisch! Und der Kopf des Fisches zeigt auf die Insel!«

Nachdem sie die Brücke zur Insel überquert hatten, suchten sie erneut auf dem Boden. Diesmal zeigte ein Fisch nach rechts. Wie der erste Fisch war er in Eile gezeichnet worden.

Von einem Geheimzeichen zum nächsten folgten Libby und Caleb Jordan. Manchmal waren die Fische leicht zu finden. Manchmal waren sie halb versteckt, als hätte Jordan sie gezeichnet, während er sich in einem Gebüsch versteckte. Seine Spur führte die Insel hinauf, an einem Haus vorbei und kam in einem Bogen zu einem bewaldeten Stück Land in der Nähe der Wasserfälle zurück.

Als sie Jordan schließlich einholten, hatte er sich hinter einer Baumgruppe versteckt. Die Blätter wurden vom Sprühen der Stromschnellen genässt und waren so zahlreich, dass sie Jordan vollständig verbargen. Ohne das Fischzeichen hätten sie ihn wahrscheinlich gar nicht entdeckt.

Jordan blickte auf. Er zitterte am ganzen Körper. »Wenn Riggs mich finden kann hier – hier im Minnesota-Territorium –, wo ich dann überhaupt kann frei sein?« Verschwunden war die Zuversicht, die Jordan sonst ausstrahlte.

»Es gibt bestimmt einen Ort«, antwortete Caleb.

Für Jordan, der sich daran gewöhnt hatte, sich vor Sklavenfängern zu verstecken, stand aber noch mehr auf dem Spiel. »Aber meine Familie mich hierher hat gesandt, um zu erkunden das Land. Wo können sie leben in Sicherheit?«

»Das bekommen wir schon noch heraus«, meinte Caleb in der Hoffnung, Jordan damit beruhigen zu können.

Sie entschieden, dass sie versuchen würden, bei einer der Mühlen Hilfe zu bekommen. Caleb ging zurück und traf einen Bauern an, der durch die Prärie nach Saint Paul fahren wollte.

Kurz nachdem Caleb zu Jordan und Libby zurückgekehrt war, fuhr der Bauer ganz nah an die Brücke zur Nicollet Island und hielt die Pferde an. Als Jordan aufstehen wollte, hielt Caleb ihn zurück. »Warte auf das Zeichen. Er geht Wasser holen.«

Libby war neugierig. »Woher wusstest du, wen du fragen konntest?«

»Ich habe gebetet«, antwortete Caleb. »Dann habe ich Fragen gestellt. Dieser Mann hat mich beiseitegenommen, als hätte er erraten, was ich brauchte.«

Die Sonne hatte ihren höchsten Stand schon hinter sich gelassen, als der Bauer einen Eimer aus seinem Wagen nahm und am Fluss mit Wasser füllte.

»Das bedeutet, dass uns niemand beobachtet«, erklärte Caleb, als der Bauer seine Pferde tränkte.

»Wenn du zu seinem Wagen kommst, Jordan, findest du dort zwei Jutesäcke. Klettere in einen davon und zieh dir den anderen über den Kopf.«

Libby und Caleb folgten Jordan und setzten sich zu ihm in den hinteren Teil des Wagens. Von den hohen Seitenwänden geschützt, fuhren sie nach Saint Paul.

»Hat Riggs dich gesehen?«, fragte Libby Jordan, als er den Jutesack vom Kopf zog.

»Ich nicht weiß«, antwortete er. »Ich nur geworfen hab einen Blick auf ihn und wie Blitz bin gerannt davon.«

Auf der *Christina* ging Jordan sofort die Treppen zum obersten Deck hinauf. Mit hängenden Schultern und gebeugtem Kopf lehnte er sich an die Wand des »Texas«. Er sah so entmutigt aus, wie Libby ihn noch nie gesehen hatte.

Als Peter zu ihnen stieß, erklärte Caleb ihm auf der Schiefertafel, was vorgefallen war. »Jordan hat dein Geheimzeichen benutzt, damit wir ihn finden konnten!«

»Echt?« Peter war begeistert. Dann bemerkte er Jordans Gesicht. Peter legte Jordan die Hand auf die Schulter und fragte: »Warum hast du Angst?«

Jordan hob den Kopf und öffnete die Augen. Ohne den Kopf zu drehen, warf er Peter einen Blick zu, mit dem er ausdrücken wollte: »Was hast du gesagt?«

Peter wiederholte seine Frage: »Warum hast du Angst?«

Einige Sekunden lang saß Jordan da, ohne ein Wort zu sagen. Dann schlug er sich aufs Bein und richtete sich auf. »Das ich vergessen hab!«

Peter sah verwirrt aus, doch Caleb schrieb weiter.

»Als ich war ein Sklave«, sagte Jordan, »ich von der Freiheit träumte. Ich davon träumte, meine Familie zu führen in die Freiheit. Nun, wo ich bin frei, ich das muss tun, was Herr Thompson hat geraten mir.«

Jordan klopfte dem Zehnjährigen auf den Rücken. »Danke, Peter! Du mich eben hast daran erinnert, zu leben die Freiheit!«

Kurz darauf suchte Libby Papa in dessen Kajüte auf. Er erzählte ihr begeistert von dem Stück Land, das er gefunden hatte. Wie Papa gehofft hatte, war es auf einer Klippe mit einem guten Blick auf den Fluss, auf Bäume und weite Landflächen. Papa hatte bereits die Kaufpapiere unterzeichnet.

»Hast du es Annika schon erzählt?«, fragte Libby.

Papa schüttelte den Kopf. »Ich halte schon Ausschau nach ihr. Ich kann kaum erwarten, es ihr mitzuteilen.«

Die Begeisterung ihres Vaters verwirrte Libby auf einmal. In den vergangenen Monaten hatte sie sich nach einer Frau als Vertrauensperson in ihrem Leben gesehnt. Eine Vertrauensperson, mit der sie sprechen konnte, nicht einfach nur ab und zu, sondern jederzeit. Eine Vertrauensperson, die eine Frau für Papa wäre, eine Mutter für sie. Doch nun fragte sich Libby: *Was geschieht mit mir, falls Annika und Papa tatsächlich heiraten?*

Libby versuchte ihre sorgenvollen Gedanken beiseitezuschieben. *Natürlich wird Papa mich immer noch lieb haben.*

Doch Libbys Unbehagen wollte nicht weichen. Aufgewühlt ging sie auf das Sturmdeck. Während sie ebenfalls nach Annika Ausschau hielt, bemerkte Libby einen Künstler, der am Flussufer seine Staffelei aufstellte. Libby ging hinunter, um ihm zuzuschauen. Dort traf sie auf Caleb.

»Komm, wir gehen zum Kongress der Demokraten und Republikaner.«

»Darf man da einfach reingehen?«

Caleb zuckte mit den Schultern. »Das sehen wir dann.«

Der Künstler hatte bereits die Umrisse der *Christina* skizziert. Das große weiße Dampfschiff mit seinen vielen Decks und Relings erstrahlte im Sonnenlicht. Hinter dem Schiff ragten die hohen Klippen auf der anderen Seite des Flusses in den klaren hellblauen Himmel.

Als Libby und Caleb vorbeigingen, drehte sich der Künstler um. Einen Augenblick lang schaute er sich ihre Gesichter prüfend an. »Lebt ihr auf der *Christina*? Wärt ihr gerne auf dem Bild?«

»O ja!«, rief Libby aus. Sie wollte jede Gelegenheit ausnutzen, wenn sie einem Künstler zuschauen konnte.

Caleb wollte sich davonschleichen, doch der Künstler rief ihn zurück. »Du auch. Wie wär's?«

Es war nicht schwierig, Calebs Gedanken zu erraten, doch Libby hatte sich bereits positioniert. Der Künstler dirigierte sie herum, bis sie mit der *Christina* im Hintergrund dastanden. Während der Künstler malte, sammelte sich eine Menschentraube um ihn herum. Der Künstler machte weiter und schaute nur ab und zu auf, um Libby und Caleb erneut zu studieren.

Zuerst stand Libby bewegungslos da. Es machte ihr Spaß, Teil eines Gemäldes zu sein. Doch schon bald spürte sie die Hitze der Nachmittagssonne. Dann juckte sie etwas. Sobald sie versuchte, sich die Nase zu kratzen, rief der Künstler: »Nicht bewegen!«

Dann blickte Libby hinter den Künstler. Annika ging mit Oliver White über den Kai. Mit einem flauen Gefühl stieß Libby Caleb an. Möglichst ohne die Lippen zu bewegen, flüsterte sie: »Da ist Annika!«

Oliver White war groß und schön, und seine blauen Augen lächelten, als er zu Annika hinunterblickte. Annika blickte zu ihm auf und redete und lachte wie mit einem guten Freund.

»O-oooh!«, meinte Caleb, ohne seine Lippen zu bewegen.

Libby zog sich der Magen zusammen. *Was, wenn Annika Oliver White liebt? Was, wenn er alle Hoffnungen und Träume Papas zerstört?*

»Momentchen!«, rief der Künstler. »Behaltet euren Gesichtsausdruck bei. Ich bin gleich fertig.«

Libby strengte sich an und zwang sich, still zu stehen.

»Danke, danke!«, sagte der Künstler, als er fertig war. »Ich reise den Saint Croix River zu den Taylor Falls hinauf. Wenn ich nach Wisconsin gehe, wird mir dieses Bild dabei helfen, Arbeit zu bekommen.«

Auf dem weißen Hintergrund der *Christina* zeichnete sich Calebs blondes Haar ab. Der Künstler hatte Caleb von seiner besten Seite dargestellt – so, wie er den Kopf normalerweise hielt, wenn er wusste, wohin er ging. Schon mehrmals hatte Libby diese Haltung bei ihm beobachtet, wenn er eine gefährliche Rolle in der »Untergrundbahn« übernahm.

Doch noch viel überraschter war Libby wegen einer anderen Sache: wie der Künstler *sie* gemalt hatte. In der Wärme des Tages wurde ihr Gesicht von sanften Locken umgeben. Doch etwas in ihrem Gesicht machte Libby stutzig. Da sie selbst in Chicago bei einem bekannten Künstler Zeichenunterricht bekommen hatte, bemerkte Libby sofort, was es war.

Der unzufriedene Ausdruck um ihre Augen war verschwunden. *Jetzt sind mir die Leute wichtig. Es ist mir wichtig, zu einer »Gib-nie-auf-Familie« zu gehören.*

Als Annika und Herr White bei der *Christina* ankamen, kam Peter gerade die Anlegeplanke herunter, gefolgt von Wellington. Der Hund blieb beim Anblick von Herrn White stehen, stellte sich auf seine spindeldürren Beine und bellte.

Als der Mann an ihm vorbeigehen wollte, tanzte Wellington herum und versperrte ihm den Weg. Herr White versuchte den Terrier zu ignorieren und versuchte erneut, die Anlegeplanke hinaufzugehen. Wellington knurrte. Herr White trat zurück und warf Peter einen wütenden Blick zu. »Halte deinen Hund von mir fern!«

Peter musste die Worte des Mannes nicht hören. Er beugte sich herunter und nahm Wellington auf den Arm. »Entschuldigung, Sir«, sagte Peter höflich, doch Libby kannte ihn gut.

Peter empfindet genauso wie ich. Er will nicht, dass Annika und Herr White zusammen sind.

Da sich Libby um Papa und um alles, was geschehen konnte, Sorgen machte, eilte sie an Annika und Herrn White vorbei. Auf dem Sturmdeck kniete sie sich an der Reling hin, die zum Hauptdeck führte. Kurz darauf sah Libby Annika. Sie trug in beiden Händen eine Reisetasche.

O-ooh!, dachte Libby. *Sie ist bereit, das Schiff zu verlassen.*

Libby stand auf und wollte der Lehrerin hinterherrennen. Doch dann bemerkte Libby Papa. Er sprach kurz mit Annika. Dann nahm er ihre Reisetasche und führte sie zur Treppe.

Als Papa und Annika schließlich die Treppe zum Sturmdeck hinaufgingen, kniete Libby sich erneut hin, damit sie außer Sichtweite war. Dann schlich sie sich zum »Texas«, sodass sie jedes Wort hören konnte, das die beiden sagten.

Nachdem Papa und Annika sich auf zwei Stühle gesetzt hatten, wagte Libby einen Blick um die Ecke. Von ihrem Platz auf dem Boden des Decks aus sah Libby ihre Rücken und die Seiten ihrer Gesichter. Wenn die beiden sich nicht umdrehten, würden sie Libby nicht bemerken.

Über ihren erstklassigen Platz erfreut, machte Libby es sich gemütlich, um zu beobachten und zu lauschen.

Libbys große Ungeschicklichkeit

Annikas Gesicht leuchtete aufgeregt. »Ich wollte gerade kommen und mich bei Ihnen für alles bedanken. Harriet hat genau die Stelle für mich gefunden, die ich brauche!«

Doch Papa sah aufgebracht aus. »Ich wollte mit Ihnen noch einmal darüber sprechen, dass Sie auf der *Christina* unterrichten könnten.«

Annika schien seine Worte kaum zu hören. »Erinnern Sie sich an den Tag, an dem Sie Libby und die Jungen fragten, was ihnen in ihrem Leben wichtig ist? In jenem Augenblick wusste ich, dass Gott mich diesen Winter in Saint Paul haben will.«

O nein!, dachte Libby. *Papa kann nicht hierbleiben!* Im gefrorenen Norden wäre er eingeschlossen und würde mindestens fünf Monate Schifffahrt verpassen. Weiter flussabwärts, in wärmeren Gewässern, konnte er viel länger arbeiten.

Und wenn Papa weg ist … Libby wollte gar nicht an all die Männer in Saint Paul denken, die eine Frau wie Annika gerne heiraten würden. *Wenn wir sie schließlich wiedersehen würden, könnte sie eine alte verheiratete Frau sein.*

Libby korrigierte sich. *Nicht alt. Aber verheiratet. Immer noch schön und lustig.*

Libby suchte nach den richtigen Worten. *Immer noch herzlich. Annika sind Leute wichtig.*

In diesem Augenblick fragte Papa Annika: »*Ich* habe

Ihnen dabei geholfen, sich dafür zu entscheiden, in Saint Paul zu bleiben?«

»Wissen Sie noch, was Sie von den Leuten gesagt haben, die anderen dabei helfen wollen, etwas Gutes aus ihrem Leben zu machen? Ich kann den Leuten, die bereits hier sind, und den Einwanderern, die noch kommen werden, helfen. Ich kann flüchtigen Sklaven wie Jordan helfen, die lesen und schreiben lernen wollen. Ich bin eine gute Lehrerin, Nathaniel. Eine sehr gute Lehrerin.«

»Das bezweifle ich nicht«, sagte Papa sanft. »Aber ich kann nicht hier bei Ihnen bleiben. Ich muss diese Pelze den Fluss hinunter und auf den Weg nach Europa bringen. Ich muss meine Arbeit weiter flussabwärts beenden und mit Vorräten für den Winter wiederkommen.«

Papa seufzte. »Wenn der Fluss erst mit Eis bedeckt ist, ist Saint Paul vom Rest der Welt abgeschnitten. Die Post, die hinein- oder herausgeht, wird von Schlitten transportiert. Wir hören vielleicht mehrere Monate lang nichts voneinander!«

»Ich weiß«, antwortete Annika. »Ich bin von allen vor den Wintern gewarnt worden.« Sie blickte sanft, als wünschte sie sich ebenfalls, an Bord der *Christina* zu bleiben und Teil der Familie zu sein, die gemeinsam den Fluss hinauf- und hinunterfuhr.

»Ich wäre gern bei Ihnen, Nathaniel. Ich würde Libby, Caleb, Jordan und Peter gerne unterrichten. Aber der Herr will, dass ich diesen Winter hierbleibe.«

»Ich weiß dann nicht einmal, ob es Ihnen gut geht!«

»Doch«, erwiderte Annika sanft. »Der Herr wird Ihnen mitteilen, wenn es mir nicht gut geht. Und genauso wird er mir mitteilen, ob es Ihnen gut geht.«

Eine Zeit lang schwieg Papa. Schließlich fragte er: »Nichts, was ich sage, kann Sie also umstimmen?«

Annika dachte einen Augenblick nach. »Es müsste Gott sein, der mich umstimmt.«

»Hat er Ihnen gesagt, warum Sie hierbleiben sollen?«

»Wenn ich jetzt an Bord käme, wäre es zu früh.«

Papa fuhr sich mit den Fingern durchs Haar. »Ich wollte nicht gleich heiraten. Ich wollte, dass wir uns Zeit geben, um einander besser kennenzulernen. Damit ich die Möglichkeit hätte – falls es genehm ist –, Sie zu umwerben und Ihnen zu zeigen, wie viel Sie mir bedeuten.«

Annika lächelte. »Es würde mir schon gefallen, das Gefühl zu haben, die am meisten geliebte Frau der Welt zu sein. Aber es ist zu früh.«

»Für mich? Oder für Sie?«

»Für Libby. Wenn ich jetzt auf die *Christina* käme, dächte sie, dass sie ihren Willen durchsetzen konnte. Sie will eine Mutter. Im Handumdrehen. Schwups! – und schon hat sie eine!«

»Aha«, sagte Papa.

»Ein neues Mitglied in die Familie aufzunehmen, ist etwas Ernstes. Libby ist noch nicht bereit für eine Mutter. Sie muss sich immer noch daran gewöhnen, Peter als Bruder zu haben.«

»Wie kann ich ihr helfen?«

»Ich weiß es nicht. Aber wenn es so weit ist, werden *Sie* es wissen.«

Papas Gesicht nahm einen schmerzerfüllten Ausdruck an. »Zurzeit ist der Fluss mein Leben und meine Arbeit. Aber es wird eine Zeit kommen, in der die Eisenbahn die Dampfschiffe ablösen wird. Ich habe einen weiteren Traum, den ich dann verwirklichen möchte. Ich wollte Sie dorthin bringen, um Ihnen meinen Traum zu zeigen. Eine Heimat ganz oben auf der Klippe, bebaubares Land rundherum und auch Wald. Aber …«

Papa hielt inne. Annika war Teil des Traums – und nun vielleicht doch *kein* Teil des Traums mehr. Lange blickte Papa ihr in die Augen. Dann nahm er ihre Hand in seine.

»Annika, lieben Sie jemand anders? Jemanden hier in Saint Paul?«

Annika senkte den Blick, und ihre langen dunklen Augenbrauen zeichneten sich auf der weichen Farbe ihrer Wangen ab. Als sie wieder aufschaute, blickten ihre Augen wieder verschmitzt. »Sie meinen Oliver White? Es stimmt, dass wir viel gemeinsam haben. Wir mögen beide Musik.«

Dann blickte Annika Papa in die Augen, und ihre Stimme nahm einen anderen Tonfall an. »Der Mann meiner Träume wird nicht hier in Saint Paul sein.«

Papa schreckte zurück. »Wer ist er? Wo wird er sein?«

»Er wird auf der *Christina* sein, irgendwo auf dem Mississippi, viel weiter südlich von hier.«

Papa lächelte. »Das würde mich sehr freuen, wenn es so bliebe.« Erneut blickte er ihr tief in die Augen.

»Ich möchte, dass Sie sich an etwas erinnern«, sagte

er dann. Er sprach mit sicherer Stimme, doch Libby hörte heraus, dass er den Tränen nahe war. »Wo auch immer Sie sind: Ich denke an Sie.«

»Und ich werde für Sie beten«, versprach Annika.

Papa stand langsam auf, doch dann ging er schnellen Schrittes davon, ohne zurückzublicken. Nachdem sich Annika ebenfalls entfernt hatte, schlüpfte Libby aus ihrem Versteck hervor. Ein Teil von ihr war wütend. *Oh, Annika! Wie kannst du bloß so stur sein? Wie kannst du dir bloß so sicher sein, dass Gott dich diesen Winter hierhaben will?*

Zum ersten Mal hasste Libby Annikas Glauben beinahe, da er sie davon abhielt, bei Papa zu sein. *Gerade jetzt, wo alles so gut lief! Gerade jetzt, wo Annika sich so gut mit Papa zu verstehen schien!*

Dann lastete etwas anderes auf Libby. *Warum denkt sie, dass ich nicht bereit bin für eine Mutter? Dass ich mich immer noch an einen Bruder gewöhnen muss? Für wen hält Annika mich eigentlich – für ein verwöhntes Kind? Das bin ich nicht mehr!*

Libby ging den längeren Weg ums »Texas« herum zu ihrer Kajüte. Dort traf sie auf Annika, die sie suchte. »Ich wollte mich verabschieden«, sagte die Lehrerin.

Libby schluckte den Kloß in ihrem Hals hinunter. Sie hätte Annika am liebsten hundert Fragen gestellt, doch sie wusste, dass sie das nicht tun konnte. Annika wüsste sonst, dass sie gelauscht hatte.

»Ich werde dich vermissen«, sagte Libby stattdessen mit leiser, kleinlauter Stimme.

»Ich dich auch.« Einen Augenblick lang blieb Annika dort stehen und wartete, bis Libby ihr in die Augen blickte. »Was auch immer in deinem Leben geschieht, Libby – du bist ein geliebtes Kind Gottes.«

Nach einer kurzen Umarmung war Annika weg. In Libby blieb ein Gefühl der Leere zurück. Als Samson sich neben ihr aufs Deck fallen ließ, setzte Libby sich neben ihn. Sie kraulte den Hund hinter den Ohren und wünschte sich, Annikas letzte Worte vergessen zu können. *Es klingt so, als ob sie sich endgültig verabschiedet hätte.*

Lange streichelte Libby Samson das Fell. »Ich bin froh, dass ich dich habe«, flüsterte Libby schließlich. »Mit dir zusammen ist das Leben einfacher.«

* * *

Die Sonne war untergegangen und das Hafengebiet von Dunkelheit überschattet, als die *Christina* sich darauf vorbereitete, Saint Paul zu verlassen. Die vollständige Ladung und die meisten Passagiere waren an Bord. Libby stand hoch oben auf dem Sturmdeck und blickte Richtung Jackson Street.

Ich werde dich vermissen, Saint Paul, dachte sie. In den wenigen Tagen, die sie hier verbracht hatte, hatte Libby die Stadt lieb gewonnen. *Genauso, wie Papa gesagt hat. Es gibt gute Leute hier. Hilfsbereite Leute.*

Doch dann, als sie in die Nacht spähte, verschwanden all ihre warmen Gefühle auf einen Schlag.

Auf der Jackson Street kam ein kleiner Mann daher, der einen teuer aussehenden Anzug und einen Hut trug. Er hielt einen Stock mit einem goldenen Griff in der Hand und kam direkt auf die *Christina* zu.

Vor Schreck drehte sich Libby der Magen um. *Ist das wirklich Riggs?* Seitdem sie den Mann in Saint Anthony gesehen hatte, befürchtete sie, ihm zu begegnen. Recht bald war sie sich sicher. Ja, ganz zweifellos war das Riggs, Jordans Besitzer.

Libby rannte zur Treppe. Als sie Jordan endlich im Maschinenraum fand, war sie völlig verängstigt und außer Atem.

»Du musst dich verstecken«, sagte sie zu ihm. »Riggs kommt an Bord! Ich glaube, der Pfandleiher hat ihm den Hinweis gegeben. Riggs weiß bestimmt, dass du hier bist.«

Jordan seufzte. »Wahrscheinlich. Ich pass auf, dass ich bleibe versteckt.«

Als die *Christina* aus Saint Paul auslief, erzählte Libby Papa von Riggs.

»Das ist in Ordnung.« Papa war überhaupt nicht nervös. »Solange wir wissen, wo er ist, können wir ihn im Auge behalten.«

* * *

In jener Nacht wachte Libby mit einem innerlichen Schmerz auf. Wie ein Albtraum ließ ihr erster Gedanke sie nicht los. *Annika ist nicht bei uns. Sie ist allein in Saint Paul geblieben.*

Libby versuchte, den Gedanken loszuwerden, doch ein nächster Gedanke kam hinzu. *Sie hat gesagt, dass ich nicht bereit sei für eine Mutter. Es ist alles meine Schuld!*

Am nächsten Morgen versammelte Papa die Kinder zum Unterricht. Damit Jordan dabei sein konnte, trafen sie sich im Laderaum hinter hohen Stapeln von Frachtgut. Mit einer Laterne dicht neben ihnen schrieb Caleb für Peter auf dessen Schiefertafel. Als sie sich nach Annika erkundigten, vermutete Libby, dass Annika von allen anderen genauso sehr vermisst wurde wie von ihr selbst.

»Die Spekulanten wollen Land wegen des Gewinns, den sie damit erzielen können«, sagte Libby, als Papa sie fragte, was sie in Saint Paul gelernt hatten. »Für Einwanderer bedeutet Land jedoch mehr. Sie wollen Land, um eine Heimat aufzubauen – um ein neues Leben zu beginnen.«

Caleb und Jordan hatten es geschafft, mehr über die Kongresse herauszufinden, welche die Männer, die einen neuen Staat gründen wollten, abhielten. Jordan berichtete: »Die neue Republikanerpartei will Männern wie mein' Daddy geben das Stimmrecht!«

»Wollen das alle im Minnesota-Territorium?«, fragte Papa.

Jordan grinste. »Nein, Sir. Das man nicht gerade behaupten kann. Einige sich vehement dagegen wehren.«

Zum ersten Mal, seitdem Annika sie verlassen hatte, lachte Papa. »Was wirst du deinen Eltern erzählen, wenn wir nach Galena kommen, Jordan?«

»Dass es überall wird Dinge geben, die uns machen Angst. Aber wenn wir leben da, wo Gott will uns, wir ihn können bitten um Schutz. Wir kämpfen können um die Freiheit. Ich kämpfen werd', indem ich mich bilde weiter. Herr Thompson sagt, ich soll mich selbst lassen frei sein.«

Lass dich selbst frei sein?, dachte Libby. Erneut fragte sie sich: *Und was heißt das?*

Nach dem Unterricht bat Papa Libby, noch etwas länger bei ihm zu bleiben. Die Laterne stand zwischen ihnen auf dem Boden. Papa fragte: »Wie geht es dir, Libby?«

Libby entschied sich, ehrlich zu sein. »Es beschäftigt mich, dass du Annika zurückgelassen hast.«

»Ich hatte keine andere Wahl«, seufzte Papa. »Wenn ich Annika wirklich liebe, muss ich glauben, dass sie fähig ist, Gottes Stimme zu hören – die Entscheidungen zu treffen, die Gott von ihr erwartet. Anderenfalls könnten wir unsere Liebe nicht auf dem starken Fundament aufbauen, das ich mir wünsche.«

»Aber macht dir das keine Angst?«, fragte Libby ihn. »Hast du keine Angst, dass sie sich in Oliver White verliebt?«

»Doch, Libby. Aber Annika muss Gottes Führung in ihrem Leben folgen. Ich muss dasselbe tun. Momentan scheint Gott uns in entgegengesetzte Richtungen zu führen. Annika ist davon überzeugt, dass sie bleiben soll. Und ich muss weiter.«

»Aber es ist noch alles unbeendet!«, jammerte Libby. »Wir haben die gestohlene Geige nicht gefunden. Wir sind dem Geheimnis des Geigers nicht auf die Spur gekommen. Du weißt nicht, was mit Annika geschehen wird.« Tief in ihrem Innern war Libby wütend. »Ist Gott so, dass er die Dinge unbeendet lässt?«

Papa lächelte. »Nein, Libby. Zum jetzigen Zeitpunkt scheint es keinen Sinn zu ergeben. Doch wir müssen auf den Zeitpunkt warten, den Gott bestimmt hat.«

Als Libby Papa in die Augen blickte, wurde ihr etwas bewusst. *Er empfindet den Verlust Annikas für mich* ***und*** *für sich.*

Einen Augenblick lang fühlte Libby sich besser. Dann fiel ihr die Verheißung ein, die Papa ihnen an dem Tag, an dem Annika beim Unterricht dabei gewesen war, gegeben hatte. *Alle Dinge dienen denen zum Besten, die dich lieben, Gott? Denen, die nach dem Vorsatz berufen sind?*

Wenn das wahr ist, was ist dein Vorsatz für mich?

Während Libby darüber nachdachte, fiel ihr wieder ein, dass sie stark sein wollte, auch in schwierigen Zeiten. *Herr, willst du, dass ich in dir stark bin?*

Libbys Gedanken wurden von Papa unterbrochen. »Ich wollte mit dir noch über etwas anderes sprechen. Wie wäre es für dich, wenn wir Peter offiziell in unsere Familie aufnähmen?«

»Du meinst, ihn adoptieren?«

Papa nickte. »Ich wollte eigentlich warten – erst mit Annika darüber sprechen. Aber ich weiß nicht, ob unsere Entscheidung sie überhaupt betreffen wird. Peter braucht *jetzt* eine Familie.«

Da sich Libby davor fürchtete, Papa in die Augen zu schauen, blickte sie auf den Boden. Einerseits hatte sie eine Angst, die sehr tief saß. *Was, wenn Papa sich verändert? Was, wenn er keine Zeit mehr für mich hat?*

Schon jetzt war es so, dass Peter Papa immer hinterherlief und so viel Zeit wie möglich mit ihm verbrachte. Fast jedes Mal, wenn Libby mit Papa sprechen wollte, war Peter bei ihm.

Nervös faltete Libby den Stoff ihres Kleids, glättete

ihn dann wieder und suchte nach den richtigen Worten, um ihre Frage zu formulieren. Dann, wie ein Wasserschwall, der einen Damm durchbricht, sprudelten die Worte aus ihr heraus: »Wenn du Peter adoptierst, was geschieht dann mit mir?«

»Weißt du noch, wie wir darüber gesprochen haben, dass wir eine *Gib-nie-auf-Familie* sein wollen?«, fragte Papa sie.

Libby nickte. Sie hatte Papa nach einem der schlimmsten Augenblicke ihres Lebens um eine solche Familie gebeten. »Wie könnte ich das jemals vergessen?«

»Wir waren uns einig, dass du und ich diese Familie sind. Wir haben gesagt, dass die Leute, die um uns herum auf der *Christina* leben, auch ein Teil dieser Familie sein können – eine größere Familie. Weißt du noch, wie ich dir gesagt habe, dass ich Caleb wie einen Sohn liebe?«

»Ja«, antwortete Libby. Früher hatte sie dies gestört.

»Ich liebe Peter in gleicher Weise. Und auch Annika und ich kommen einander näher.«

Libby schluckte. *Ich wollte stark sein, aber ich bin es nicht.* Sie wünschte sich sehr, dass Papa und Annika heirateten. Doch Libby hatte auch über dieses Thema gemischte Gefühle. *Wird Papa sich verändern? Wird er Zeit für mich haben?*

Als läse er ihre Gedanken, sprach Papa weiter. »Wenn ich mein Herz und mein Leben für diese Leute öffne, wächst meine Liebe einfach. Aber sie nehmen nicht deinen Platz in meinem Leben ein. Niemand – absolut niemand – könnte das jemals.«

»Wirst du mich einfach genauso lieben wie bisher?«, fragte Libby.

»Immer. Für immer. Bedingungslos. Trotz allem, was du tust oder nicht tust.«

Libby studierte Papas Augen. Sein Blick war voller Liebe, und sein Gesicht drückte die Ehrlichkeit aus, der zu vertrauen sie gelernt hatte.

»Ich glaube dir, Papa«, sagte Libby leise. »Von ganzem Herzen.«

»Und Peter? Was sollen wir tun?«

In diesem Augenblick verstand Libby. »Er muss wissen, dass du sein Papa bist, genauso wie ich es wissen muss.«

Libby streckte sich nach oben, um umarmt zu werden, und schon im nächsten Augenblick war sie von Papas Armen umgeben.

* * *

Während des Mittagessens standen mehr Tische in der Hauptkajüte als gewöhnlich, da sehr viele Passagiere in ihre Heimat im Süden zurückkehrten. Deshalb stand sogar der Tisch des Kapitäns ganz nah an der Wand.

Libby saß zwischen ihrem Papa und Tante Vi. Wie immer trug Tante Vi ihre sonntäglichen Ausgehkleider. Trotz der Augusthitze trug sie eine kurze Jacke über ihrem Kleid. Tante Vi hatte immer noch das Bedürfnis, Libby zu einer adretten jungen Dame zu machen. Als Libby sich daran erinnerte, wurde sie immer nervöser.

»Libby, hast du vergessen, wie man die Gabel hält?«

Jedes Mal, wenn sie von ihrer Tante korrigiert wurde, gab Libby ihr Bestes. Doch schon bald wurde sie vor Nervosität ungeschickt.

Als der Schiffskellner versuchte, Vi eine Schüssel mit Bratensoße zu reichen, kam er nicht bis zu ihr durch. Libby bot ihre Hilfe an. Als sie die Schüssel in die Hand nahm, rutschte sie ihr aus der Hand, und die Soße ergoss sich über Tante Vis Jacke.

Augenblicklich sprang Vi auf. »Oh, Libby! Wie kannst du nur!«

Libby war entsetzt. »Schnell! Zieh sie aus, damit du dich nicht verbrennst.« Libby half ihrer Tante aus der Jacke.

Vi hatte keine Verbrennungen, doch sie war sehr zornig. »Libby Norstad, du bist vierzehn Jahre alt und immer noch über alle Maßen ungeschickt. Das ist eine *neue* Jacke!«

Schamröte stieg Libby ins Gesicht. »Ich nehme sie«, bot sie an. »Und wasche sie gleich.« *Und ich verschwinde von hier*, dachte sie insgeheim.

Auf der Damentoilette füllte Libby eine Schüssel mit Wasser und fügte Seife hinzu. Bevor sie die Jacke wusch, überprüfte sie, ob die Taschen leer waren. Als Libby ein gefaltetes Stück Papier fand, öffnete sie es.

Kapitän Norstad,
es bleibt so.
A.

Libby traute ihren Augen kaum. Sie erinnerte sich daran, dass Papa zu Annika gesagt hatte: *»Das würde* *mich sehr freuen, wenn es so bliebe.«* Und hier war sie: Annikas Antwort!

Sobald Libby Papa allein vorfand, gab sie ihm die Nachricht.

»›Kapitän Norstad‹!«, rief Papa aus. »Ich weiß, dass einige Frauen ihre Männer ihr ganzes Leben lang ›Herr‹ nennen. Aber ich dachte, wir wären darüber hinweg!«

»Papa«, begann Libby vorsichtig. *Wenn ich etwas sage, weiß er, dass ich gelauscht habe.* Sie rang innerlich mit sich. Dann entschied sie sich, es zu wagen. »Papa, ich weiß, was ihre Nachricht bedeutet. Ich habe dich mit Annika sprechen hören.«

Einen Augenblick lang starrte ihr Vater sie an. »Elisabeth Norstad! Du weißt, dass du nicht lauschen sollst! Das war ein privates Gespräch!«

Warme Verlegenheitsröte stieg Libby ins Gesicht. »Es tut mir leid, Papa! Wirklich! Aber schau doch, was Annika schreibt.«

Als ihr Vater auf die Nachricht in seiner Hand blickte, kehrte Hoffnung in seine Augen zurück. »Gut«, sagte er. »Gut!«

Vorsichtig faltete er die Nachricht und steckte sie in eine der Innentaschen seiner Kapitäns-Uniform. »Wo hast du dies gefunden, Libby?«

Als sie es ihm gesagt hatte, drehte Papa sich wortlos um und stapfte in Richtung seiner Kajüte.

Gefährlicher Fremder!

Nach dem Abendessen sagte Papa zu Libby und Tante Vi: »Ich möchte mit euch beiden sprechen. Wir sehen uns in meiner Kajüte.«

Als Libby und ihre Tante Papas Kajüte erreicht hatten, blickte sich Vi um, als hätte sie den Raum noch nie gesehen. »Hier habt ihr Unterricht?«, fragte sie.

»Papa ist ein guter Lehrer«, antwortete Libby, immer bereit, ihren Vater zu verteidigen.

Doch Vi ging bereits in der Kajüte auf und ab. Als sie sich in den Schaukelstuhl setzen wollte, sagte Libby schnell: »Das ist Papas Stuhl.« Sie hätte es nicht ertragen, ihre Tante darin sitzen zu sehen. Als Ersatz bot Libby ihr einen der Stühle am Tisch an.

Die Stille zwischen ihnen zog sich dahin. Schließlich kam Papa herein, zog seinen Schaukelstuhl heran und setzte sich hinein. »Das Problem beim Mittagessen heute tut mir leid.«

»Libby hat sich wieder ungeschickt angestellt«, antwortete Vi. »Sie hat Bratensoße auf meine schöne neue Jacke verschüttet.«

»Wie ist das passiert, Libby?«, fragte Papa.

»Tante hat recht«, antwortete Libby. »Ich war nervös. Ich habe die Soße verschüttet.«

»Und warum warst du nervös?«

Oh, Papa!, hätte Libby am liebsten ausgerufen. *Du warst doch dabei. Warum musst du das fragen?*

Als sie nicht antwortete, fragte Papa sie erneut: »Warum warst du nervös, Libby?«

Libby warf einen kurzen Blick auf ihre Tante. Ganz vornehm saß sie kerzengerade auf dem Stuhl. Libby wusste, dass ihre Tante von ihr dasselbe Verhalten erwartete.

»Ich wollte alles richtig machen.« Libby sprach leise.

»Was ist geschehen, dass du die Soße ausgeschüttet hast?«

»Die Tische standen zu dicht nebeneinander. Der Kellner hatte nicht genug Platz, um hinter Tante Vi zu gelangen. Ich habe meine Hilfe angeboten, und dann ist mir die Schüssel aus der Hand gerutscht. So habe ich die Bratensoße ausgeschüttet …«

»Über mich«, warf Vi erbittert ein. »Ich hätte zu Tode verbrüht werden können.«

»Über deine dicke Jacke«, sagte Libby höflich. Sie wusste, dass die Stoffschichten ihre Tante geschützt hatten. »Ich habe angeboten, die Jacke zu waschen.«

Vi rümpfte die Nase. »Das ist ja wohl auch das Mindeste!«

»Und?«, fragte Papa Libby.

Da erkannte Libby, worauf er hinauswollte. Libby hätte am liebsten laut losgelacht, doch sie wusste, dass sie sich beherrschen musste. Egal, was kam – sie musste ernst bleiben.

»Ich habe mich schlecht gefühlt.« Libby bemühte sich, möglichst schuldbewusst zu klingen. »Ich wollte alles richtig machen. Also habe ich nachgeschaut, ob etwas in den Taschen ist, bevor ich die Jacke gewaschen habe.«

»Und hast du etwas in den Taschen gefunden?«, fragte Papa.

Libby blickte Papa in die Augen. »Ich habe eine an dich gerichtete Nachricht gefunden.«

»Oh«, meinte Papa. »Was für ein ungewöhnlicher Ort für eine an mich gerichtete Nachricht. Was denkst du, wie sie dorthin gelangt ist?«

Libby zuckte mit den Schultern. »Vielleicht weiß Tante Vi das.«

Erst jetzt wagte Libby einen Blick in Tante Vis Richtung. Das Gesicht ihrer Tante schien wie eingefroren. Im nächsten Augenblick taute es auf, und ihre Wangen röteten sich.

»Wann hast du die Nachricht erhalten?«, fragte Papa Vi, ohne zu verraten, wie wichtig die Nachricht für ihn war.

»Kurz bevor wir Saint Paul verlassen haben.« Vi stockte, offensichtlich verlegen. »Annika ist zum Schiff gerannt. Sehr unangebracht für eine Dame.«

»Hat sie nach mir gefragt?«

»Ja. Ich habe ihr gesagt, dass du weg warst, da gab sie mir die Nachricht.«

»Aber ich war nicht weg«, erwiderte Papa. »Warum hast du ihr das gesagt?«

»Ich war mir sicher, dass du nicht von so einer jungen Dame gestört werden wolltest.«

»Nicht von Annika gestört werden?« Etwas in Papas Stimme ließ Libby erzittern. »Hast du ihr das gesagt?«

»Nein, nein, natürlich nicht. Ich wäre nie so unhöflich.« Aber Vis Augen wanderten hin und her, und Libby wusste, dass ihre Tante log.

»Du hast ihr einfach gesagt, dass ich sie nie mehr sehen wollte!«

Als wäre Papa der Wahrheit zu nah gekommen, errötete Vi. »Hat Libby dir das gesagt?«, rutschte es ihr heraus.

Inzwischen war Papas Gesicht so weiß geworden und sah so verzweifelt aus, wie Libby ihn noch nie gesehen hatte. »Du hast ihr wirklich gesagt, dass ich sie nie wieder sehen wollte?«

Vi blickte Papa immer noch an und lehnte sich auf ihrem Stuhl zurück. »Nein. Ich habe Annika gesagt, dass sie – falls sie dich heiraten würde – immer die Zweitbeste wäre.«

»Die Zweitbeste?«, brüllte Papa. »Was hast du damit gemeint?«

»Dass du meine Schwester Christina immer mehr lieben würdest als sie.«

Papa war wie vor den Kopf gestoßen. »Das kann doch wohl nicht wahr sein! Warum hast du das gesagt? Und warum hast du mir die Nachricht nicht gegeben?«

»Ich habe es vergessen.« Vi blickte ihm nicht mehr direkt in die Augen.

»Du hast es vergessen? Eine ganze Nacht und einen Morgen lang hast du es vergessen?« Mit wütenden Schritten ging Papa in der Kajüte auf und ab, bis er sich wieder hinsetzte. »Warum? Warum hast du mir das angetan?«

Libby beobachtete, wie die Augen ihrer Tante mit Groll erfüllt wurden. »Wenn du Annika heiratest, hast du eine Ausrede, um Libby auf diesem schrecklichen Schiff zu behalten. Du weißt, dass dies nicht der richtige Ort für eine zukünftige Dame ist. Wenn du willst, dass aus Libby etwas Vernünftiges wird, dass sie eine anständige Dame wird, muss sie bei mir in Chicago leben.«

Papa sprang auf die Füße. »Du glaubst, ich würde es erlauben, dass Libby bei dir wohnt?« Mit zwei riesigen Schritten stand er direkt vor Vi und starrte ihr ins Gesicht. »Du denkst, ich würde diesen Fehler noch einmal machen?«

Genauso plötzlich trat Papa zurück. Als er wieder sprach, klang seine Stimme so ruhig, dass es Libby klar war, dass er sich stark beherrschen musste.

»In zwei Stunden erreichen wir Galena«, erklärte er. »Du kannst diese Nacht im DeSoto House verbringen. Morgen kannst du eine Kutsche oder eine Eisenbahn nach Chicago nehmen. Pack deine Sachen.«

Plötzlich trat Vi wie eine Königin auf. »Meine liebe verstorbene Schwester, Libbys Mutter, wäre überhaupt nicht erfreut.«

Papa weigerte sich nachzugeben. »Meine liebe Christina, meine geliebte Frau und Libbys Mutter, wäre sehr erfreut! Geh jetzt! Ich will dein Gesicht nicht mehr sehen, bis du an der Anlegeplanke stehst – bereit, dieses Schiff zu verlassen.«

Als Vi an der Tür stand, ergriff Papa erneut das Wort. »Noch zwei Fragen«, sagte er. »Wann hat Annika dir die Nachricht gegeben? Bevor oder nachdem du ihr gesagt hast, dass sie immer nur die Zweitbeste wäre?«

»Bevor.«

»Und als du ihr gesagt hast, dass sie immer nur die Zweitbeste wäre – was hat sie dann gesagt?«

Vi rümpfte die Nase. »Sie hat den Kopf gehoben, wie es so ihre Art ist. Und dann sagte sie: ›Sagen Sie dem guten Kapitän und seiner Libby Lebewohl von mir.‹«

Ohne ein weiteres Wort rauschte Vi hinaus. Als Papa die Tür fest hinter Vi schloss, war es in der Kajüte so still, dass Libby ihren eigenen Atem hören konnte.

Papa ließ sich auf seinen Stuhl fallen. Mit den Ellbogen auf den Knien stützte er den Kopf in die Hände. Als seine Schultern zitterten, legte Libby ihm die Arme um die Schultern.

Die Worte ihres Vaters zerbrachen ihr beinahe das Herz. »Oh, Libby, was soll ich nur tun?«

Nun begann er zu schluchzen. Libby erinnerte sich nicht daran, Papa seit dem Tod ihrer Mutter jemals so weinen gesehen zu haben.

Als Papa schließlich aufblickte, sagte Libby: »Du könntest Annika ein Telegramm schicken.«

Papa schüttelte den Kopf. »Die Telegrafenleitung reicht noch nicht bis Saint Paul.«

Einen Augenblick lang saß Papa tief in Gedanken versunken da. »Ich schreibe den besten Brief, den ich zustande bringe«, sagte er schließlich. »Ich erkläre ihr alles, was vorgefallen ist. Ich sage ihr, dass …« Papa brach ab.

»Dass du sie liebst«, ergänzte Libby sanft.

Papa lächelte, und seine Augen hellten sich auf. »Dass meine Liebe zu ihr anders ist, als die Liebe zu Christina war. Dass meine Liebe sogar noch tiefer sein wird, weil ich weiß, was es bedeutet, eine Frau zu verlieren. Verstehst du das, Libby?«, fragte er.

Libby war sich nicht ganz sicher. Doch als sie Papa so weinen gesehen hatte, waren all ihre Sorgen um eine

Mutter von ihr abgefallen. Sie wollte einfach das Beste für Papa. »Du und Annika könnten miteinander glücklich sein.«

»Ja«, stimmte Papa zu. »In der Tat. Und du wärst ein sehr besonderer Teil unseres Glücks.«

Als Libby die Kajüte verlassen hatte, nahm Papa eine Feder zur Hand und begann, ein leeres weißes Blatt Papier zu füllen.

* * *

In Galena musste Jordan die *Christina* verlassen. Wie aber fanden sie einen sicheren Zeitpunkt dafür? Sobald sich das Schiff dem Galena River näherte, bat Caleb Libby, ihm dabei zu helfen.

»Geh auf das Kesseldeck«, beauftragte er sie. »Bleib in der Nähe von Riggs' Kajüte.«

In der Dunkelheit der Nacht wartete Libby bei der Reling. Schon bald blieb ganz in ihrer Nähe ein Mann stehen. *Nur noch wenige Kilometer, bis wir in Galena ankommen – und dann muss Jordan uns verlassen. Wie kann ich überhaupt wissen, ob das für ihn ein Risiko ist oder nicht?*

Als der Fremde sich Libby langsam näherte, versuchte sie weiter zur Seite zu rücken. *Ich bin auf dem Schiff meines Vaters*, sagte sie sich selbst. Schnell schaute sie sich nach allen Seiten um. Viele Passagiere waren an Deck. *Wenn ich schreie, geschieht mir bestimmt nichts.*

Der Fremde blickte geradeaus über den Fluss und begann zu sprechen.

Libby war sich sicher, dass er mit sich selbst sprach.

Was für ein ungewöhnlicher Mann! Dann hörte sie, was er sagte.

»Ich bin ein Sklavenbesitzer«, sagte er leise.

Libby rutschte das Herz in die Hose. Als sie sich zu ihm umdrehte, sagte er: »Schau mich nicht an. Schau aufs Wasser.«

Seine Stimme war noch leiser geworden. »Vieles, was Sklavenbesitz mit sich bringt, bereue ich. Ich habe versucht, meine Sklaven in die Freiheit zu entlassen. Ich habe sie über den Fluss gebracht und ihnen gesagt, sie könnten ein neues Leben beginnen. Einige gingen weg, doch am nächsten Morgen waren viele wieder bei mir. Ich habe es gut gemeint, aber es war nicht genug. Ihr ganzes Leben lang hatte ich sie gezwungen, von mir abhängig zu sein. Ich habe sie schlechter als Kinder behandelt, weil ich ihnen nicht erlaubt habe zu denken. Wenn ich sie in die Freiheit entlassen wollte, musste ich ihnen helfen, sich auf die Freiheit vorzubereiten.«

Der Mann räusperte sich. »Ihr habt einen flüchtigen Sklaven an Bord. Einen flüchtigen Sklaven, der weiß, wie man frei wird und was er mit der Freiheit anfangen will. Er heißt Jordan.«

Libby stand da wie versteinert und wollte auch nicht mit dem geringsten Augenzwinkern verraten, dass sie wusste, wovon er sprach.

»Jordan ist ein entlaufener Sklave, nicht wahr?«

Voller Angst schluckte Libby. Sie faltete die Hände und presste sie zusammen, da sie fürchtete, dass ihre Nervosität Jordan verraten könnte. Doch der Mann sprach weiter.

»Jordans Besitzer ist an Bord. Riggs vermutet, dass

Jordan in Galena von Bord geht. Ich biete euch meine Hilfe an.«

Mit rasendem Puls begann Libby zu beten. *Wenn ich Fragen stelle, weiß er, dass ich von Jordan weiß.* Doch als sie betete, kam ihr ein Gedanke. *Herr, wenn du willst, dass ich diesem Mann vertraue, gib ihm einen guten Plan.*

»Wenn das stimmt, was Sie sagen: Wie würden Sie Riggs ablenken?«, fragte Libby ihn.

»Wenn das Schiff nach Galena kommt, werde ich von einem großen Geschäft sprechen – einem Deal, bei dem Riggs viel Geld verdienen würde. Ich werde ihm sagen, dass ich *jetzt* mit ihm sprechen muss, bevor ich die *Christina* verlasse.«

Libby lächelte. Der Plan war perfekt. Nichts interessierte Riggs mehr als Geld. *Vielleicht hat er aus diesem Grund überhaupt mit dem Sklavenhandel begonnen.*

»Seht zu, dass Jordan das Schiff verlässt, sobald die Anlegeplanke hinuntergeht«, sprach der Mann weiter. »Ich werde dafür sorgen, dass Riggs in der Hauptkajüte ist. Aber ich kann nicht versprechen, dass ich ihn lange dort aufhalten kann. Jordan muss sofort losgehen.«

»Es geht um sein Leben, wenn Sie ihn verraten«, sagte Libby.

»Ich verrate ihn nicht«, versprach der Mann. »Wenn ihr tut, was ich sage, ist Jordans Leben bei mir in guten Händen.«

Der Mann ging weg. Libby wartete, bis sie sich sicher war, dass er weg war. Dann eilte sie zum Maschinenraum hinunter, um mit Caleb und Jordan zu sprechen. Sie erklärte, was geschehen war. Nun musste Jordan sich entscheiden, ob er dem Sklavenbesitzer vertrauen wollte oder nicht.

Jordan ging Libbys Geschichte noch einmal durch. »Du hast gebetet?«, wollte er wissen. »Du hast gebeten den Herrn, dem Mann zu geben einen guten Plan?«

Libby nickte, woraufhin Jordan grinste. Er stellte sich aufrecht hin, sodass sein Aussehen Libby wieder an »fürstliche Würde« erinnerte. »Der gute Herr mir eben was hat gesagt. Er hat gesagt: ›Jordan, vertrau dem Mann. Und sag Libby, dass sie ist gute ›Schaffnerin‹ der ›Untergrundbahn‹ geworden.‹«

Jordan verließ die *Christina* schließlich als Deckhelfer getarnt. Er lud sich ein kleines Fass auf die Schulter, das sein Gesicht vor neugierigen Blicken vom Schiff aus verbarg. Aus der Nähe der Anlegeplanke beobachteten Libby und Caleb, wie er an Land ging. In der Mitte der großen mit Frachtgut übersäten Fläche setzte er das Fass ab und ging davon.

Genau in diesem Augenblick kam ein Schatten hinter einer großen Lattenkiste hervor. Jordan blieb wie versteinert stehen. Als ein zweiter und dann ein dritter Schatten hinter ihm hervorkamen, war Jordan umzingelt.

Caleb sprang auf die Füße. »Hier ist etwas nicht in Ordnung!«

Caleb schaute sich schnell nach allen Seiten um, um sich zu vergewissern, dass er nicht beobachtet wurde. Im nächsten Augenblick eilte er die Anlegeplanke hinunter. Libby folgte ihm dicht auf den Fersen. Schneller und schneller ging Caleb, ohne zu rennen und dadurch Aufmerksamkeit auf sich zu ziehen.

Caleb und Libby gingen im Zickzack zwischen den Leuten und dem Frachtgut hindurch, doch Libby ließ Jordan nicht aus den Augen. Schon bald waren vier, dann fünf Schatten in Jordans Nähe. Als Libby und Caleb schließlich den letzten Stapel Frachtgut erreichten, standen sieben Leute um Jordan herum.

Männer, dachte Libby, von der Größe her. *Wer sind sie? Sklavenfänger? Nach allem, was Jordan durchgemacht hatte, um frei zu sein?*

Das Schlimmste?

So schnell, wie die Männer erschienen waren, verschwanden sie wieder, und Jordan verschwand mit ihnen. »Was ist geschehen?«, flüsterte Libby Caleb zu.

Bevor er antworten konnte, hörte sie einen leisen Pfiff. Caleb wurde langsamer, ging noch ein paar Schritte und blieb dann stehen. »Tu genau das, was ich tue«, sagte er zu Libby.

Neben einem Stapel Fässer in der Nähe des Ufers drehte er sich um und blickte zurück zur *Christina*. Libby tat es ihm gleich. Die Anlegeplanke war voller Passagiere, die das Schiff verließen. Als Libby sie beobachtete, bemerkte sie dicht hinter sich eine Bewegung.

»Schau nicht hin«, warnte Caleb immer noch flüsternd.

Fünf Dampfschiffe hatten am Hafen angelegt. *Fünf Dampfschiffe – woher?*, fragte sich Libby. *Kommen sie vom Süden oder vom Norden?*

In diesem Augenblick hatte Libby eine Vermutung, warum Caleb sich nicht bewegte und was das Pfeifsignal bedeutete. Sie wartete regungslos in der Dunkelheit. Auf einmal hörte sie das Geräusch von Schuhen auf Kies. *Jordan?*

Dann fiel ihr ein: *Nackte Füße bewegen sich lautlos.*

Bald hörte Libby einen Vogelruf. Erneut drehte Caleb sich um, diesmal in Richtung des Geschäftsviertels von Galena, und Libby merkte, dass sie ein weiteres Signal erkannt hatte. Gemeinsam eilten sie und Caleb eine kurze Treppe hinauf. Oben angekommen, fanden sie ein großes Gebäude, das mit »Union House« beschriftet war.

Zwei große Tore zierten die Vorderseite des Hotels, ein Tor im Erdgeschoss und eines im ersten Stock. Als Libby und Caleb näher kamen, sah Libby, wie sich ein Mann auf die Knie fallen ließ und unter dem unteren Tor hindurchkroch.

Caleb blieb stehen. Sah sich um. Horchte. Ging zur Rückseite des Hotels. Dort trafen Caleb und Libby auf Jordan. Sogar in den Schatten konnte Libby sein lachendes Gesicht sehen.

»Wisst ihr noch, was Riggs hat gesagt zu mir?«, fragte Jordan. »Dass noch nie lebend ein Sklave ihm is' entkommen?«

Ja, *allerdings* konnte Libby sich daran erinnern. Beim Gedanken daran überkam sie immer noch Angst.

Doch Jordans Schultern bebten vor Lachen. »Die Männer, die ihr habt gesehen? Die kamen ganz aus der Nähe, wo ich früher hab gewohnt! Riggs hat sie gekauft. Als sie hörten, dass ich war entkommen, sie dachten: ›Wir auch laufen weg!‹ Die ganze Zeit sie gesucht haben nach einer passenden Gelegenheit!«

Calebs leises Lachen erfüllte die Dunkelheit. »Du warst also der Anfang! Die erste Flucht. Die erste von vielen.«

Jordan klopfte Caleb auf die Schulter. »Danke für alles, mein Freund! Danke, dass du geholfen hast mir, zu werden ein ›Schaffner‹. Ich euch nun verlassen muss.«

Libby und Caleb waren auf halbem Weg zum Fluss zurück, als Caleb erneut lachte und dann flüsterte: »Das ist jetzt mehr als eine Familie herauszuführen. Jordan wird einer der besten ›Schaffner‹ der ›Untergrundbahn‹ werden!«

»Wo wird er sie hinbringen?«

Caleb grinste von einem Ohr zum anderen. »Zu seiner Familie, nehme ich an, bis es möglich ist, sie ungefährdet nach Freeport zu bringen. Warte nur, bis Riggs nach Hause kommt und von all dem Geld erfährt, das er verloren hat. Ist irgendwie gerecht, findest du nicht?«

Als sie zur *Christina* kamen, rannte Riggs wie verrückt über das Vorderdeck. Mit vor Wut rotem Gesicht blickte er in alle Richtungen.

»Er wagt es nicht, in der Dunkelheit hierherzukommen«, flüsterte Caleb. »Er fürchtet sich im Dunkeln zwischen dem Frachtgut.« Schließlich drehte Riggs sich um und stolzierte wieder die Stufen zur Hauptkajüte hinauf.

Als Libby zur Anlegeplanke kam, traf sie auf Papa und Tante Vi, die herunterkamen. Inzwischen hatten Deckhelfer Vis großen Schrankkoffer und ihre vielen Gepäckstücke auf dem Kai abgeladen. Libby war erstaunt, dass ihre Tante es geschafft hatte, alles in zwei Stunden zu packen. *Sie muss so wütend gewesen sein, dass sie einfach alles reingeschmissen hat!*

Libby unterdrückte ein Kichern. Mit ernster Miene stand sie neben Papa, um sich zu verabschieden.

Leise und höflich sagte Papa zu Tante Vi: »Danke für alles, was du in der Vergangenheit für Libby getan hast.«

Libby übernahm. »Du hast mir beigebracht, Musik zu mögen, eine Künstlerin zu sein«, sagte sie, als sie sich streckte, um ihre Tante zu umarmen.

Vi fühlte sich steif an und erwiderte die Umarmung

nicht. Dann fiel Libby ein: *Sie hält nicht viel von Umarmungen in der Öffentlichkeit. Ich habe sie wieder in Verlegenheit gebracht.*

»Ich habe einen Mann gebeten, dich sicher zur Bahn zu geleiten«, sagte Papa. »Ich wünsche dir und Alex alles Gute.«

Wie mit der größten Anstrengung streckte Vi die Hand aus. »Dir und Libby auch alles Gute.« Kein zufälliger Beobachter hätte geahnt, dass etwas nicht in Ordnung war.

Papa wartete, bis Vi und ihr Gepäck nicht mehr zu sehen waren. Dann sagte er zu Libby: »Ich sehe dort hinten gerade einen Kapitän, dem ich vertraue. Falls er flussaufwärts fährt, gebe ich ihm meinen Brief für Annika mit. Ich werde ihn bitten, sich persönlich darum zu kümmern.«

Als Papa zurückgekehrt war, erzählte er Libby die guten Neuigkeiten. Ja, sein Freund fuhr nach Saint Paul. In wenigen Tagen würde Annika den Brief bekommen. Alles würde sich klären.

* * *

Nach dem Frühstück am nächsten Morgen sagte Papa zu Libby: »Komm, wir kümmern uns um Peters Adoption.«

Auf einer freien Fläche auf dem Kai trafen sie auf Peter. »Dich habe ich gerade gesucht«, sagte er zu Libby. »Stell dich doch bitte einmal bei diesen Lattenkisten hin. Ich bringe Wellington Geheimzeichen bei.«

Als Libby am gewünschten Ort angekommen war, stand Peter mit den Armen nach unten da. Dann blickte er dem Hund in die Augen und hob den rechten Arm ein wenig. Mit dem Zeigefinger auf Libby befahl Peter: »Geh und hol Libby!«

Wellington rannte direkt auf sie zu. Libby ließ sich auf die Knie fallen. »Guter Hund! Guter Hund!« Sie gab ihm die Belohnung, die Peter ihr vorher zugesteckt hatte.

Papa grinste, doch Peter war noch nicht zufrieden. »Wir wollen noch etwas versuchen. Ich will sehen, ob Wellington mir auch nur auf Handzeichen gehorcht.«

Diesmal sprach Peter den Befehl nicht aus. Er blickte dem Hund in die Augen und hob kaum merklich den rechten Arm. Wellington spitzte die Ohren.

Peter zeigte auf Libby. Ohne nach links oder rechts zu schauen, rannte Wellington direkt auf sie zu.

»Er hat's geschafft! Er hat's geschafft!«, jubelte Peter. Papa begann zu klatschen.

»Als Nächstes werde ich Wellington beibringen, dich zu finden, auch wenn er dich nicht sieht«, sagte Peter zu Libby.

Papa streckte die Hand aus und berührte Peter am Arm. Dies war das ausgemachte Zeichen, um seine Aufmerksamkeit zu erhalten. Als Peter zu ihm aufschaute, zeigte Papa auf Libby und dann auf sich selbst. Pa kreuzte die Arme vor der Brust – die Gebärde für Liebe – und zeigte auf Peter.

Peter zeigte auf sich, kreuzte die Arme vor der Brust und zeigte auf Papa.

Papa nahm die Schiefertafel und schrieb schnell. »Libby und ich wollen dich adoptieren. Möchtest du das?«

Peters Augen begannen zu leuchten. »Wir wären eine echte Familie?«

Diesmal schrieb Libby. »Eine *Gib-nie-auf-Familie.*«

»Ja, das hätte ich gern!« Peter sprach leise, doch die Aufregung in seiner Stimme verriet Libby, dass er sich sehr stark darüber freute.

»Dann leiten wir das in die Wege«, sagte Papa.

* * *

Als die *Christina* in Saint Louis angelegt hatte, beobachteten Libby und Caleb, wie Riggs die Anlegeplanke hinunterging. »Ich frage mich, wie er die Neuigkeit aufnimmt, dass sieben weitere Sklaven entkommen sind«, meinte Libby.

Caleb grinste. »Vielleicht sind es inzwischen noch mehr geworden.«

Am späteren Vormittag brachte Papa eine Zeitung zur *Christina* zurück. »Die *Ohio Life Insurance and Trust Company* hat gestern dichtgemacht.«

»Dichtgemacht?«, fragte Libby. »Was heißt das?«

»Sie sind Konkurs gegangen, sind pleite«, erklärte ihr Vater. »Eine wichtige New Yorker Firma, die das benötigte Geld nicht hat, um ihre Rechnungen zu begleichen. Das könnte der Beginn einer Wirtschaftskrise bedeuten. Die Leute bekommen Angst und verkaufen Liegenschaften, Wertpapiere oder Vorräte übereilt. Wir müssen abwarten und schauen, wie sich die Lage entwickelt.«

* * *

In den nächsten Wochen fuhr Papa den Fluss hinauf und hinunter, um Stangen aus Blei von den Minen in

Galena nach Saint Louis zu transportieren. Ende September, als sie aus Saint Louis ausliefen, sah Libby eines Tages Papa an der Reling stehen und flussaufwärts blicken. Als sie sich neben ihn gestellt hatte, sagte er: »Mit Annika ist etwas nicht in Ordnung.«

»Woher weißt du das, Papa?« Libby hatte sich in den letzten Tagen ebenfalls unruhig gefühlt. Tatsächlich hatte sie in letzter Zeit mehr gebetet als sonst in ihrem Leben. Mehrmals hatte sie sich gefragt, was sie tun sollte.

»Es ist etwas, was ich tief innen spüre«, erklärte Papa ihr. »Es ist, als ob Gott mich anstupst und mir sagt, ich solle mehr als gewöhnlich für Annika beten. Beten, dass sie ein Zuhause findet.«

Das beunruhigte Libby. »Ich dachte, sie hätte ein Zuhause – einen guten Wohnort. Und eine Arbeitsstelle.«

»Ja, sie hatte beides. Aber ich frage mich, was geschehen ist.« Als wollte er seine Gedanken nicht aussprechen, ließ Papa seinen Blick in die Ferne schweifen.

»Was ist, Papa?«, fragte Libby, als er nicht weitersprach.

»Ich frage mich, inwiefern die Wirtschaftskrise sie getroffen hat. So, wie ich Annika kenne ...« Wieder brach er ab.

»Sie ist selbstständig«, sagte Libby.

»Ja. Im ganzen Land werden Banken geschlossen. Die Krise, die ich befürchtet habe, geht jetzt um. Da in Saint Paul so viel spekuliert wurde, könnte die Stadt besonders hart getroffen worden sein. Vermögen, das über Nacht gemacht wurde, könnte ebenso schnell verloren worden sein.«

»Papa, was willst du damit sagen?« Libby wurde immer aufgebrachter.

»Was, wenn nicht genug Geld da ist, um Annika zu bezahlen? Wenn sie ihre Arbeitsstelle verloren hat, kann sie nicht da wohnen bleiben, wo sie ihr Zimmer und ihren Lebensunterhalt nicht mehr bezahlen kann. Sie ist es zu sehr gewohnt, auf eigenen Beinen zu stehen.«

Libby stimmte ihm zu. »Aber wenn sie kein Geld hat, wo kann sie dann hingehen?«

»Das beschäftigt mich eben«, meinte Papa. »Sie könnte gezwungen sein, Saint Paul zu verlassen. Falls das geschieht, wie können wir sie je wiederfinden?«

Libby spürte einen Kloß im Hals. Auf einmal musste sie an Wellington denken – daran, wie hungrig er gewesen war, als Peter ihn gefunden hatte. *Was, wenn Annika hungern muss?*

Libby schob den Gedanken beiseite und versuchte sich einzureden, dass es im Minnesota-Territorium genug zu essen geben musste. Doch eine Sorge ließ sie nicht los: *Was, wenn Annika so arm ist, dass sie jemand anders heiratet?*

Es war leicht, sich an Oliver White III zu erinnern. Er schien so viel Geld zu besitzen, dass er wohl auch in einer Krise noch reich wäre. Wenn es möglich war, Essen zu kaufen, könnte er es Annika geben. Was, wenn sie von ihm abhängig sein musste?

»Ich werde Dampf machen«, entschied Papa. »Wir fahren so schnell, wie es gefahrlos möglich ist, ins Minnesota-Territorium.«

Libby drehte sich um und eilte in ihre Kajüte. Koste

es, was es wolle – sie würde Papa nie sagen wollen, was sie gerade dachte.

* * *

Auf dem Weg den Fluss hinauf bat Papa Libby in seine Kajüte. Der Morgen war hell und schön, doch Papa blickte so ernst drein, wie Libby ihn noch nie gesehen hatte.

»Ich habe lange damit gewartet, dir etwas zu geben«, sagte er. »Ich wollte sichergehen, dass du alt genug bist, um es wertzuschätzen.«

Aus seinem Pult entnahm Papa ein in Seide gewickeltes Päckchen. Als er den Stoff auseinanderfaltete, kam der abgenutzte Ledereinband eines Buches zum Vorschein, das sorgfältig behandelt worden, aber viel benutzt worden war.

»Das ist die Bibel deiner Mutter«, sagte Papa, als er sie Libby überreichte.

Libby war zum Heulen zumute, als sie das Buch in Empfang nahm. Es war ein großes Geschenk gewesen, das Kreuz ihrer Mutter zu erhalten und zu wissen, was dieses Kreuz für ihre Eltern bedeutet hatte. Libby konnte es kaum glauben, dass Papa ihr nun auch die Bibel ihrer Mama gab.

»Mama hat jeden Tag darin gelesen?«, fragte Libby ihn. Erst dann bemerkte sie, wie sehr sie sich verändert hatte, seitdem sie bei Papa lebte.

Sie versuchte, sich darüber klar zu werden. »Früher war ich dumm genug, zu meinen, mein schönes grünes Kleid sei mein wertvollster Besitz. Nun wird es das sein.«

Unter Papas Aufsicht öffnete Libby die Bibel vorsichtig. Auf vielen Seiten waren Verse und auch größere Abschnitte unterstrichen. Neben den Versen waren Notizen und Daten an den Rand geschrieben worden.

»Du findest darin eine Geschichte der Gedanken deiner Mutter«, erklärte Papa ihr. »Eine geistliche Geschichte der Zeiten, in denen sie gelernt hat und gewachsen ist. Zeiten, in denen sie gelitten hat, und Zeiten, in denen sie gefeiert hat. Zeiten, in denen ihr die Güte Gottes besonders bewusst geworden ist.«

Libby fehlten die Worte, daher fuhr Papa fort: »Du wirst deine Mutter durch diese Seiten kennenlernen, Libby. Außerdem wirst du den Herrn, den sie liebte und dem sie diente, besser kennenlernen.«

Lange nachdem Papa hinausgegangen war, blätterte Libby noch durch die Seiten der Bibel ihrer Mutter. Als sie zum achten Kapitel des Römerbriefs kam, sah sie, dass der 28. Vers unterstrichen war. *Papas Vers*, dachte Libby. *Aber auch Mamas Vers.*

> *»Wir wissen aber, dass denen, die Gott lieben, alle Dinge zum Besten dienen, denen, die nach dem Vorsatz berufen sind.«*

Beim Lesen dieser Worte schrie Libbys fragendes Herz heraus: *Wenn wir Gott lieben, dann dienen **alle** Dinge zum **Besten**?*

Wie konnte irgendetwas Gutes daraus entstehen, dass Annika in Saint Paul war? Nun fragte Papa sich, ob sie überhaupt genug zu essen hatte!

Allein der Gedanke daran machte Libby wütend. *Ich*

dachte, dass du uns liebst, Gott. Was ist nun mit ***allen Dingen****?*

Dann bemerkte Libby, dass die Seite einige Flecken aufwies. An diesen Stellen war das Papier zusammengezogen, als ob Tränen darauf gefallen wären. *Hat Mama geweint, als sie diesen Vers las?*

Am Rand daneben entdeckte Libby die mit kleiner, sauberer Handschrift geschriebenen Worte:

> *Herr, du weißt: Ich will meine geliebte Tochter Elisabeth nicht verlassen. Aber ich vertraue darauf, dass du alles in den Händen hast und Gutes daraus machst, sogar daraus.*

Die Worte ihrer Mutter trafen Libby mitten ins Herz. *Alles?*, fragte sie sich immer wieder. *Mama hat darauf vertraut, dass Gott alles in den Händen hat?*

Eine Zeit lang saß Libby da, dachte nach und ließ die Worte in ihrem Inneren wirken.

Ich glaube, jetzt verstehe ich es, sagte sie schließlich zu sich selbst. *Auch wenn nicht alles gut läuft, kann Gott etwas Gutes daraus machen.*

Libby begann zu weinen. Mehrere Minuten lang konnte sie damit nicht mehr aufhören. Sie drückte die Bibel an ihre Brust und wiederholte die Worte, an denen sich ihre Mutter festgehalten hatte.

Als Libby sich schließlich die Tränen aus den Augen wischte, wusste sie eine Sache mit Bestimmtheit: *Ich kann Erwachsene nicht dazu bringen, etwas zu tun, nur weil ich es will. Aber ich habe bereits eine »Gib-nie-auf-Familie« – ob mit oder ohne Annika.*

Papa und Caleb und Oma, dachte Libby. *Peter.*

Ein Lächeln huschte über ihr Gesicht. *Sogar Samson und Wellington.*

Schon als ihre gemeinsame Zeit auf der *Christina* begann, hatte Papa ihr gesagt, dass ihre Familie unter allen Umständen zusammenhalten würde. *Es ist, wie wenn man zu Gott gehört*, dachte Libby voller Ehrfurcht. *Bei Gott gehöre ich zu einer »Gib-nie-auf-Familie«. Er gibt mich nie auf.*

In diesem Augenblick begann Libby zu vertrauen, dass Gott Annika versorgte. Zu glauben, dass Gott etwas Gutes daraus machen würde.

Als sie den Kopf hob, hörte sie ein Klopfen an der Tür.

»Libby!«, rief Caleb. »Alles in Ordnung bei dir?«

Immer noch umklammerte sie die Bibel. Sie stand auf und öffnete die Tür. Caleb studierte ihr Gesicht.

»Jetzt geht es mir gut«, antwortete sie. »Warte kurz!« Libby nahm den seidenen Schal von Papas Schaukelstuhl und wickelte die Bibel ihrer Mutter ein. Sorgfältig legte sie die Bibel in die Schublade, bis sie sie das nächste Mal wieder herausnehmen würde.

Draußen auf dem Deck blickte Caleb sie erneut prüfend an. »Bist du dir sicher, dass mit dir alles in Ordnung ist?«

Libby nickte. Erst hatte sie Angst, ihm zu erzählen, was geschehen war. Dann merkte sie, wie sehr sie sich mitteilen musste.

»Papa hat mir die Bibel meiner Mutter gegeben«, erklärte Libby ihm.

Caleb sagte nichts, und sie gab sich einen Ruck weiterzusprechen. »Ich bin auf Römer 8, Vers 28 und etwas, was Mama über mich geschrieben hat, gestoßen. Obwohl sie im Sterben lag, bat sie Gott, dadurch Gutes zu wirken.«

Erneut traten Libby die Tränen in die Augen. »Ich bin nicht sehr stark, was? Denkst du, dass ich jemals Gott vertrauen lerne in Zeiten, in denen es wirklich schwierig ist?«

Caleb blickte ihr in die Augen. Dann wandte er seinen Blick kurz ab, als brächte er seine Gedanken nicht über die Lippen. Dann schien er zu wissen, wie viel es sie gekostet hatte, ehrlich zu sein.

»Du wirst es lernen, Libby. Du hast dich bereits verändert. Du bist nicht mehr dasselbe Mädchen, das auf die *Christina* gezogen ist.«

Libby lächelte. Das war das höchste Lob, das Caleb ihr gegenüber aussprechen konnte.

Erst in diesem Augenblick bemerkte Libby, dass die *Christina* in Savanna, einer kleinen Siedlung am Fluss, angelegt hatte. In der Nähe des Ufers war der Boden flach, und die Gebäude waren nicht weit vom Wasser entfernt gebaut worden. Hinter der Ortschaft ragten hohe Kalksteinklippen in die Höhe, wie wenn sie sich nach dem Himmel ausstrecken wollten.

»Peter sagt, er möchte Entdecker werden. Warum gehen wir mit ihm also nicht auf Erkundungstour?«, schlug Caleb vor. »Vielleicht tut dir etwas Abenteuer auch ganz gut.«

Die Septembersonne war warm, die Luft frisch und der Himmel strahlend blau. Die Vorstellung, bei diesem Wetter nach draußen zu gehen, ließ Libby aufleben.

Dann sagte Caleb: »Dein Papa hat hier drei bis vier

Stunden geschäftlich zu tun. Er hat gesagt, wir könnten gerne die Klippe hinaufsteigen.«

»Ganz nach oben?« Bei dem Gedanken daran bekam Libby weiche Knie. *Hat Caleb meine Höhenangst vergessen?*

»Erinnerst du dich noch an die schöne Aussicht bei Hannibal?«, fragte er. »Ich zeig dir wieder eine tolle Aussicht. Von dort oben siehst du kilometerweit den Fluss hinauf und hinunter.«

Es machte immer Spaß, mit Caleb Zeit zu verbringen, doch Libby fürchtete sich trotzdem. Caleb schien ihre Gedanken zu erraten.

»Es wird dir gefallen, Libby. Ich versprech's dir.«

Libby schaute zu, wie er seinen Rucksack packte. Ein Seil. Ein Ersatzhemd. Zwei leichte Jacken. Aufgewickelte Stoffstreifen, die man als Verband nutzen könnte.

»Hol einen Pullover, Libby, dann trag ich ihn dir«, forderte Caleb sie auf.

Als Libby mit dem Pullover zurückkam, stopfte Caleb ihn in seinen Rucksack. In der Zwischenzeit hatte er bereits drei Feldflaschen mit Wasser gefüllt. In eine lederne Scheide, die an seinem Gürtel befestigt war, steckte er ein scharfes Messer.

»Wozu brauchst du das?«, fragte Libby.

Caleb zuckte mit den Schultern. »Für das Unerwartete. So hat es mir mein Papa beigebracht: ›Sei immer für das Schlimmste gerüstet‹, sagte er immer. ›Und sei froh, wenn du es nicht brauchst.‹«

Das Schlimmste?, fragte sich Libby. Da sie nicht wie ein Angsthase klingen wollte, fragte sie nicht, was das bedeutete. *Ein Bär? Ein Wolf?*

Unangenehme Überraschung

Caleb machte seinen Rucksack zu. »Wir holen uns Sandwichs bei Oma. Sobald wir Peter gefunden haben, können wir losgehen.«

Den Zehnjährigen fanden sie auf dem Hauptdeck. Als Caleb auf sich, Libby und dann die Klippe zeigte, verstand Peter sofort. Caleb schwang sich den Rucksack auf den Rücken, und die drei machten sich ohne zu zögern auf den Weg.

Zuerst war die Steigung einfach zu bewältigen, und sie gingen schnell an den wenigen Bäumen am unteren Teil des Abhangs vorbei. Riesige Waldflächen waren von Dampfschiffbesatzungen abgeholzt worden, um die hungrigen Öfen zu füttern, die das Wasser der Kessel aufheizten. Als Caleb eine Wiese mit hohem Gras betrat, blieb er stehen.

»Haltet die Augen offen«, warnte er sie. »Achtet darauf, wo ihr hintretet.« Auf Peters Schiefertafel schrieb Caleb: »Mokassinottern.«

Libby schluckte. Eine prachtvolle Aussicht genießen – ja, gerne! Doch einer Schlange musste sie nicht unbedingt begegnen.

Peters Augen wurden groß. »Giftig, meinst du?«

Caleb nickte. Dann schrieb er: »Auch Wald-Klapperschlangen.«

»Und wie erkennen wir sie?«, fragte Peter.

»Achte auf Klappergeräusche«, antwortete Caleb unüberlegt. »Weiche zurück, wenn du ein Klappern hörst.«

Einen Augenblick später murmelte Caleb »O-ooh!«, als fiele ihm plötzlich Peters Taubheit ein. Caleb nahm erneut die Schiefertafel zur Hand.

»Schau dich um«, schrieb Caleb und zeichnete einen Fels mit einer zusammengerollten Schlange darauf und dann eine andere Schlange, die aus dem hohen Gras spähte. Daneben zeichnete er den Schwanz einer Schlange mit fünf oder sechs Ringen am Ende.

Peter grinste, und seine blauen Augen leuchteten. »Ich würde gerne eine Klapperschlange sehen. Dann wäre ich ein richtiger Entdecker.« Die Aussicht, einer Schlange zu begegnen, schien ihn überhaupt nicht zu stören. Doch Libby erfüllte allein schon der Gedanke daran mit Schrecken.

Als sie weitergingen, übernahm Caleb die Führung. Peter ging an zweiter, Libby an dritter Stelle. Die Klippe war jetzt steiler, und Caleb führte sie im Zickzack immer leicht steigend den Hang hinauf. Weiter oben, wo die Dampfschiffbesatzungen kein Holz geschlagen hatten, gab es wieder Bäume. Libby schmerzten bereits die Beine von der steilen Steigung, und sie war froh über den Schatten.

Kurz darauf kamen sie an großen Kalksteinfelsen vorbei, die den Erdboden durchbrachen. Indem sich Libby, Peter und Caleb an kleinen Bäumen und Ästen festhielten und hochzogen, kletterten sie zwischen den Felsen hinauf. Schließlich kamen sie ganz oben auf der Klippe an.

Wie wenn er ihnen ein großes Geschenk machen würde, führte Caleb Libby und Peter zu einem Felsvorsprung, von dem aus man den Fluss überblicken konnte. Tief unten eröffnete sich ihnen die Sicht auf den Fluss, der bis an den westlichen Horizont reichte. Sowohl flussaufwärts als auch flussabwärts konnte Libby kilometerweit sehen. Und was das Beste am Ganzen war: Sie konnte auch die *Christina* sehen.

»Oh, schau!«, rief Peter, als er das Dampfschiff erblickte. »Siehst du, wie lang es ist? Wie es in der Sonne glänzt? Es ist wie ein Spielzeugschiff, das ich mal hatte!«

Sogar von hier oben konnte Libby die hohen Schornsteine, die weiße Reling und die Kommandobrücke ausmachen. Peter hatte recht. Es sah so klein aus wie ein Spielzeug, das man in einer Frühlingspfütze herumschieben konnte. Doch die *Christina* war von blauem Wasser umgeben, das in der Sonne glitzerte.

Die atemberaubende Schönheit der Szene ließ Libby ihre Höhenangst vergessen. Peter war sogar noch begeisterter.

»Ich komme mir vor wie Lewis und Clark oder Zebulon Pike oder einer der anderen Entdecker, von denen ich in der Schule erfahren habe! Wir müssen hier eine Fahne hissen!«

Weit über ihren Köpfen hatte die Sonne jetzt ihren höchsten Stand schon hinter sich gelassen. Caleb packte die Sandwichs aus, und er, Libby und Peter setzten sich auf den warmen Felsvorsprung, um zu essen. Libby fühlte sich prächtig. Sie war bis nach ganz oben geklettert. Sie hatte sich keine Blöße gegeben und keinerlei Angst vor der Höhe gezeigt. Und vor allem gefiel auch Peter der Ausflug.

Als sie sich wieder auf den Rückweg machten, führte Caleb die drei an und Peter folgte ihm dicht auf den

Fersen. Libby grub die Fersen ihrer Schuhe tief in den steilen Abhang. Der Kalkstein zerbröselte unter ihr in kleine Stücke. Ein größerer Stein löste sich und rollte die Klippe hinunter.

Caleb blieb stehen. »Vorsicht«, warnte er. »Tritt dahin, wo ich hintrete.«

Er zeigte auf Peters und dann auf seine eigenen Füße. Peter verstand, was er meinte. Sein Grinsen verriet Libby, dass dies das beste Abenteuer war, das er je erlebt hatte.

Auch weiter unten war der Hang immer noch steil. Peter folgte Caleb von einer Felsplatte zur nächsten. Zwischen den Felsen hatte sich Wasser einen Weg die Klippe hinuntergebahnt.

Nach einer Weile verschwand Caleb hinter einem großen Felsen. Als er weiter unten wieder zum Vorschein kam, nahm Peter einen anderen Weg.

»Peter!«, rief Libby, ohne darüber nachzudenken, dass er sie nicht hören konnte. »Bleib in Calebs Spur!« Doch dann fiel es Libby wieder ein, und sie beeilte sich, um ihn zu warnen. Doch bevor sie ihn einholen konnte, hörte Libby ein Geräusch.

Zuerst dachte sie, dass irgendwo Dampf entwich. *Wie kann ich die »Christina« aus dieser Entfernung hören?*

Wie trockene, vom Wind verwehte Blätter ertönte das Geräusch erneut. In diesem Augenblick erkannte Libby es. Es war wie eine Art Klappern.

»Peeeteeeerrrr!«, schrie Libby.

Caleb wirbelte herum. Sein Gesicht war bleich. Von einem Felsblock zum nächsten sprang er schnell den Hang wieder herauf.

Libby rutschte auf den losen Steinen in den ausgewaschenen Stellen direkt nach unten. Sie hatte Peter beinahe erreicht, als sie den breiten Felsvorsprung direkt unter ihm sah. Eine große Schlange mit schwarzen Ringen lag zusammengerollt, aber sprungbereit darauf. Mit erhobenem Schwanz klapperte sie wieder.

Als Peters Fuß den Felsvorsprung berührte, schnellte der Schlangenkopf nach vorn. Die Zähne der Schlange gruben sich tief in Peters Bein.

Peter schrie auf. Er blickte nach unten und blieb wie versteinert stehen. Libby packte ihn am Arm und riss ihn zurück. Die Schlange glitt davon. Kurz darauf verschwand sie unter einem Felsen.

Nach einem einzigen Blick auf Peters Bein fing Caleb Peter mit den Armen auf. Als er ihn an einer freien Stelle hinlegte, stöhnte Peter: »Es brennt! Es brennt!«

Libby kniete sich neben Peter auf den Boden und starrte sein Bein an. Kleine Einstichstellen zeigten, wo die Giftzähne der Klapperschlange sich ins Fleisch gebohrt hatten.

Caleb riss seinen Rucksack auf, zog die Stoffstreifen heraus und legte sie schichtweise aufeinander. Mit schnellen, sicheren Handgriffen befestigte er die Abschnürbinde über der Wunde um Peters Bein. Dann zog Caleb das Messer aus dem Gürtel.

Caleb zündete ein Streichholz an und bewegte die Flamme am Rand der Klinge entlang. Ein zweites und drittes Mal zündete er Streichhölzer an, um sicherzugehen, dass die Klinge auch wirklich steril war.

»Halte sein Bein für mich«, befahl Caleb Libby, als er

sich ihr gegenüber hinkniete. »Und am besten betest du währenddessen.«

Das Fleisch um die Wunde war bereits angeschwollen und hatte eine andere Farbe angenommen. Als ob er sagen wollte: »Okay, Peter, sei bereit!«, ergriff Caleb Peters Schulter. Einen Augenblick lang hielt Caleb das Messer über der Wunde. Dann schnitt er durch den einen Giftzahnabdruck tief ins Fleisch.

Peter verkrampfte sich, und Libby drehte sich beinahe der Magen um.

»Halte sein Bein noch einmal«, forderte Caleb, bevor er den zweiten Giftzahnabdruck öffnete. Peter stöhnte, aber Caleb reagierte nicht darauf. Dann neigte er sich über die Wunden.

Als Libby klar wurde, was er tun wollte, schrie sie auf: »O nein! Dann stirbst du auch!«

»Lass nicht los!«, befahl Caleb. »Halt ihn fest!« Mit dem Mund an der ersten Wunde sog Caleb an der Öffnung, drehte den Kopf und spuckte das Blut aus.

Libby wurde speiübel. Doch Caleb beugte sich erneut nach unten, sog an der zweiten Wunde und spuckte das Blut aus.

Wieder wurde Libby übel. Dann wurde sie von der schrecklichen Situation überwältigt. *Caleb setzt sein Leben aufs Spiel! Ich kann mich jetzt nicht übergeben! Jetzt nicht!*

Um den Blick von Caleb abzuwenden, starrte sie Peter ins Gesicht. Mit vor Angst weit geöffneten Augen starrte Peter zurück. In diesem Augenblick verschwand Libbys Übelkeit.

Libby ließ Peters Bein los und drückte seine Hand.

Peter blinzelte und wurde kurz von etwas Größerem als Angst gepackt. Libby kreuzte die Arme über der Brust und gebärdete damit: »Ich liebe dich.«

Der Anflug eines Lächelns erschien auf Peters Gesicht. Dann drückte er die Augen fest zu und ballte die Fäuste, um die Schmerzen auszublenden.

Nachdem er die Wunden ein zweites Mal ausgesaugt hatte, löste Caleb die Abschnürbinde. Einen Augenblick später zog er die Binde wieder fest. »Wasser, Libby! Gib ihm ein wenig Wasser!«

Mit zittrigen Händen öffnete Libby eine Feldflasche. Als sie sie Peter an die Lippen hielt und ihm den Kopf hob, konnte sie nur eines denken: *Was, wenn sie beide hier oben sterben?*

»Wir müssen Peter die Klippe hinunterbringen.« Calebs Stimme war angespannt. »Wir müssen seinen Kopf höher als sein Bein halten. Er darf jetzt nicht selber gehen, sonst verteilt sich das Gift noch schneller.«

Caleb stand auf und blickte den Rest des Abhangs hinunter. Sie waren beinahe am Ende der Felsen angekommen, doch sie hatten immer noch einen steilen und langen Weg vor sich.

Peters Gesicht war kreidebleich, und seine Augen waren wieder voller Angst. Als Libby versuchte, ihn zu trösten, bemerkte sie, dass seine Hand feucht und kalt war. Sie nahm ihren Pullover aus dem Rucksack. Dann half sie Peter dabei, sich ihn anzuziehen.

»Libby, werde ich jetzt sterben?«, fragte er.

Libby schüttelte den Kopf so stark und so lange, bis sie das Gefühl hatte, er falle ihr gleich ab.

»Libby, sagst du mir die Wahrheit?«

Libby nickte mehrmals mit dem Kopf.

»Das ist gut«, sagte Peter. »Aber falls ich trotzdem sterbe, kümmerst du dich dann um Wellington?«

Libby seufzte. Nach all ihrer Ungeduld mit dem Hund dachte Peter ausgerechnet an dieses Tier? Dann schämte sie sich. »Ja, Peter.« Sie gebärdete Wellingtons Namen und nickte. Um Peter zu versichern, dass sie es ernst meinte, hielt sie die Hand nach oben und gebärdete: »Ich versprech's.«

Libby und Caleb hielten einander mit den Händen an den Armen fest und bildeten so eine Art Stuhl zwischen sich. Mit Peters Armen um ihre Hälse machten sie sich auf den Weg.

Vor dem steilsten Stück blieb Caleb stehen und löste die Abschnürbinde. Dann zog er sie wieder fest und betete für Peter. Auf dem Weg zum Fluss hinunter rief Libby den Namen Jesu unzählige Male an. Schließlich kam die *Christina* in Sicht.

Später konnte Libby nicht mehr sagen, wie sie es die Klippe heruntergeschafft hatten. Sie konnte sich nur an ihre schreckliche Angst erinnern, dass sie Peter fallen lassen könnte. Dass er auf dem Bein landen könnte, in das die Schlange gebissen hatte. Dass er sterben könnte, bevor sie die *Christina* erreichten. Und alles wurde von einer weiteren quälenden Furcht begleitet: *Was geschieht mit Caleb?*

Sobald Papa sie auf der offenen Fläche der Klippe sah, befahl er einzuheizen. Dann eilte er ihnen mit drei Männern entgegen. Als sie Peter die Anlegeplanke hinauftrugen, löste die Besatzung bereits die Leinen. Unmittelbar danach legte die *Christina* ab.

Der Maschinist heizte kräftig ein, und so fuhren sie schnell den Mississippi hinauf. »In Galena gibt es ein Schiffskrankenhaus«, erklärte Papa. »Ein Krankenhaus des öffentlichen Gesundheitswesens für Leute, die auf Schiffen arbeiten. Wenn wir rechtzeitig dorthin kommen können …«

Papa verstummte. »Caleb, du hast alles richtig gemacht.« Mit tränenerfüllten Augen wollte Papa ihm zuerst die Hand schütteln. Doch dann schloss er Caleb mit einer kräftigen Umarmung in die Arme.

Zum ersten Mal, seitdem die Klapperschlange zugebissen hatte, sackte Caleb zusammen. Wie ein kleiner Junge, der getröstet werden musste, stand Caleb in Papas Armen und weinte.

Erneut schämte sich Libby. *Caleb, ich habe mich gefragt, ob du echt warst. Du musstest schon so viele Male stark sein, dass du nicht einmal weißt, dass du ein Held bist.*

Die verbleibende Strecke den Fluss hinauf wechselten sich Libby, Papa, Caleb und Oma ab, um neben Peter zu sitzen. In den wenigen Minuten, in denen sie und ihr Vater allein bei ihm waren, erzählte Libby Papa von ihrer schrecklichen Angst.

»Caleb hat das Blut und das Gift ausgesaugt. Kann er auch sterben?«

»Ich habe Caleb gefragt, ob er irgendwelche Schnitte im Mund hat«, sagte Papa leise. »Er denkt, nein.«

»Ist das entscheidend?«

»Wir wissen vieles nicht, aber ich glaube schon.« Papa seufzte. »Ich liebe Caleb wie einen Sohn, und ich liebe Peter genauso.«

Als versuchte Papa, alle Last von den Schultern abzuschütteln, lächelte er. »Wir wachsen immer mehr zu einer Familie zusammen, nicht wahr, Libby?«

»Zu einer *Gib-nie-auf-Familie*!« Libby versuchte ebenfalls zu lächeln, aber es gelang ihr nicht ganz.

In Galena brachten sie Peter zum Schiffskrankenhaus, das sich auf dem Hügel auf der dem Geschäftsviertel gegenüberliegenden Flussseite befand. Libby bewunderte das schöne Backsteingebäude. Beide Stockwerke waren von breiten Veranden oder Vorbauten umgeben. Ganz oben auf dem Dach befand sich eine weiße Kuppel. Doch das ängstliche Gefühl in Libbys Magengrube wollte nicht verschwinden.

Dr. Newhall sagte – so ähnlich wie zuvor Papa – zu Caleb: »Selbst ein ausgebildeter Arzt hätte es nicht besser machen können.«

Papa erzählte Libby mehr über Horatio Newhall. Vor langer Zeit hatte er den ersten Laden im Staat Illinois geöffnet, der Medikamente verkaufte. Er gründete auch die erste Zeitung in Galena, das *Miners' Journal*. Bei Papas Worten spürte Libby Hoffnung in sich aufkeimen. Dann erfuhr sie, dass jemand, der nicht sofort an einem Schlangenbiss starb, auch später noch sterben konnte – Wochen später.

Peters Symptome deuteten auf eine Blutvergiftung hin. Tag für Tag besuchten Libby, Caleb, Papa und Oma ihn im Backstein-Krankenhaus auf dem Hügel. Tag für Tag besuchten auch Jordan und Serena Peter. Alle, die Peter kannten, beteten für ihn. Doch sechs Wochen nach dem Klapperschlangenbiss schien es ihm nicht besser zu gehen, sondern eher schlechter.

»Schreibst du meiner Schule?«, bat Peter Libby eines Tages. »Meine Freunde fragen sich bestimmt, warum ich nicht gekommen bin, als die Schule nach der Ernte wieder angefangen hat.«

Libby erfüllte ihm seinen Wunsch und schrieb der Schule für Gehörlose in Jacksonville, Illinois. Mitten im Schreiben eines Wortes begann sie zu weinen. *Wird Peter seine Freunde je wiedersehen?*

Die Wochen zogen sich dahin, ohne dass sich Peters Zustand merklich veränderte. Papa schien immer mehr abzumagern. Schließlich fragte Libby ihn: »Du machst dir Sorgen wegen Peter, nicht wahr?«

»Es haben sich Abszesse gebildet«, erklärte Papa ihr. »Infektionstaschen in der Nähe der Bisswunden, aber auch in anderen Teilen seines Körpers.«

»Und du machst dir auch Sorgen wegen Annika?« Libby wusste, dass Papa nicht ins so weit entfernte Saint Paul fahren würde, solange Peter schwer krank war.

»Ich mache mir keine Sorgen«, meinte Papa. »Aber es beschäftigt mich. Ich spüre wieder Frieden über ihre Situation. Aber ich wüsste gerne, was Annika zugestoßen ist. Ich habe mindestens fünf Briefe den Fluss hinaufgeschickt. Warum antwortet sie mir nicht? In jedem Brief habe ich ihr geschrieben, wie sie mich in Galena erreichen kann.«

Papa seufzte. »Wenn ich bloß telegrafieren oder etwas von ihr erfahren oder jemanden treffen könnte, der sie gesehen hat ...«

»Du hast nie eine Nachricht von einem Dampfschiffkapitän bekommen?«, fragte Libby ihn, obwohl sie die Antwort zu wissen glaubte.

Papa schüttelte den Kopf. »Wenn Annika in Saint Paul ist, muss sie sich fragen, warum ich nicht zurückgekommen bin. Sie fragt sich vielleicht sogar, ob ich mein Versprechen halte.«

»Annika weiß, dass du deine Versprechen hältst«, sagte Libby. Doch sie fragte sich: *Was hat Papa ihr versprochen?* Soweit sie wusste, hatte er ihr nie ein Heiratsversprechen gegeben.

Mit Schrecken dachte Libby an Annikas letzte Worte an Tante Vi: *»Sagen Sie dem guten Kapitän und seiner Libby Lebewohl von mir.«* Und was noch schlimmer war: Libby erinnerte sich an die schrecklichen Worte ihrer Tante. *Was, wenn Annika wirklich glaubt, dass sie immer nur die Zweitbeste wäre?*

Hier und da nahm Papa Fahrten zu nahe gelegenen Häfen an. Doch er eilte immer gleich wieder zurück. In jenen Zeiten blieben Libby, Caleb und Oma bei dem Dampfschiffkapitän, für den Jordans Familie arbeitete.

Eines Tages, in Papas Abwesenheit, war Libby im Krankenhaus, als es Peter auf einmal schlechter ging. Zu sehen, wie die Ärzte und Krankenpfleger ins Zimmer liefen und wieder hinauseilten, rüttelte Libby so stark auf wie jener Augenblick auf der Klippe.

Da Peter es gewohnt war, für sich selbst zu sorgen, war ihm klar, dass es nicht gut um ihn stand. Doch er war derjenige, der Libby tröstete. »Ich bin so müde, Libby«, sagte er. »Aber es ist schön, dass du hier bist.«

Mit der Schiefertafel in der Hand blieb sie an seinem Bett, um immer mit ihm sprechen zu können, wenn er die Augen öffnete.

»Wellington?«, fragte Peter einmal. »Du kümmerst dich wirklich um ihn?«

Libby nickte. »Aber er vermisst dich.«

»Wo ist Papa?«, wollte Peter wissen. Nicht *»dein* Papa«, sondern nur »Papa«, denn Peter hatte angefangen, ihn so zu nennen.

»Er kommt heute Abend zurück«, sagte Libby. »Vielleicht sogar schon zum Abendessen. Er versucht, überhaupt nicht wegzugehen. Er dachte, dass es dir besser ginge.«

»Falls ich sterbe, bevor er kommt, sagst du ihm Lebewohl von mir?«

Libby konnte die Tränen nicht mehr zurückhalten. Sie hielt sich den Finger vor die Lippen und schüttelte den Kopf, um zu signalisieren: »Sag so was nicht!«

Aber Peter fuhr fort: »Papa ist jetzt mein Vater, aber mein erster Papa und meine erste Mama sind im Himmel. Wenn ich sterbe, gehe ich zu ihnen nach Hause. Dann sehe ich sie wieder.«

Plötzlich ertrug Libby es nicht mehr. »Sprich nicht so!«, schrieb sie auf die Schiefertafel. »Ich ertrage es nicht! Du wirst weiterleben!«

Libby ließ die Schiefertafel auf dem Bett liegen und flüchtete aus dem Zimmer. Sie ging auf die breite Veranda hinaus, blickte zum Galena River hinunter und begann zu beten.

»Oh, Gott, was kann ich tun? Peter ist es müde zu kämpfen. Er gibt auf. Wie kann ich ihm Hoffnung geben?«

Jene leise Stimme, die Libby langsam zu erkennen lernte, gab ihr zur Antwort: *Hol Wellington!*

Wo ist Annika?

Libby rannte von der Veranda hinunter, dann durch den Gang, dann die Treppe hinunter zur Brücke über den Fluss. Auf halbem Weg den steilen Hügel auf der anderen Seite hinauf musste sie kurz stehen bleiben. Als sie wieder zu Atem kam, eilte sie weiter.

Im Haus des Kapitäns fand sie einen großen Korb und zwei Tücher und eilte wieder hinaus. Der Terrier sprang hoch und versuchte ihre Aufmerksamkeit zu erlangen.

»Komm, Wellington!«, sagte sie. »Wir besuchen Peter.«

Der kleine Hund schien zu verstehen, denn seine spindeldürren Beinchen wirbelten wie wild neben ihr her. »Du musst leise sein.« Sie legte ein Tuch in den Korb und stellte Wellington darauf. Sanft drückte sie ihm auf den Rücken, damit er sich hinlegte. Der Hund jaulte.

»Sei still, Wellington, sonst siehst du Peter nicht«, befahl Libby mit ihrer strengsten Stimme.

Der Hund vergrub seine Schnauze zwischen den Pfoten. Libby legte das zweite Tuch über ihn.

»Still jetzt. Sei ganz still.«

Libby hob den Korb auf und ging weiter. Die Treppe hinauf, durch den Gang, die Stufen zum ersten Stock hinauf eilte sie. Zum ersten Mal in seinem Leben machte Wellington keinen Mucks.

Libby trat in Peters Zimmer und schloss die Tür. Nach einem Blick auf Peter stellte sie fest, dass er die

Augen geschlossen hatte. Sein Gesicht war so reglos und weiß, dass Libby sich fragte, ob er gestorben war.

Dann streckte Wellington den Kopf unter dem Tuch hervor. Plötzlich sprang er aus dem Korb aufs Bett. Als er Peter mit der Nase anstupste, öffnete der Junge überrascht die Augen.

Peter schloss den Hund in die Arme. Als verstände Wellington, wie krank Peter war, wedelte er nur kurz mit dem Schwanz und legte sich dann hin.

Von diesem Zeitpunkt an ging es Peter besser. Als Papa Peter zwei Stunden später besuchte, bemerkte er den Unterschied. Er hielt auch ein Stück Papier in der Hand, das Peter lesen konnte.

»Meine Adoption?«, fragte Peter mit ergriffener Stimme. »Ich bin wirklich dein Sohn?« Papa gebärdete die Worte: »Du bist wirklich mein Sohn.«

Peter blickte Libby an. »Und du bist wirklich meine Schwester.«

* * *

In der zweiten Novemberwoche ging es Peter gut genug, dass er das Krankenhaus verlassen konnte. Als die *Christina* wieder flussaufwärts unterwegs war, hatte Papa einen erwartungsvollen Gesichtsausdruck, und seine Augen leuchteten in der Hoffnung, Annika bald wiederzusehen.

Auf der Reise nach Saint Paul wurden sie von Jordans Familie begleitet. Jordan brachte alle in Papas Kajüte und zeigte ihnen alles voller Stolz. »Hier ich lesen und schreiben hab gelernt!« Jordans Mamma und

Daddy blickten sich in der Kajüte um, als wäre sie heilig.

Nachdem sie gegangen waren, saßen Jordans Schwester Serena und sein Bruder Zack mit Libby, Caleb und Jordan auf dem obersten Deck. Sie lehnten sich an die Wand des »Texas«, ließen sich von der Sonne wärmen und sahen zu, wie das Ufer an ihnen vorbeizog.

Als Libby sie miteinander sprechen hörte, fragte sie sich, ob sich die anderen auch so fühlten wie sie. *Ich will mich noch nicht verabschieden.*

Während Peters Zeit im Krankenhaus waren Serena und Libby Freundinnen geworden, wie Libby es sich erhofft hatte. Oft hatten sie zusammen gelacht und ihre Geheimnisse ausgetauscht. In den schlimmsten Phasen von Peters Krankheit hatte Serena Libby ermutigt. Libby hoffte, dass sie für Serena ebenfalls eine gute Freundin war.

Zuerst fühlten sich die Sonnenstrahlen trotz des fortgeschrittenen Herbstes warm an. Peter sah immer noch bleich aus. Doch nun saß er bei ihnen und hatte ein breiteres Lächeln auf dem Gesicht als sonst. Inzwischen hielt er Wellington fast immer auf dem Arm. Und meistens ließ der Hund sich das gern gefallen.

Je weiter sie nach Norden reisten, desto kälter wurde es. Sie alle mussten in Papas Kajüte Zuflucht suchen. Serena wollte alles sehen und verbrachte die meiste Zeit am Fenster. Während ihrer zweiten Nacht fuhr die *Christina* durch den Lake Pepin, die Verbreiterung im Mississippi – dort, wo der Fluss zwischen dem Minnesota-Territorium und dem Staat Wisconsin floss.

Kurz nach Sonnenaufgang an ihrem letzten gemeinsamen Morgen rief Caleb sie an die Reling.

»Pfannkucheneis. Loses Küsteneis«, sagte er und zeigte auf den Fluss.

Das Eis sah aus wie riesige Seerosenblätter, die flussabwärts trieben. Die Stücke waren ungefähr kreisförmig, und die Enden waren spitz. Das Eis sah zerbrechlich aus, als hätte es sich gerade erst gebildet.

»Wie schön!«, rief Libby aus.

Doch Caleb widersprach. »Das ist ein schlechtes Zeichen. Es deutet an, was noch kommt. Bis jetzt ist das Eis noch nicht gefährlich. Siehst du, wie die *Christina* das Eis durchpflügt?«

Von ihrem Standpunkt aus konnte Libby sehen, wie das dünne Eis entlang der Seite des Bugs zerbrach. Die verbleibenden Stücke wurden von der schnellen Strömung davongetragen.

Caleb brauchte nicht zu erwähnen, dass das Eis gefährlicher werden würde. Stattdessen sagte er: »Dein Papa will in Saint Paul bleiben, bis er Annika findet. Ich glaube nicht, dass er sich das leisten kann.«

»Oh, Caleb, sag das nicht.«

Doch Caleb meinte es ernst. »Wir sollten uns überlegen, was wir alles tun können, um Annika schnell zu finden. Sonst sieht dein Papa sie nicht.«

Trotz ihrer warmen Jacken mussten sie sich bald in Papas Kajüte zurückziehen. Dort blickte Jordan sich erneut um, als wäre es das letzte Mal. Sein Blick schloss Libby und Caleb mit ein. »Wisst ihr noch, wie ihr mir habt beigebracht das Lesen?«

»Wir wollen uns noch nicht voneinander verabschieden«, wandte Caleb schnell ein. Auch er schien den Abschied von Jordan zu fürchten. In den vergangenen Monaten waren die Jungen beste Freunde geworden.

»Wir sehen Annika bald«, sagte Libby in der darauffolgenden Stille. Dieser Gedanke trug sie den restlichen Weg bis Saint Paul. Doch dann versammelten sich Jordan und seine Familie, Libby, Caleb, Papa und Peter auf dem Hauptdeck.

»Wenn ihr an einen anderen Ort zieht, vergesst nicht, beim Winslow House in Saint Anthony eine Nachricht zu hinterlassen«, sagte Papa zu Jordans Vater, als er ihm auf die Schulter klopfte. »Wenn wir in die Stadt zurückkommen, werden wir euch besuchen. Als Jordan ihm die Hand entgegenstreckte, legte Papa ihm einen Arm um die Schulter, statt ihm die Hand zu geben. Dann sagten Caleb und Peter »Auf Wiedersehen!«, und Jordan drehte sich um und sagte: »Danke für alles, Libby!«

Libbys Abschied von Serena war am schwierigsten. Ihre leuchtenden Augen und ihr stilles Lächeln erinnerten Libby daran, wie viel sie verlor.

»Danke, dass du meine Freundin bist«, sagte Libby zu Serena. »Bis nächsten Frühling.« Sie wollte nicht zugeben, dass dies ein endgültiger Abschied sein konnte.

Dann gingen Micah Parker und seine Frau Hattie, ihre Söhne Jordan und Zack und ihre Töchter Serena und Rose die Anlegeplanke hinunter, in ihr neues Leben hinein.

»Jordan und seine Familie werden mir fehlen«, sagte Peter. »Ich frage mich, wie sie zurechtkommen werden.«

»Sie werden es schaffen«, gebärdete Caleb und schrieb dann auf die Schiefertafel. »Sie werden Arbeit und eine christliche Gemeinde in Saint Anthony finden.« Doch der Abschied von Jordan schien Caleb noch mehr aufzuwühlen als Peter.

Als Peter und Papa weggingen, blieben Libby und Caleb in der Nähe der Anlegeplanke und schauten zu, wie Familie Parker die Jackson Street hinaufging. »Es tut weh, Leute zu lieben, nicht wahr?«, meinte Libby

»Manchmal«, antwortete Caleb.

»So wie jetzt?«, fragte Libby und dachte daran, wie viel Jordan Caleb bedeutete.

»So wie jetzt. Und wenn ein Mensch, den du magst, dich nicht groß beachtet.« Caleb warf von der Seite einen Blick auf Libby, wie wenn er ihr etwas sagen wollte, vor dem er sich fürchtete, es auszusprechen.

Libby blickte zu ihm auf. Zu ihrer Überraschung blickte sie wirklich auf. In den vergangenen Monaten war Caleb mindestens fünf Zentimeter gewachsen – und das war ihr oft nicht so recht bewusst, obwohl sie es eigentlich wusste.

»Es tut mir leid, Caleb«, sagte Libby. Dann fehlten ihr die Worte. *Wie kann ich ihm sagen, was er mir wirklich bedeutet?* Allein schon die richtigen Worte zu finden, war schwierig. Aber Caleb schien es wissen zu wollen.

»Freunde zu sein, bedeutet, einander zu helfen«, sagte Libby schließlich. »Das hast du oft für mich getan.«

Und ich habe mich meistens dagegen gesträubt, sagte sie zu sich selbst. *Meistens habe ich gedacht, dass Caleb*

einfach Papas Auftrag erfüllt und deshalb auf mich aufpasst.

»Wenn ich groß bin …«, begann Caleb. Das klang lustig – als ob er immer noch ein kleiner Junge wäre.

Caleb grinste, und die Spannung zwischen ihnen verschwand. »Wenn ich älter bin, kann ich hoffentlich das ausdrücken, was ich denke. Besonders das, was ich über dich denke.«

Libby war erleichtert darüber, dass es wieder angenehmer war, mit ihm zu sprechen.

Dann wurde Caleb ernst. »Freunde sprechen über das, was ihnen wichtig ist«, sagte er. »Macht dir das Angst, Libby?«

»Ja, Caleb. Aber wenn es das ist, was Freundschaft ausmacht, werde ich üben.«

Sobald Papa mit seinen Arbeiten fertig war, machte er sich auf die Suche nach Annika. Als Libby zuschaute, wie er die Anlegeplanke hinuntereilte, meinte Caleb: »Der Musikladen ist ganz in der Nähe. Komm, wir sehen nach, ob Franz immer noch da ist.«

Obwohl die Geschäfte für den Ladenbesitzer infolge der Wirtschaftskrise schlecht liefen, hatte er den Laden noch nicht dichtmachen müssen. Drinnen trafen sie auf Franz. Schnell erfuhren sie, dass er seine gestohlene Geige immer noch nicht gefunden hatte.

»Ich will meiner Familie schreiben«, sagte Franz. »Ich will ihnen von meinen Plänen erzählen. Aber zuerst muss ich meine Geige finden.«

Wegen des schlechten Wetters konnten Libby und Caleb nicht lange bleiben. Auf dem Weg zurück zur *Christina* sprachen sie über die Geige.

»Warum ist sie während dieser langen Zeit nicht aufgetaucht?«, fragte Libby. »Heißt das, sie ist für immer verloren? Wurde sie irgendwohin gebracht, wo Franz sie nie wieder sehen wird?«

Dieser Gedanke gefiel Libby ganz und gar nicht. Falls das stimmte, brauchten sie nicht weiterzusuchen. Doch nichts zu unternehmen, war für Libby die schlechteste Alternative.

Einige Minuten nachdem sie und Caleb die *Christina* erreicht hatten, kam Papa die Anlegeplanke herauf.

»Annika ist nicht mehr dort, wo sie gewohnt hat. Die Besitzerin des Hauses sagte, dass Annika Ende September ausgezogen ist.«

Der Südwind war eisig, doch Papa stand mit offenem Mantel und ohne Hut auf dem Deck. Nun fuhr er sich mit den Fingern durchs Haar. »Es ist, wie wir vermutet haben, Libby. Weißt du noch, wie wir beide spürten, dass etwas nicht in Ordnung war?«

Mit klopfendem Herzen nickte Libby.

Papa schüttelte den Kopf, als könnte er die schlechten Nachrichten nicht glauben. »Die Frau sagte, dass Annika vorübergehend ein anderes Zimmer gefunden habe, aber dann auch dort ausgezogen sei. Mehr wusste sie nicht. Ich ging zu der Schule, in der Annika unterrichtet hatte. Sie hat ihre Stelle verloren, und niemand konnte mir dort sagen, was mit ihr geschehen ist. Sie ist einfach von der Bildfläche verschwunden.«

Als bemerkte er auf einmal, wie kalt es geworden war, fröstelte Papa. »Wegen all der Spekulation wurde Saint Paul von der Krise besonders hart getroffen. Es gibt wenig Arbeit und noch weniger Geld. Die Leute sagen, dass die Stadt sich praktisch über Nacht geleert hat. Wenn Annika nicht unterrichtet, was tut sie dann? Hat sie genug zu essen? Ist ihr warm genug?«

Erneut fröstelte Papa und schien nun zum ersten Mal zu bemerken, dass sein Mantel offen war. Während er ihn zuknöpfte, rief der Kapitän eines nahe gelegenen Dampfschiffs ihm zu: »Geht's bald weiter?«

»Vielleicht.«

»Die Temperatur sinkt schnell. Wenn Lake Pepin erst zugefroren ist, sind wir den ganzen Winter hier gefangen.«

Papa nickte, doch Libby zweifelte daran, dass er es gehört hatte. Gedankenverloren blickte er zu den Männern, die Frachtgut luden. Auf der Rückfahrt würden sie nur wenig Ladung haben, das wusste Libby. Es gab auch nur wenige Passagiere. Die meisten Leute, die in den Süden reisten, hatten sich schon längst auf den Weg gemacht.

Einen Augenblick lang blieb Papas Blick am beinahe leeren Hafenufer haften. Als er Libby wieder anschaute, blickten seine Augen schmerzerfüllt. »Ich kann nicht wegfahren, ohne zu wissen, was Annika zugestoßen ist.«

Eissturm

»Wir nehmen uns zwei Stunden Zeit«, entschied Papa. »Wir suchen so viel ab, wie wir können.«

»Ich gehe zum Büro der Zeitung *Pioneer and Democrat*«, bot Caleb an. »Zeitungsleute wissen über das aktuelle Geschehen Bescheid. Und ich schaue auch bei der Polizeiwache vorbei.«

»Ich suche Miss Bishop«, sagte Libby ebenso schnell. Als Peter zu ihnen stieß, gebärdete sie Annikas Namen.

»Ich frage in den Läden und Lagerhallen in Flussnähe«, sagte Peter.

»Und ich suche in allen Hotels und Pensionen, die zu Fuß erreichbar sind.« Papas Stimme war leise, aber bestimmt. Libby wusste, dass er sich zur Ruhe zwang. Diesmal vergaß er nicht, seine Kapitänsmütze aufzusetzen. Aber er trug immer noch keine Handschuhe, als ob außer Annika nichts zählte.

Sein Anblick betrübte Libby. *Der Schmerz in Papas Augen spiegelt den Schmerz in seinem Herzen wider.*

Mit wachsender Sorge um Papa machte sich Libby auf den Weg zu Miss Bishop. Als Libby das Haus erreicht hatte, klopfte sie mehrmals. Schließlich kam die Nachbarin heraus.

»Suchst du Harriet? Sie ist seit Anfang September weg. Keine Ahnung, wohin. Sie hat ein Buch geschrieben, weißt du. Vielleicht ist sie auf Reisen und erzählt den Leuten von Saint Paul.«

Libby seufzte. Schleppenden Schrittes ging sie zum Schiff zurück.

Der Regen begann als feiner Nebel, sodass Libby zuerst dachte, sie bildete sich nur etwas ein. Doch als sie schließlich die Anlegeplanke hinaufging, fühlte sich ihr Mantel von der Nässe schwer an. Der Wind kam immer noch aus dem Süden, Libby war sich jedoch darüber im Klaren, dass ein Novemberregen im Minnesota-Territorium schon bald Eis zur Folge haben würde.

Caleb kam als Nächster zurück, dann Peter und schließlich Papa. Schon lange bevor die zwei Stunden um waren, versammelten sie sich um den Ofen in der Hauptkajüte. Alle streckten sie die Hände zum Ofen aus, doch die Hitze konnte ihre Herzen nicht erwärmen. Niemand hatte etwas über Annika erfahren.

Libby wusste, dass es nichts mehr zu sagen gab. Der Gesichtsausdruck ihres Vaters erschütterte Libby tief im Innern.

Kurz darauf kam der Erste Ingenieur in die Kajüte. »Die Temperatur ist in der letzten Stunde um zehn Grad gesunken. Wenn wir jetzt nicht aufbrechen, sind wir im Winter hier.«

Da sie keine andere Wahl hatten, als Saint Paul zu verlassen, straffte Papa die Schultern. »Wir laufen aus, sobald Sie bereit sind.«

Daraufhin eilte der Ingenieur hinaus, und Papa wandte sich an Libby und die Jungen. Als zwänge er sich, an alles Nötige zu denken, blickte er jeden Einzelnen von ihnen an. »Danke, Peter«, gebärdete er.

Peter warf die Arme um Papas Hüfte und umarmte ihn. Mitfühlend legte Caleb seine Hand auf Papas Hand. Als der Arm ihres Vaters Libbys Schulter umgab, umarmte sie ihn, so fest sie nur konnte. Dann eilte er davon. Libby war klar, dass er nun allein sein wollte.

Sie ging nach draußen und setzte sich auf die breite Treppe auf der Vorderseite des Schiffs. Kurz darauf holten Deckhelfer die Leinen ein und die *Christina* glitt in den Fluss hinaus.

Libby starrte auf das schwarze Wasser des Mississippi. Ihre langen wollenen Strümpfe, ihr wärmster Mantel, ihr wärmster Schal und ihre wärmsten Handschuhe nützten heute nicht viel. Die Kälte drang ihr in die Knochen. Doch der Schmerz in ihrem Innern war noch schlimmer.

Erneut beobachtete Libby das Pfannkucheneis, das flussabwärts trieb. Die wie Seerosenblätter aussehenden Eisschollen schienen nun größer geworden zu sein. Mit gekreuzten Armen umarmte sich Libby selbst, doch ihre Angst konnte sie nicht abschütteln. *Wo ist Annika?*

Als Antwort auf ihre Frage fiel Libby erneut der Vers ein, den Papa ihnen an dem Tag, als Annika ihren Unterricht besucht hatte, genannt hatte. Von ganzem Herzen versuchte Libby, die Worte zu glauben, die ihre Mutter in ihre Bibel geschrieben hatte. Doch stattdessen schrie Libby innerlich aus: *Alle Dinge, Gott? Wie kannst du bloß etwas so Schreckliches zum Besten wenden?*

Der kalte Regen fiel nun schräg, und der Überhang des Decks über ihr schützte sie nicht mehr. Libby war froh, dass keine Einwanderer hier waren, keine Kinder, die versuchen mussten, warm zu bleiben. Das leere Deck ließ Libby frühere Freunde vermissen – die entlaufene Sklavin Emma und ihr Baby, der kleine Henry.

Elsa, die aus Deutschland eingewandert war. Jordan und seine Schwester Serena. Und nun Annika.

Doch am meisten wurde Libbys Herz von Papas Schmerz bewegt. Mit ihrem Mitgefühl für ihn wuchs ihre Wut Gott gegenüber. *Wie konntest du nur zulassen, dass Annika verloren ging? Wie kannst du ein guter Gott, ein freundlicher Gott sein, wenn du Papa so behandelst? Alle Dinge, Gott? Wie kannst du bloß etwas so Schreckliches zum Besten wenden?*

Libby zitterte vor Kälte, als Caleb sie dort fand. »Komm nach drinnen in die Wärme«, sagte er. Er führte sie in die große Hauptkajüte. Als Libby sich nah an den Ofen setzte, fragte Caleb sie: »Was beschäftigt dich wirklich, Libby?«

Wie immer hatte Libby Angst, über ihre Gefühle zu sprechen. Dann fiel ihr ein, was sie Caleb versprochen hatte. *Freunde sprechen über das, was ihnen wichtig ist.*

»Es ist alles meine Schuld!«, jammerte Libby.

»Was ist deine Schuld?«

»Dass Annika weg ist und dass Papa abfahren musste, ohne sie zu finden.« Libby begann zu erklären, was sie im August mitgehört hatte. »Annika hat Papa gesagt, dass ich noch nicht bereit sei für eine Mutter. Sie hat gesagt, wenn sie jetzt an Bord käme, hätte ich meinen Willen durchgesetzt, weil ich dann tatsächlich im Handumdrehen eine Mutter bekommen hätte.«

Als Libby zu Ende gesprochen hatte, blickte Caleb sie grinsend an. »Vielleicht hatte Annika recht. Vielleicht musst du wirklich ein paar Dinge ändern. Zum Beispiel, dich hinter einer Ecke zu verstecken und deinen Papa und Annika zu belauschen.«

»Aber das kann ich jetzt *nicht mehr* ändern!« Calebs Worte wühlten Libby nur noch mehr auf. »Was, wenn Papa *nie* die Möglichkeit hat, die Dinge zu klären? Wie kann ich mit dem Wissen weiterleben, dass er Annika meinetwegen verloren hat?«

»Deinetwegen?«, fragte Caleb. »Vielleicht warst du damals wirklich noch nicht bereit für eine Mutter. Aber du hast den Sturm nicht ausgelöst. Und du hast Annika nicht verschwinden lassen!«

Libby starrte ihn an. »Du hast gesagt, dass ich *damals* vielleicht noch nicht für eine Mutter bereit war. Heißt das, dass ich *jetzt* für eine Mutter bereit bin?«

Caleb zuckte mit den Schultern. »Vielleicht.«

Vielleicht. Libby drehte und wendete dieses Wort in ihren Gedanken. *Caleb hat gesagt: »Vielleicht.«*

Caleb lehnte sich vor. »Libby, wo auch immer Annika ist: Gott ist bei ihr.«

Bei seinen Worten fiel die Last, die Libby seit August mit sich herumgetragen hatte, von ihr ab. Zum ersten Mal an diesem Tag stieg eine hoffnungsvolle Wärme in ihr auf. Ihre wütenden Fragen verwandelten sich in ein Gebet, das Gott einlud. *Willst du uns nicht helfen? Bitte hilf uns!*

Weiter flussabwärts rief Papa sie erneut zum Unterricht zusammen. Als sie sich an den Tisch in seiner Kajüte gesetzt hatten, blickte Libby das Gesicht ihres Vaters prüfend an. *Er muss an etwas anderes als an Annika denken.*

In der kleinen Kajüte wurde es immer kälter. Libbys Atem hing in der eisigen Luft. Immer wenn sie eine Seite umblätterte, musste sie die Handschuhe ausziehen.

Wie die anderen trug auch Papa nun seine wärmste Jacke, Handschuhe und einen Schal. Er sah erschöpft aus, was Libby bei ihm sonst nie beobachtete. Er kam ihr wie ein Schlafwandler vor.

Papa hatte den Unterricht gerade begonnen, als der Wind an den Fenstern rüttelte. Wie eine Handvoll Kieselsteine wurden kleine Eispartikel an das Glas geworfen. In diesem Augenblick hörte Libby die Veränderung. Der Regen hatte sich in Schneeregen verwandelt, der auf das Glas herunterprasselte. Doch der Schneeregen holte Papa wieder in die Wirklichkeit zurück.

»Wir müssen uns beeilen«, sagte er so ruhig, wie wenn er jeden Tag mit einem vereisten Lake Pepin zu tun hätte. »Nehmt eure Bücher mit hinunter in die Hauptkajüte. Zieht dort einen Tisch näher an den Ofen. Hier ist es zu kalt für euch.«

Als die Jungen die Kajüte verließen, stand Libby auf und ging zu ihrem Vater hinüber. »Papa«, sagte sie. »›Die aber auf den Herrn harren, gewinnen neue Kraft, dass sie auffahren mit Flügeln wie Adler, dass sie laufen und nicht matt werden, dass sie wandeln und nicht müde werden.‹«

Tränen stiegen ihm in die Augen. »Jesaja 40,31. Woher kennst du diesen Vers?«

»Von Caleb.« Libby umschloss die Brust ihres Vaters und gab ihm die festeste Umarmung, die sie ihm geben konnte. Dann klopfte sie ihm auf die Schulter, wie er es bei ihr tat, als sie ein kleines Kind war.

Papa trat einen Schritt zurück und blickte ihr in die Augen. »Du bist erwachsen, Libby. Du bist jetzt schon erwachsen.«

Einen Augenblick später holte er seine Kapitänsmütze und setzte sie sich auf. An der Tür drehte er sich um. »Danke, Libby. Danke.«

* * *

Als Libby auf das Deck hinaustrat, hatte der Wind gedreht und kam nun aus Nordwesten. Kurz nachdem sie an Red Wing vorbeigefahren waren, verbreiterte sich der Mississippi zu einem fünfunddreißig Kilometer langen und etwa zwei bis vier Kilometer breiten See. Da die Strömung darin langsamer war, fror dieser See, der Lake Pepin, immer als Erstes zu.

Hinter dem Schiff sah der Fluss so aufgewühlt aus, wie Libby sich beim Gedanken an ihre Fahrt durch den See fühlte. In Ufernähe und vor der *Christina* war die Wasseroberfläche glatt wie Glas. Dieses gläserne Aussehen verriet Libby, dass das Wasser dabei war zu gefrieren.

Libby schob ihre Angst beiseite und ging in die große Hauptkajüte. Zuerst schaffte sie es noch, sich auf den Schulstoff zu konzentrieren. Dann begann Libby anstatt mit Zahlen gefüllte Seiten überall Wasser zu sehen. Obwohl sie es versuchte, konnte sie die angsteinflößenden Bilder, die ihr durch den Kopf schossen, nicht unterdrücken.

Sie schloss die Augen und versuchte, das Schiff, das sie im letzten Frühling gesehen hatte, zu vergessen. Von Wind und Eis ans Seeufer getrieben, hatte das Dampfschiff starke Schlagseite bekommen. Während es sich langsam mit Wasser füllte, versuchten die Passagiere panisch das Schiff zu verlassen.

Nach dem Unterricht zog Libby sich den Mantel an und wickelte sich einen langen Schal um Kopf und Hals. Draußen stellte sie sich an die Reling. Der Schneeregen hatte inzwischen aufgehört, doch eine hauchdünne Eisschicht bedeckte die Oberfläche des Lake Pepin. Als Caleb sich zu ihr gesellte, fragte Libby ihn: »Er friert zu, nicht wahr?«

Caleb nickte, als wollte er die Wahrheit nicht zugeben.

»Was, wenn das Eis uns erwischt?«

»Frag lieber nicht«, sagte er. »Du willst es nicht wissen.«

Dann fiel es Libby ein. Caleb war im letzten Winter, als die *Christina* weiter flussabwärts von überraschend frühem Eis überrascht worden war, bei Papa gewesen. Papa sprach selten davon. Libby wusste nur, dass er den Rumpf neu hatte bauen lassen müssen.

»Es ist erst der 13. November! Wenn der Fluss jetzt zufriert, wäre das der früheste Zeitpunkt seit Beginn der Messungen, haben die Leute in Saint Paul gesagt.«

Libbys Worte machten Caleb ungeduldig. »Der Beginn der Messungen zählt nicht«, sagte er und klang dabei aufgebrachter, als er zugeben wollte. »Was zählt, ist, ob wir hier sicher herauskommen.«

Nun fragte sich Libby, ob die Eisschicht sogar während ihres kurzen Gesprächs dicker geworden war. In diesem Augenblick kam der Schiffsschreiner auf das Vorderdeck. Steuerbord, also auf der rechten Seite des Schiffs, ließ er sich auf den Bauch fallen. Dann blickte er über die Abdeckung – die Bretter, die über den Rumpf hinausragten.

»Was tut er da?«, fragte Libby.

»Er schaut nach, ob es irgendwelche Eisschäden gibt.«

Dann ging der Schreiner nach Backbord und untersuchte die linke Seite des Schiffs. »Die Farbe geht ab!«, rief er einem Deckarbeiter zu.

Libby zog sich der Magen zusammen. Wie ein kleines Kind wollte sie bei ihrem Vater sein. »Komm, wir gehen auf die Kommandobrücke.«

Auf dem Seitendeck waren die Bretter vom Schneeregen bedeckt und sehr rutschig. »Halt dich fest«, warnte Caleb, als sie die Stufen hinaufgingen.

Libby umfasste die mit Eis überzogene Reling mit ihren Handschuhen, als hinge ihr Leben davon ab. Auf dem Sturmdeck spürte sie die volle Kraft des kalten Windes. Auf dieser ungeschützten Fläche war es so glatt, dass Caleb sich auf seine Hände und Knie fallen ließ. Libby folgte seinem Beispiel und kroch über das Deck.

Nacheinander krochen sie die Stufen zur Kommandobrücke hinauf. Caleb öffnete die Tür, deren obere Hälfte aus Glas war, und hielt sie mit ganzer Kraft fest. Als Libby hineingekrochen war, schloss Caleb die Tür vorsichtig, damit das Glas nicht zerbrach.

Fletcher, der Steuermann, stand neben dem großen Steuerrad. Papa war bei ihm. Papa war nicht nur Besitzer der *Christina*, er war auch als Steuermann zugelassen, doch er half nur bei Bedarf. Sein kurzes Lächeln hieß Libby und Caleb willkommen. Dann wandte er sich wieder mit angestrengtem Blick dem See vor ihnen zu.

Auf der Vorderseite der Kommandobrücke waren die aufklappbaren Bretter mit Scharnieren oben und unten an der Öffnung wegen des Wetters beinahe vollständig geschlossen. Papa und Fletcher spähten durch die schmale verbleibende Öffnung. Die anderen drei Wände bestanden aus Glasfenstern, doch eine Seite war bereits vollständig vereist. Die Bedingungen verschlechterten sich von Minute zu Minute.

Als Libby sich umschaute, sah sie das Ufer auf der anderen Seite des Lake Pepin am östlichen Horizont. Am näheren Westufer des Sees war die Landschaft baumlos, dafür voller Felsen. Hinter der *Christina* bildete sich eine schmale Spur von schwarz aussehendem Wasser, wo das Schiff hindurchgefahren war und das Eis zerbrochen hatte. Vor ihnen erstreckte sich das Eis so weit, wie Libbys Auge reichte, und wurde immer dicker.

Schon bald kam ein Deckhelfer an die Tür. Er hielt die Tür lange genug auf, um mit Papa zu sprechen und ihm zu sagen: »Der Schreiner lässt melden, dass das Eis den Rumpf absplittert.«

Nur wenige Minuten später öffnete ein weiteres Besatzungsmitglied die Tür. »Der Maschinist lässt melden, dass sich Eis in den Schaufeln gebildet hat.«

»Wovon spricht er?«, flüsterte Libby Caleb zu.

»Von den Schaufeln der Schaufelräder. Die Schaufeln fangen das Wasser ein und schieben so das Schiff nach vorn.«

»Und sie werden vom Eis verstopft?«

»Ja, und dann tragen sie vielleicht bald zu viel Gewicht.«

Papa wandte sich an Libby: »Falls das Eis die Schaufelräder zerbricht, kommen wir nicht mehr vorwärts – egal, wie sehr wir uns anstrengen. Dann frieren wir im See fest.«

Libby schluckte. In ihren wildesten Träumen wäre ihr nie so etwas Schreckliches eingefallen. Die *Christina* den ganzen Winter mitten im weiten offenen Flussabschnitt des Lake Pepin eingefroren?

Doch eine Sache war noch schlimmer. Im Frühling, wenn das Eis schmolz, wäre die *Christina* völlig schutzlos. Von treibendem Eis gepackt, würde das Schiff wie ein Streichholz ans Ufer geworfen werden!

Die »Schwedenmulde«

Fletcher trat beiseite und ließ Papa ans Steuerrad. Papa lehnte sich vor, um durch das Rohr in den Maschinenraum zu sprechen. »Alle Mann bereit machen zum Wenden!«

Gleich darauf rief er den nächsten Befehl hinunter: »Richtung der Schaufelräder ändern!«

Als die Maschinen anhielten, spürte Libby, wie der Wind das Schiff von hinten gegen das Eis drückte. Im nächsten Augenblick drehten sich die Schaufelräder in die entgegengesetzte Richtung und die Maschinen begannen wieder zu laufen. Doch in der kurzen Zeit war das Eis vom Wind und von der Strömung in der Fahrrinne gegen das Heck der *Christina* gedrückt worden.

Libby blickte zu Caleb. Sie wagte es nicht zu sprechen. Caleb lehnte sich nach vorne.

»Das Ruder«, flüsterte er. Das war für Libby eine Bestätigung, dass es tatsächlich Grund zur Sorge gab.

Der Schaft des Ruders ragte hinten am Heck hinaus und ins Wasser hinein. An diesem Schaft war das Ruder befestigt, ein großes Brett in Form eines großen *D*s, das die *Christina* steuerte.

»Was, wenn das Ruder zerbricht?«, flüsterte Libby zurück.

Hinter der *Christina* war die offene Fahrrinne nur so breit wie ein Schiff. Mit den Händen auf dem großen Rad stand Papa etwas seitlich vom Steuerrad und blickte den Fluss hinauf, als er das Dampfschiff rückwärts durch den schmalen Pfad, den es geöffnet hatte, steuerte. Mit jeder Umdrehung des Steuerrads wurde die *Christina* in das Eis gestoßen, das am Ruder festklemmte.

Zuerst war das Eis wie eine Wand am Heck der *Christina*. Etwa dreihundert Meter fuhr Papa langsam und vorsichtig rückwärts und versuchte von dem Eis loszukommen, das sich aufgehäuft hatte, als sie kurz angehalten hatten, um die Richtung zu ändern. Als die letzten Eisbrocken abfielen, atmete Libby tief durch. Doch ihre Erleichterung dauerte nur kurz.

Kurz darauf drehte die *Christina* ab. Sie fuhr aus dem Pfad geöffneten Wassers heraus und schwenkte in die soliden Eismassen neben der Fahrrinne.

Die Tür zur Kommandobrücke öffnete sich. »Der Erste Ingenieur sagt, wir haben unser Ruder verloren.«

»Okay, jetzt müssen wir uns konzentrieren«, antwortete Papa, als hätte er das schon erwartet. »Wir steuern mit den Schaufelrädern, aber erst müssen wir sie erneut drehen.«

Erneut blickte Libby zu Caleb, dann auf die hölzernen Gehäuse, die die Schaufelräder über der Wasseroberfläche umgaben. Die Schaufelräder wurden von unabhängigen Maschinen angetrieben. Der Erste Ingenieur bediente ein Schaufelrad, und der Assistenzingenieur übernahm das andere. Wenn ein Rad sich rückwärts und das andere Rad sich vorwärts drehte, wurde die *Christina* gewendet. Doch was unter normalen Bedingungen einfach sein konnte, war nun äußerst gefährlich.

Diesmal sah sogar Caleb ängstlich aus. Fletchers

angespannter Gesichtsausdruck spiegelte Papas Sorge wider.

Mit Schrecken dachte Libby an die Worte ihres Vaters. Kein Ruder zu haben, war schon schlimm genug. Falls das Eis ein Schaufelrad zerbrach, würde die *Christina* im Kreis herumfahren. Nun fragte sich Libby, wie sie bloß wenden konnten, ohne dass sich das Eis auf einer Seite aufstaute. Der Druck auf das hölzerne Gehäuse und das Schaufelrad konnte das Holz in tausend Stücke zersplittern.

Trotz der Kälte bildeten sich Schweißperlen auf Papas Stirn. Einen Augenblick lang schloss er die Augen und biss die Zähne zusammen. »Betet alle für ein Wunder«, sagte er, bevor er sich nach vorne lehnte und ins Rohr sprach.

»Macht euch bereit zur Wendung! Ich gebe eine schnelle Abfolge von Befehlen. Reagiert so schnell wie möglich!«

Nun gab er seine Befehle klar und deutlich, ohne zu zögern. »Ganz wenig vorwärts mit dem Steuerbordrad. Ganz wenig rückwärts mit dem Backbordrad ...«

Als die *Christina* reagierte, fuhr sie Stück für Stück aus der festen Eismasse neben dem offenen Wasser. »Das Backbordrad stoppen. Jetzt stark zurück mit dem Backbordrad.«

Im nächsten Augenblick drehte sich der Bug der *Christina* flussaufwärts. Als das aufgehäufte Eis von den Gehäusen um die Schaufelräder abfiel, atmete Libby erleichtert auf.

»Haltet sie in der Fahrrinne«, befahl Papa. »Ihr seid in offenem Wasser. Haltet sie auf Kurs.«

Dann wandte er sich an Libby und Caleb. »So, wie es aussieht, haben wir nun unser Wunder!«

Plötzlich wurde Libby bewusst, was das bedeutete. Aufgeregt führte sie Caleb aus der Kommandobrücke. Über das vereiste Deck bewegten sie sich sehr langsam und vorsichtig. Aber als sie die große Hauptkajüte erreichten, wo Papa sie nicht hören konnte, hob Libby den Arm in Siegerpose.

»Wir fahren zurück! Wir fahren nach Saint Paul zurück!«

Caleb grinste. »Nun müssen wir nur noch Annika finden!«

»Und die gestohlene Geige! Warum haben wir sie in dieser ganzen Zeit nicht aufgespürt? Warum hat Franz sie nicht gefunden?«

Dann kam Libby ein schrecklicher Gedanke. »Was, wenn die Geige den Mississippi hinunter nach New Orleans gebracht worden ist? Oder auf einen der Züge durch Amerika nach New York? Inzwischen könnte die Geige in Europa sein!«

Mindestens sechzehn Kilometer lang folgte die *Christina* der schmalen Fahrrinne, die sie bei der Hinfahrt flussabwärts geöffnet hatte. Nach einer Zeit, die Libby sehr lang vorkam, erreichte das Dampfschiff schließlich das Ende des Lake Pepin.

Im schnell fließenden Wasser der Hauptfahrrinne des Mississippi gab es weniger Eis. Doch sie durften keine Zeit verlieren, sondern mussten sofort einen Winterhafen ansteuern. An einer sicheren Stelle fuhr die *Christina* aus der Hauptfahrrinne heraus. Der Schiffsschreiner befestigte ein provisorisches Ruder, das funktionierte, bis sie eine gründlichere Reparatur vornehmen konnten.

Als sie sich Saint Paul näherten, hörte Libby Papa summen. Dann merkte er, dass sie ihn anschaute, und begann zu lachen. »Vielleicht gab es einen guten Grund, warum Annika dachte, sie sollte diesen Winter in Saint Paul verbringen.«

Die Dunkelheit des frühen Novembers war bereits über dem Fluss hereingebrochen, als Papa und seine Besatzung sich auf die Suche nach einem sicheren Hafen in ruhigem Gewässer machten. Nicht weit von Saint Paul entfernt fanden sie eine Insel, die groß genug war, um die *Christina* vor dem Eis im Frühling zu schützen, das sich bis zu zehn Metern Höhe auftürmen konnte. Fletcher steuerte das Dampfschiff in seinen Winterhafen.

Libby stand am Bug der *Christina*. Zu ihrer Rechten ragte eine Klippe in die Höhe. Flussaufwärts hinter der Insel befanden sich die Klippen, auf denen Saint Paul gebaut war. Bei Tageslicht konnten sie dann die Wohnhäuser, die Geschäfte und die hohen Kirchtürme sehen.

Sobald die *Christina* fest vertäut war, zogen die Deckhelfer mit Kajüten im »Texas« in die Luxuskajüten hinunter, die normalerweise von den Passagieren der Ersten Klasse genutzt wurden. Papa teilte Libby und Oma die Luxuskajüten, die dem Holzofen am nächsten waren, zu. Dann bezogen er und die Besatzungsmitglieder, die sich entschieden hatten, an Bord zu bleiben, die Räume daneben. In jener Nacht gefror das ruhige Wasser um den Rumpf der *Christina* herum.

Am nächsten Morgen ging Papa zu Fuß nach Saint Paul. Er kehrte mit einem von Pferden gezogenen Wagen voller Holz zurück. Gemeinsam trennten er und seine Männer den Teil der Hauptkajüte, in dem der Holzofen stand, mit Brettern ab. Statt eines langen, schmalen Raums, für dessen Beheizung haufenweise Holz nötig ist, hatten sie nun einen Raum, der groß genug war, damit die wenigen Leute an Bord sich hinsetzen, sich unterhalten und miteinander essen konnten.

Sobald die neue Wand fertig gebaut war, beauftragte Papa seine Männer damit, Brennholz für den langen bevorstehenden Winter herzutragen. Dann ging Papa nach Saint Paul zurück, um seine Suche nach Annika fortzusetzen.

Nachdem er gegangen war, blickte Libby sich in dem Raum um, den Papa in der Hauptkajüte geschaffen hatte. Die neue Wand bestand aus unbearbeitetem Holz, dem einzigen Holz, das in dieser Ortschaft, wo der Bedarf an Baumaterial so groß war, verfügbar war. Die Wand sah ganz anders aus all der Rest des eleganten Raums, den Libby immer gemocht hatte. Doch es warm genug zu haben, war wichtiger, als eine schön verzierte Wand zu haben.

Als Libby nun so in diesem Raum stand, fiel ihr die Einwandererfamilie ein, die ein Stück Zeltstoff als Dach zwischen zwei Fässer gespannt hatte. Sie dachte an die Tipis der Ochsenkarrenfahrer und wie sie ihre Karren mit Büffelleder abgedeckt hatten. *Sie haben sich alle einen Unterschlupf gemacht – sich ein Zuhause eingerichtet –, wo auch immer sie gerade waren.*

In ihrem wärmsten Mantel ging Libby nun in den

von diesem Raum abgetrennten Teil der Hauptkajüte. Die Stühle und Tische standen wie gewohnt da, sahen jedoch seltsam verlassen aus. Doch Libby war wegen der Gemälde gekommen – wegen der großen Gemälde, die auf weißen Tafeln an der Wand hingen.

Libby ging in der Hauptkajüte auf und ab und wählte die drei Gemälde aus, die ihr am besten gefielen. Beim Schreiner fand sie einen Hammer, Nägel und eine kleine Leiter. Zusammen mit Peter nahm sie die Gemälde ab und hängte sie an die neue Holzwand. Gemeinsam trugen sie Papas großen Schaukelstuhl von seiner Kajüte auf dem Texasdeck hinunter.

Als Papa an diesem Abend spät nach Hause kam, war es bereits dunkel. Ein Blick in sein Gesicht verriet Libby, dass er keine Spur von Annika gefunden hatte. Dann bemerkte Papa seinen Schaukelstuhl und die Gemälde.

In der Wandmitte war eine Szene aus den abenteuerlichen Wäldern des Nordens abgebildet, mit bebautem Land, Hügeln und Bäumen, die ein kleines Haus umgaben. Von der Klippe aus konnte man auf den Fluss sehen.

Papa blieb vor dem Gemälde stehen. »Das hast du gemacht, nicht wahr?«, fragte er Libby.

»Mit Peters Hilfe.«

»Du wirst langsam erwachsen«, sagte Papa sanft. »Du lernst, wie man sich gemütlich einrichtet.« Papas Stimme war rau, und er wandte sich schnell ab, doch Libby bemerkte die Tränen in seinen Augen.

»Ich würde immer noch gern das Land sehen, das du gekauft hast«, sagte sie ihm.

»Irgendwann werde ich es dir zeigen, Libby«, versprach Papa. »Aber jetzt noch nicht.«

* * *

Am nächsten Morgen schleppten Caleb und die Besatzung Holz – und Papa ging wieder zu Fuß nach Saint Paul. Diesmal begleitete Libby ihn. Am Hafen, in der Nähe des Kais, trennten sie sich.

Libby stellte Fragen, wo sie nur konnte, und hoffte, dass sie irgendwie etwas über Annika in Erfahrung bringen konnte, was Papa nicht herausgefunden hatte.

Doch schließlich gab sie die Suche nach der Lehrerin auf und ging zum Musikladen. Franz war überrascht, sie zu sehen. »Ich dachte, ihr seid weggefahren.«

»Ja«, antwortete Libby. »Wir mussten zurückkommen.«

»Aber jetzt geht es euch gut?«, fragte Franz, als er die Geschichte gehört hatte.

»Uns schon. Aber Annika ist in Saint Paul geblieben, und wir können sie nirgends finden.«

»Ach!«, rief Franz aus. »In meinem Land …« Plötzlich verstummte er, als hätte er schon mehr gesagt, als er wollte. »Kann ich dir irgendwie dabei helfen, Annika zu finden?«

Libby war froh, dass jemand ihr Hilfe anbot. »Hören Sie sich um«, sagte sie. »Und stellen Sie Fragen, wo Sie können.«

»Ich will meine Verwandten finden – so, wie ihr Annika finden wollt«, sagte Franz.

»Ihre Verwandten?« Franz hatte sie bisher noch nie erwähnt.

»Meinen Cousin und seine Familie. Ich möchte mit ihm sprechen. Um zu sehen, wie es ihm geht, seitdem er auf einem Bauernhof in der Nähe des Dorfes Nicollet lebt.«

»Wo befindet sich Nicollet?«, fragte Libby.

»Südwestlich von hier im Minnesota-Territorium. Zwischen Saint Peter und New Ulm. Aber ich kann nicht von hier weg, bis ich meine Geige gefunden habe.«

»Wir wollen immer noch unser Möglichstes tun, um Ihnen zu helfen«, versprach Libby ihm.

Auf dem ganzen Weg zur *Christina* zurück dachte Libby an das Versprechen, das sie Franz gegeben hatte. Sobald sie wieder auf der *Christina* war, suchte sie Peter auf. Sie nahm seine Schiefertafel und schrieb *Verdächtige* darauf. Dann listete sie auf:

1. *der große »Schattenmann«*
2. *der kleine Pfandleiher*
3. *der große »Herr Ärger«*

»Aber welcher große Mann hat einen Geigenabdruck am Kinn?«, fragte Libby. »Und wer ist der ›Schattenmann‹?«

* * *

Während Papa nach Annika suchte, brachte Peter Wellington weitere Befehle bei. Er wollte, dass der Hund Libby finden konnte, auch wenn er sie nicht sah.

»Komm, wir spielen Verstecken«, schlug Peter Libby vor, als sie auf dem Hauptdeck entlanggingen. »Ich werfe ein Stöckchen, damit Wellington nicht sieht, wohin du gehst. Dann benutze ich mein Geheimzeichen, um ihn dir hinterherzuschicken.«

Sobald Peter das Stöckchen geworfen hatte, rannte Wellington das Deck entlang. Libby schlüpfte in den Maschinenraum und ließ die Tür hinter sich einen Spalt weit offen. Hinter einem großen Ausrüstungsgegenstand versteckte sie sich.

Schon bald hörte sie, wie Wellington sich den Weg zu ihr erschnüffelte. Als der Terrier sie fand, umarmte Libby ihn und steckte ihm eine Belohnung zu. »Guter Hund! Guter Hund!«

Peters Augen strahlten. Immer wieder bat er Libby, sich zu verstecken. Er wollte sichergehen, dass Wellington sich an das Geheimzeichen erinnerte.

Wenn uns Wellington bloß dabei helfen könnte, Annika zu finden, dachte Libby.

Jeden Tag beteten Papa, Libby, Caleb, Peter und Oma gemeinsam für Annika. Am dritten Morgen, nachdem sie nach Saint Paul zurückgekehrt waren, versammelten sie sich wieder um den Frühstückstisch. Papa musste mit ihnen allen sprechen.

»Annika war sich so sicher, dass Gott sie diesen Winter in Saint Paul haben wollte«, begann er. »Weil sie dieser Überzeugung war, glaube ich nicht, dass sie Saint Paul verlassen würde. Sie muss hier sein. Aber wenn dies der Fall ist, warum können wir sie dann nicht finden?«

Nicht einmal Oma wusste eine Antwort, daher fuhr Papa fort: »Was ich am meisten fürchte, ist, dass ihr etwas zugestoßen ist. Falls sie krank geworden war, wüssten wir nicht einmal, wer sich um sie gekümmert hat.«

Nachdem sie ein weiteres Mal für Annika gebetet hatten, ergriff Caleb das Wort. »Ich würde Sie heute gerne nach Saint Paul begleiten.«

Papa sah dankbar aus. »Danke, Caleb. Ich könnte deine Hilfe gut gebrauchen.«

Als sie an jenem Abend zurückkamen, sah Caleb so aufgeregt aus, dass Libby dachte, sie hätten Annika gefunden. Doch er sagte nur: »Ich habe heute beim Büro der *Pioneer and Democrat* Arbeit bekommen.«

»Bei der Zeitung von Saint Paul?«

»Bei einer der Zeitungen.«

»Echt? Sie haben dich als Reporter angestellt?«

»O nein!«, widersprach Caleb. »In diesen harten Zeiten könnte ich niemals eine Arbeit als Reporter bekommen. Außerdem würde man mir sagen, dass ich dafür noch zu jung bin. Aber ich habe den Auftrag bekommen, ein bis zwei Stunden pro Tag die Abfalleimer zu leeren und die Böden zu fegen.«

Libby war neugierig. »Und wie wirst du dadurch ein besserer Reporter?«

Caleb grinste. »Man muss unten anfangen.«

Dann wurde er ernst. »Beim Fegen des Bodens spitze ich die Ohren. Ich beobachte, was Reporter und Herausgeber so tun. Ich werde von ihnen lernen. Vielleicht bekomme ich ja eines Tages die Gelegenheit, etwas zu schreiben.«

Später gingen Libby und Caleb auf das Deck hinaus. Dort sagte Caleb mehr. »Was dein Papa zu tun versucht, ist echt schwierig, weißt du. Tausende von Einwanderern sind diesen Sommer in Saint Paul angekommen.«

»Das macht mir Angst, Caleb«, sagte Libby.

»Zu Beginn der Wirtschaftskrise waren bestimmt zehntausend Leute in der Stadt. Wenn jemand nicht bei einer Gruppe von Leuten bleibt, die einander gut kennen, dann kann eine Person wie Annika leicht aus den Augen geraten.«

Bis zu den Zehenspitzen hinunter spürte Libby ihre Angst, wenn sie an Papas Verlust dachte.

»Gibt es *nichts*, was dir über sie einfällt, das uns helfen könnte?«

Einen Augenblick lang dachte Caleb schweigend nach. »Schwedin!«, sagte er auf einmal. »Annika ist Schwedin!«

»Aber Annika hat schwarze Haare.« Aus Libbys Sicht sah Annika überhaupt nicht schwedisch aus.

»Trotzdem ist sie es!«, beharrte Caleb darauf. »Wir haben uns einmal darüber unterhalten. Einer ihrer Vorfahren war ein Wallone aus dem französischsprachigen Teil von Belgien.«

Er erklärte, dass die Wallonen aus dem südlichen Belgien stammten. Sie waren erfahrene Stahlbauarbeiter, Schmiede und Bergleute. Als der Leiter der schwedischen Stahlindustrie sie um Hilfe bat, sind einige Hundert Wallonen nach Schweden ausgewandert. Sie trugen maßgebend zum industriellen Wachstum von Schweden bei.

Caleb spann den Gedanken bereits weiter. »Ich muss nur eine Schwedensiedlung finden.«

Libby wusste, dass wenn die Leute nach Amerika

kamen, sie sich oft mit Leuten, die dieselbe Sprache sprachen, zusammen niederließen. Das half ihnen, während sie Englisch lernten.

»Ich frage im Büro der Zeitung *Pioneer and Democrat* nach«, meinte Caleb. »Ich bekomme heraus, wo die Schweden sind.«

* * *

Als Caleb an jenem Abend zurückkehrte, war er noch aufgeregter. Er führte Libby aufs Deck hinaus, wo sie ungestört miteinander sprechen konnten. »Ich will bei deinem Papa keine falschen Hoffnungen wecken, bevor ich mir nicht sicher bin. Morgen gehen Peter, du und ich ins *Svenska Dalen*.«

»Svenska Dalen?«

»Ins ›schwedische Tal‹. Die meisten nennen es *Swede Hollow* – ›Schwedenmulde‹.«

Dann sagte Caleb: »Libby, noch etwas: Die Reporter haben einen Mann erwähnt, der ein großer, bekannter Betrüger ist. Die Polizei denkt, dass er nach Saint Paul gekommen ist, um vor der Justiz zu flüchten. Groß. Braune Haare. Blaue Augen. Ein grausamer Mund.«

Voller Schrecken starrte Libby Caleb an. »›Herr Ärger‹?«

»Ich glaube schon. Er passt auf die Beschreibung.«

»Dann ist er der Drahtzieher?«

»Das weiß ich nicht«, gab Caleb zu. »Aber es wäre vielleicht gut, wenn du der Polizei deine Zeichnung zeigen würdest.«

Wieder einmal Samson

In der Nacht schneite es. Am nächsten Morgen beschloss Caleb, dass Peter sich noch länger erholen müsste und lieber nicht die Strapazen des weiten Wegs bis *Swede Hollow* auf sich nehmen sollte. Nachdem Libby und Caleb den steilen Hügel neben dem Ufer hochgegangen waren, blickte Libby zurück und sah die Spuren, die sie hinterlassen hatten. Das große weiße Dampfschiff sah wie ein von Schnee umgebener Eispalast aus.

Auf dem Weg erzählte Caleb Libby mehr über *Swede Hollow.* »Es ist eine Schlucht – eine schmale Stelle zwischen steilen Klippen. Pelzhändler haben eine Weile in der Schlucht gelebt. Nachdem sie weitergezogen waren, sind schwedische Einwanderer eingezogen. Sie haben die Häuser repariert …«

Caleb korrigierte sich. »… na ja, die ›Hütten‹, wie die Männer im Zeitungsbüro sie genannt haben. Die Leute zahlen der Stadt fünf Dollar Steuern pro Monat, um in den Hütten zu wohnen. Es ist ein sehr versteckt gelegener Teil von Saint Paul. Falls Annika dort ist, ist es kein Wunder, dass dein Papa sie nicht finden kann.«

Schon bald gelangten sie an den Rand der Schlucht. Als Caleb einen Blick in die Tiefe warf, stieß er einen Pfiff aus. »Sie ist zwanzig Meter tief!«

Die Seiten der Schlucht waren beinahe senkrecht. Ganz unten führte ein schnell fließender Bach durchs Tal, den Caleb *Phalen Creek* nannte. Sogar von der

Stelle aus, an der sie standen, konnte Libby hören, wie das Wasser über die Steine plätscherte.

Alle Häuser wurden vorne von Pfählen gestützt und waren hinten in den Hang hineingebaut. Sie waren klein und hastig gebaut worden, doch die Größe war für Libby nicht entscheidend. Irgendwie mochte sie die Hütten.

Warum?, fragte sie sich verwirrt.

In Chicago hatte sie bei ihrer Tante Vi in einer Villa gewohnt, doch Libby konnte diese Gebäude nicht »Baracken« nennen. Viele waren notdürftig repariert worden. Bei einigen waren eine Veranda oder ein Zimmer hinzugefügt worden. In die steilen Seiten der Schlucht hatten die Leute große Holzbeete gestellt, um im Sommer dort Blumen wachsen zu lassen.

Libby konnte ihre Gefühle erst nicht in Worte fassen. Dann fiel ihr ein, was sie beobachtete. *Die Gegend hat etwas Liebevolles an sich. Sie haben das genommen, was sie haben, und das Beste daraus gemacht.*

Das abgelegene Dorf war von einer frischen Schneeschicht überzuckert, die alles sauber aussehen ließ. Libby konnte sich gut vorstellen, wie sich Familien mit Freunden zu einer Tasse Kaffee trafen. Wie sie sich um einen Holzofen versammelten, um in der ihnen vertrauten Sprache zu sprechen. Sie wohnten in einem Tal, das sie an das Land erinnerte, das sie hinter sich gelassen hatten.

Wenn Annika hier ist, hat sie es sich bestimmt wohnlich eingerichtet.

An einer offenen Stelle zwischen den Bäumen ging Caleb in die Hocke. »Ich zeige dir den schnellsten Weg nach unten«, verkündete er. Am steilen Hang kam er mit seinen Stiefeln ins Rutschen. Mit ausgestreckten Armen rauschte er die Schlucht hinunter. Hinter ihm bildete sich eine gerade Spur im Schnee.

Kurz vor dem Bach verlagerte Caleb das Gewicht und landete in einer Schneeverwehung.

»Komm schon! Es klappt super!«, rief er.

Der Anblick von Caleb weit unter ihr ließ Libby schlucken.

»Du schaffst das!«, schrie er. »Rutsch einfach nicht in einen Baum! Roll dich auf die Seite, wenn du anhalten musst!«

Als Libby zögerlich in die Hocke ging, spürte sie sofort, wie sie vorwärtsrutschte. Mit ihren glatten Schuhen klappte das gut! Dann blickte sie auf den Grund der Schlucht und geriet in Panik. Da verlor sie auch schon das Gleichgewicht und purzelte in den Schnee. Doch sie rappelte sich wieder auf und ging erneut in die Knie.

Diesmal streckte sie die Hände nach hinten, um jederzeit anhalten zu können. Schneller und schneller rauschte Libby den Hügel hinunter. Lachend landete sie unten im Schnee.

Libby und Caleb begannen ihre Suche damit, dass sie an die Tür des ersten Hauses klopften und nach Annika Berg fragten. Bei ihrem ersten Versuch sagte eine Frau: »Na klar kenne ich sie. Sie bringt meinen Kindern das Lesen und Schreiben bei. Sie bringt ihnen bei, Amerika zu lieben.«

Die Frau zeigte auf ein Haus, das sich weiter hinten in der Senke befand. Als Caleb dort klopfte, öffnete eine andere Frau die Tür. »Ja, ja, die Lehrerin wohnt hier. Aber sie ist gerade weg. Kommt in ein, zwei Stunden wieder.«

»Wir haben sie gefunden!«, rief Libby aus. »Ich kann's kaum glauben!« Nach all ihren Suchbemühungen schien das zu gut, um wahr zu sein.

Während sie warteten, gingen Libby und Caleb durch die Senke. Schon bald gelangten sie auf einen breiteren Pfad, der nach oben und aus der Schlucht hinausführte. Als Libby weiter nach vorn schaute, sah sie eine junge Frau auf sie zukommen. Im morgendlichen Sonnenlicht glänzten ihre schwarzen Haare. Ihre Wangen waren von der kalten Luft leicht gerötet.

Libby begann zu laufen. »Annika!«, rief sie. »Wir haben dich gefunden!«

Mitten auf dem Pfad blieb die Lehrerin stehen. Dann begann auch sie zu laufen. Als sie sich in der Mitte trafen, umfasste Annika Libby mit einer festen Umarmung.

Dann trat Annika einen Schritt zurück und nahm Libbys Gesicht in die Hände. »Oh, Libby«, sagte sie mit Tränen in den Augen, »ich wusste nicht, ob ich dich je wiedersehen würde.«

Nun umarmte Libby Annika. Als Annika schließlich aufhörte zu weinen, fragte sie nur: »Dein Papa?«

Libby grinste. »Heute ist der fünfte Tag, an dem er jeden Winkel in Saint Paul nach dir absucht.« Sie studierte das Gesicht der Lehrerin. »Annika, wolltest du uns wirklich Lebewohl sagen? Für immer?«

Die tiefblauen Augen der Lehrerin blickten in Libbys blaue Augen. »Ich war sehr wütend, als ich das sagte.

Wütend über deine Tante Vi. Mein Stolz kam mir in den Weg.«

»Pa war auf der *Christina*. Es war nicht so, wie Tante Vi behauptet hat. Wir wussten gar nichts von der Notiz, die du ihr gegeben hast, bis wir weit flussabwärts gefahren waren. Was sie dir gesagt hat, stimmt nicht.«

Annikas Wangen röteten sich. »Dass ich die Zweitbeste wäre?«

Libby nickte. »Papa möchte auf keinen Fall, dass sich *irgendjemand* als Zweitbeste fühlt. Besonders nicht die Frau, die er liebt.«

Annika blinzelte überrascht. Erneut traten ihr Tränen in die Augen. Sie versuchte, sie wegzuwischen.

»Papa hätte dir am liebsten aus Galena ein Telegramm geschickt«, erklärte Libby. »Doch man kann noch nicht bis Saint Paul telegrafieren. Also hat er einem Dampfschiffkapitän einen Brief mitgegeben.«

Tränen strömten Annika über die Wangen. »Den habe ich nie erhalten. Wenn ihr mich nicht finden konntet, konnte dieser Kapitän es vermutlich auch nicht.«

Dann wischte sich Annika die Tränen von den Wangen und nahm einen tiefen Atemzug. Auf einmal fiel ihr Caleb ein. Als sie ihm die Hand geben wollte, umarmte er sie stattdessen. Dann führte Annika sie zu dem Haus, in dem sie wohnte. Als Erstes sagte sie die Schulstunden jenes Tages ab.

Auf einer Seite des kleinen Hauses war ein Zimmer angebaut worden. Annika zeigte es ihnen.

»Seht ihr, wie gut der Herr für mich gesorgt hat, als meine Lehrerstelle gekündigt wurde?«

»Was ist geschehen?«, wollte Libby wissen.

»Die Wirtschaftskrise«, begann Annika. »Alles hat sich verändert. Hunderte von Leuten haben Saint Paul verlassen. Banken mussten schließen. Das wenige vorhandene Geld war wertlos. Wenn die Leute etwas zu verkaufen hatten, wollten sie Gold. Harriet hätte mir vielleicht helfen können, aber sie hat die Stadt kurz nach euch verlassen.«

»Hast du dich nicht gefragt, ob du Gottes Stimme falsch gehört hattest?«, fragte Libby. »Dass du in Saint Paul bleiben solltest, meine ich?«

Annika lächelte. »Dieser Gedanke ist mir natürlich auch schon gekommen. Aber als ich um Hilfe gebeten habe, hat Gott mich hierher geführt.«

Annika zeigte auf das kleine Zimmer. »Die Männer in dieser Schlucht, die Arbeit hatten, haben Geld gesammelt, um Holz zu kaufen. Die Männer, die keine Arbeit hatten, haben dieses Zimmer gebaut. Als ich sagte: ›Es ist zu viel, das habe ich nicht verdient‹, haben sie gesagt: ›*Wir* haben es nicht verdient, dass Sie unsere Kinder unterrichten.‹«

»Kannst du heute mit uns mitkommen?«, fragte Libby. »Wir wissen nicht, wo Papa jetzt ist, aber wenn wir zur *Christina* gehen, bist du dort, wenn er nach Hause kommt.«

Auf der *Christina* überraschte Libby Peter mit den Neuigkeiten. »Schau doch, wen wir gefunden haben!« Mit Oma versammelten sich alle um den Holzofen, um auf Papa zu warten.

Mehrmals an jenem Tag ging Libby auf das Sturmdeck hinauf, um Richtung Saint Paul zu blicken. Auf dem Hintergrund der untergehenden Sonne sah sie Papa schließlich in weiter Entfernung. Er ließ die Schultern hängen und zog die Füße nach.

Libby rannte zum Winterraum der *Christina* hinunter, um Annika zu finden. »Papa kommt!«

Annika schnappte sich ihren Mantel und eilte aus dem Raum. Die Treppe zum Hauptdeck hinunter rannte sie, dann über die Anlegeplanke.

Als Annika den Hügel in Angriff nahm, blieb Papa plötzlich stehen. Dann richtete er sich auf, um genauer hinzusehen. Im nächsten Augenblick begann auch er zu laufen.

Papa und Annika trafen sich auf der Spitze des Hügels. Papa nahm sie fest in die Arme. Seine Schultern bebten, als er den Kopf neigte, und Libby wusste, dass er weinte.

Dann dachte Libby daran, was Papa und Caleb ihr gesagt hatten. Obwohl es eines der schwierigsten Dinge war, das sie je getan hatte, drehte sie sich um. Sie entfernte sich sogar etwas, um Papa und Annika Zeit für sich allein zu geben.

Als sie schließlich hereinkamen, hatte Libby den Winterraum der *Christina* aufgeräumt. Caleb hatte mehr Holz aufgelegt, sodass der Raum eine einladende Wärme verströmte. Oma hatte Kaffee gekocht und Abendessen vorbereitet, und Peter hielt Wellington in seinen Armen.

Beim gemeinsamen Abendessen saß Annika neben Papa. »Tag für Tag bin ich zum Hafen gegangen und habe nach der *Christina* Ausschau gehalten«, sagte sie ihm. »Aber die Zeit ist verstrichen, ohne dass du gekommen bist. Und dann ist der Fluss zugefroren …« Annika musste innehalten.

»Dachtest du, ich hätte dich vergessen?«

Annika schüttelte den Kopf. »Ich wusste, dass etwas nicht in Ordnung war. Ich habe das Schlimmste befürchtet.«

Ein Lächeln erhellte ihr Gesicht. »Danke, dass du zurückgekommen bist.«

Papa legte seine Hand auf ihre. »Danke, dass du auf mich gewartet hast.«

Dann zog Papa seine Hand zurück. »Du sagt, du lebst in *Swede Hollow*? Werden es diese Schweden einem Norweger erlauben, dir den Hof zu machen?«

»Wenn sie es erfahren, dann nicht.« Annika blickte wieder verschmitzt.

Seit jener Stunde zeigte Papa, dass er es mit ihrer Beziehung ernst meinte. Oft verschwand er mit Annika auf Schlittenfahrten – oder um mit ihr gemeinsam auf dem Mississippi Schlittschuh zu laufen. Trotz ihrer größten Anstrengungen, sich zu benehmen und nicht mehr zu lauschen, hörte Libby ab und zu, was sie besprachen. Einmal ging es um Peter.

»Du hast ihn adoptiert?«, fragte Annika.

»Ich wollte erst mit dir darüber sprechen«, sagte Papa. »Ich wusste nicht, was du davon halten würdest, nicht einmal, was du von mir hieltest. Ich dachte, dass du wolltest, dass Peter Teil unserer Familie ist. Aber ich wusste, dass selbst wenn du das nicht wolltest – sogar wenn es ein Grund wäre, mich nicht zu heiraten –, ich Peter trotzdem um seinetwillen adoptieren wollte.«

Annika blickte Papa in die Augen. »Nathaniel, ich

liebe dich als Mensch. Ich liebe dich wegen deines fürsorglichen Herzens. Ich habe mich oft gefragt: ›Wie werde ich wissen, dass ich einen Mann gefunden habe, der ein guter Vater sein wird?‹ Da ich dich mit Libby und Peter gesehen habe, weiß ich genau, welche Art Vater du bist.«

Annika blinzelte ihre Tränen weg. »Es wäre mir eine Ehre, sowohl Libbys als auch Peters Mutter zu werden.«

An jenem Abend schmiedeten sie Pläne für *Thanksgiving*, das amerikanische Erntedankfest. »Dieses Jahr ist es am 10. Dezember«, erinnerte Annika sie.

»Warum laden wir nicht Jordans Familie ein?«, schlug Caleb vor.

Und Libby ergänzte: »Und auch den Geiger. Er hat hier keine Familie.«

»Könnten wir unser *Thanksgiving* auf der *Christina* feiern?«, fragte Annika Papa.

Und so wurde es beschlossen. Am Morgen von *Thanksgiving* würde Micah Parker seine Familie auf einem Schlitten von Saint Anthony mitnehmen. Jordan wollte schon einen Tag früher kommen, um mehr Zeit mit Caleb verbringen zu können.

In den nächsten Tagen versuchten Libby, Caleb und Peter wieder, die Geige von Franz zu finden.

Als Annika von ihrer Suche erfuhr, ermahnte sie Libby: »Du solltest dich nicht allein auf den Straßen von Saint Paul aufhalten. Erinnerst du dich an den Mann, der sich in deine Kajüte geschlichen hat? Wie er das Bild gesucht hat, das du gezeichnet hast? Erinnerst du dich an die Männer, die die Pelze aus den Lagerhallen gestohlen haben?«

Libby nickte. Die Pelze waren nirgendwo gefunden worden. Durch Annikas Warnung kehrte Libbys Angst zurück.

»Du weißt nicht, wer diese Männer sind – aber *sie* kennen *dich.*«, warnte Annika sie.

»Sie haben Saint Paul wahrscheinlich längst verlassen.« Libby versuchte, so zu tun, als jagten ihr die Männer keine Angst ein.

»Aber wir wissen es nicht«, gab Annika zu bedenken. »Wir wissen es schlicht und einfach nicht. Wenn du irgendwohin gehst, nimm am besten Samson mit.«

In der Falle!

Der ›Schattenmann‹«, sagte Caleb, als er auf die große Wandtafel in Papas Kajüte schrieb. »›Herr Ärger‹. Der Pfandleiher.«

Unter den Namen schrieb Caleb schnell für Peter: »Was wissen wir über den Dieb, der die Geige gestohlen hat?«

»Der Mann im Musikladen sagte, er hätte einen roten Abdruck am Kinn«, fiel Libby ein.

»Franz denkt, dass der Ochsenkarrenfahrer wohl den Eindruck hatte, dass der Dieb die Geige gar nicht verkaufen wollte«, fügte Caleb hinzu.

»Als wir zum ersten Mal nach Saint Paul kamen, gab es drei Männer auf der *Christina*, denen wir nicht vertrauten«, sagte Libby. »Und drei Männer stahlen die Pelze.«

Peter strich sich die blonden Haare aus den Augen und erinnerte Libby mit dieser Geste an Caleb. »Ich denke, dass der Mann, der die Geige gestohlen hat, jeweils die Handlanger findet, die er benötigt.«

»Was meinst du damit?«, gebärdete Caleb.

»Der Dieb ist schlau«, erklärte Peter. »Manchmal arbeitet er allein, wie damals, als er die Geige gestohlen hat. Wenn er mehr Leute benötigt, wie zum Beispiel damals, um Pelze zu stehlen, findet er sie auch.«

Caleb klopfte Peter auf die Schulter. »Das ist es!«, schrieb er. »Und wir können noch etwas wissen: Der Pfandleiher wollte die Belohnung, die auf Jordans Kopf ausgesetzt ist. Sehr wahrscheinlich hat er mit Riggs gesprochen.«

»Also haben wir es entweder mit *einem* Dieb oder mit *drei* Dieben zu tun.« Dieser Gedanke flößte Libby Angst ein. »Wenn das stimmt, haben die Diebe es sich zum Ziel gesetzt, auf jede erdenkliche Weise zu Geld zu kommen.«

Libby blickte Caleb an. »Du hast meine Zeichnung von ›Herrn Ärger‹ der Polizei gegeben. Sie haben dir gesagt, dass er auf die Beschreibung eines bekannten Betrügers passt – auf jemanden, der sich vor dem Gesetz versteckt. Denkst du, dass ›Herr Ärger‹ die Fäden in der Hand hält?«

Caleb zuckte mit den Schultern. »Wenn sie einen zähen Burschen brauchen, könnte er auch derjenige sein, der die Drecksarbeit macht.«

»Aber wer ist der Kopf?«, fragte Libby. »Wer plant das alles? Könnte es der ›Schattenmann‹ sein?«

Caleb zuckte erneut mit den Schultern. »Es fehlt uns etwas Wesentliches. Möglicherweise etwas so Einfaches, dass es eigentlich direkt vor unserer Nase ist.«

»Wir müssen noch einmal von vorne beginnen«, meinte Libby.

In der Nacht fasste Libby einen Entschluss. Noch einmal von vorne zu beginnen, bedeutete für sie, an den ersten Ort zurückzugehen, an dem sie gesucht hatten. Aber sie wollte niemanden bei sich haben. Sie dachte bereits an Weihnachten. Wenn sie mit dem wenigen Geld, das sie besaß, gut haushaltete, konnte sie für alle ihre Lieben Zeichnungen anfertigen. Auf dem Weg zur Pfandleihe wollte sie die nötigen Stifte und das passende Papier kaufen.

Am nächsten Morgen sagte Libby den anderen, dass

sie in die Stadt gehen würde. Caleb bot ihr an, sie zu begleiten, doch Libby schüttelte den Kopf. Schließlich verabredeten sie, dass sie sich alle am späten Nachmittag bei Annika zum Essen treffen würden.

Als Libby bereit zum Aufbruch war, folgte Samson ihr die Anlegeplanke hinunter. Libby befahl ihm: »Bleib!«

Samson ließ sich auf sein Hinterteil fallen. Als er den Kopf neigte und jammerte, dachte Libby an Annikas Warnung, dass sie den Hund mitnehmen sollte. Doch Libby schob diesen Gedanken beiseite. *Samson stört nur. Außerdem bin ich vor dem Dunkelwerden zurück.*

Libby schloss den Hund ein und machte sich auf den Weg. Unterwegs musste sie ständig an die gestohlene Geige denken.

Bald erreichte sie einen Laden, in dem Esswaren, Kleidung, Werkzeuge und Zeichenmaterial erhältlich waren. An den Wänden des Ladens standen viele Regale, doch die meisten von ihnen waren leer.

Als Libby erklärte, was sie kaufen wollte, schüttelte der Ladenbesitzer den Kopf. »Es tut mir leid. Ich habe diese Art Papier und solche Stifte zwar bestellt, aber der Fluss ist dieses Jahr so früh zugefroren, dass unsere Schiffsladung nicht angekommen ist.«

Enttäuscht wandte Libby sich ab, doch der Mann rief ihr nach. »Hast du schon einmal Kohlestifte ausprobiert? Wir haben noch einige davon.«

Er hielt etwas, was wie ein kleines schwarzes Stöckchen aussah, hoch und zeichnete damit auf ein Stück Papier. »Siehst du die dicken Linien, die man damit machen kann? Oder du kannst etwas ganz fein darstellen.«

Libby hatte noch nie Kohlestifte benutzt, doch nun blieb ihr nichts anderes übrig, als es zu lernen. Als der Ladenbesitzer ihre Waren einpackte, sah sie, wie Oliver White das Geschäft betrat.

Schnell drehte sich Libby um, sodass sie Oliver White den Rücken zuwandte. Sie wollte mit ihm nicht über Annika sprechen und hoffte, dass er sie nicht sah.

Zwei Tage nachdem sie Annika gefunden hatten, hatte Libby sie nach Herrn White gefragt.

»Als ich nach Swede Hollow zog, erzählte ich ihm nicht, wohin ich ging«, hatte Annika ihr erklärt.

»Er hat dich nicht gefunden? Du bist ihm nie zufällig auf der Straße begegnet?«

Annika schüttelte den Kopf und lächelte, sagte aber nicht mehr.

Sobald Libbys Einkauf fertig eingepackt war, eilte sie aus dem Geschäft. Inzwischen war bereits Nachmittag, und Libby ging auf direktem Weg zur Pfandleihe. Als sie dort ankam, öffnete sie die Tür langsam, damit die Türglocke nicht läutete.

Der große Raum sah fast genauso aus wie im August, nur eine Sache war anders: Es waren harte Zeiten angebrochen, daher waren die gut gesicherten Glaskästen zum Bersten voll.

Auf der rechten Seite des spärlich beleuchteten Raums standen zwei Türen halb offen. Hinter einer dieser Türen konnte Libby einen Korridor erkennen, der zur Rückseite des Gebäudes führte. Von dort hörte sie die Stimmen zweier Männer.

Libby näherte sich der anderen Tür. Als sie sie etwas weiter öffnete, fand sie eine Art Besenkammer mit Regalen vom Boden bis zur Decke vor. Langsam gewöhnten sich ihre Augen an die Dunkelheit. Eine goldene Männeruhr lag da, eine kostbare Halskette – und noch eine Sache entdeckte Libby dort: einen Geigenkasten!

Mit klopfendem Herzen hob Libby den Geigenkasten ans Licht, das vom großen Raum hereinschien. Sie stellte den Geigenkasten auf eine Theke, hob den Deckel, nahm die Geige heraus und drehte sie um.

In diesem Augenblick veränderten sich die Stimmen im Korridor. Einer der Männer war näher gekommen.

Mit einer schnellen Bewegung legte Libby die Geige in den Kasten zurück und schloss den Deckel. Lautlos legte sie die Geige auf das Gestell zurück. Dann zog sie die Tür wieder halb zu und wandte sich dem großen Raum zu. Als einer der beiden Männer ebenfalls in den großen Raum trat, blickte sie gerade an einer Wand voller Musikinstrumente hoch.

»Ich habe Sie gar nicht eintreten hören«, sagte der Mann. »Sind Sie schon lange hier?«

Libby nahm einen tiefen Atemzug und wandte sich dem Mann zu. Vor ihr stand der kleine, dünne Pfandleiher mit seinem hohen Kragen, der ihn so aussehen ließ, als hätte er keinen Hals. Libby hatte keinen Zweifel mehr daran, dass er der Mann war, der Jordan auf der *Christina* bedroht hatte.

Was, wenn er sich an mich erinnert?, dachte Libby mit klopfendem Herzen.

Sie versuchte, ruhig zu sprechen. »Ich suche eine Geige für einen guten Spieler. Sind die zum Verkauf?«

Der Mann zeigte ihr drei Geigen. Jedes Mal, wenn

Libby eine nahm, schaute sie sie sich von allen Seiten an und versuchte, ein oder zwei Töne zu spielen. Sie klemmte die Kinnstütze ein und strich mit dem Bogen über die Saiten. Das Quietschen ließ Libby erschaudern.

Libby zwang sich zu einem Lächeln. »Gut, dass sie nicht für mich ist.«

Schließlich sagte sie: »Ich werde mit meinem Vater sprechen. Wenn er noch heute kommen könnte, wie lange haben Sie geöffnet?«

Im nächsten Augenblick kam von draußen ein großer Mann herein. Im matten Licht der Pfandleihe war sein Gesicht vom Schatten seines Hutes verborgen. Er war warm angezogen und trug einen langen schwarzen Mantel.

Dann bemerkte Libby, wer dieser Mann war: Herr Oliver White III! Sie seufzte innerlich. *Ich habe ihn seit August nicht mehr gesehen. Und nun zweimal am selben Tag!*

Überraschung machte sich auf seinem Gesicht breit. Mit der Hand berührte er seine Hutkrempe, wie wenn er den Hut lüftete. »Miss Norstad«, sagte er. »Ich wusste gar nicht, dass Sie in der Stadt sind.«

»Herr White«, antwortete sie ebenso höflich. Vorhin konnte sie ihm noch ausweichen, doch jetzt hatte Libby keine andere Wahl, als sich mit ihm zu unterhalten. »Leben Sie in Saint Paul?«

Der große junge Mann lächelte. »Ich bin den Winter über hier. Ich bin deinem Vater sehr dankbar, dass er mich mit Miss Berg bekannt gemacht hat.«

Und ich wünschte mir, er hätte es nie getan, dachte

Libby. *Irgendwie tauchen Sie immer zur falschen Zeit auf.*

»Miss Berg ist eine großartige junge Frau.« Herr White klang so, als hätte er Annika jeden Tag getroffen.

»Ich bin mir sicher, dass sie eine sehr gute Lehrerin ist«, meinte Libby. Ihr Kopf schwirrte. *Und ich bin mir sicher, dass Sie wissen wollen, wo Annika ist. Nun, ich werde nicht diejenige sein, die es Ihnen verrät!*

»Finden Sie, was Sie benötigen?«, fragte er.

Libby schluckte. »Ja, Herr White«, sagte sie leise. »Ich habe alles Benötigte gefunden.«

Draußen wählte Libby die Straße, die an der Seite des Pfandleihe-Gebäudes entlangführte. Der Schnee war von der Sonne in Matsch verwandelt worden, und Libby ging schnell. Sie hatte die nächste Ecke beinahe erreicht, als sie sich umdrehte.

Von dort konnte sie die hintere Wand des Pfandhauses sehen. Eine Tür und zwei Fenster waren durch Gitterstäbe gesichert. An einem der Fenster stand ein Mann, der sie beobachtete.

Libby tat so, als sei alles in Ordnung, und ging weiter. *Wer ist er?*, fragte sie sich. Die Gitterstäbe am Fenster verbargen das Gesicht des Mannes so sehr, dass sie ihn nicht erkennen konnte.

Als sie in Richtung *Swede Hollow* ging, wurde sie von angsteinflößenden Gedanken verfolgt. *Habe ich die Geige auf das richtige Regal gestellt und die Tür so weit geschlossen, wie ich sie vorgefunden habe? Habe ich meine Aufregung verbergen können?*

In Bezug auf alle diese Dinge war sie sich nicht wirklich sicher. Mit wachsender Panik ging Libby schneller und schneller. Sie war drei Häuserblocks von der Pfandleihe entfernt, als sie ein seltsames Geräusch hinter sich hörte.

Schritte? Nein. Der Schnee ist dafür nicht kalt genug. Libby versuchte sich einzureden, dass sie sich unnötig Sorgen machte, und eilte weiter. Schließlich war ihr jedoch so unbehaglich zumute, dass sie sich schnell umdrehte. Im Bruchteil einer Sekunde, bevor ein Mann außer Sicht trat, sah Libby dessen Gesicht. *Der Mann, den ich auf dem Schiff gezeichnet habe. Groß. Braune Haare. Blaue Augen. Grausame Züge um den Mund. Der Mann, dessen Bild ich in den Tresor der »Christina« gelegt habe. Der Mann, der wahrscheinlich meine Kajüte durchsucht hat. »Herr Ärger«!*

Libby stockte der Atem. *Die Stimmen im Hinterzimmer. Dann hatte Peter also recht! »Herr Ärger« und der Pfandleiher arbeiten zusammen!*

Libby begann zu rennen. *Warum habe ich bloß Samson nicht mitgenommen?*

Schon bald bekam sie Seitenstechen, und Libby wusste, dass sie es nicht bis *Swede Hollow* schaffen konnte. Außerdem wollte sie »Herrn Ärger« nicht zu Annikas Haus führen.

Inzwischen war sie wieder in der Straße angekommen, in der sich der Laden befand, in dem sie ihr Zeichenmaterial gekauft hatte. Das kam ihr gerade sehr recht. *Dort im Laden bin ich sicher! Aber für alle Fälle muss jemand wissen, wo ich bin.*

Neben dem Gebäude lag etwas Schnee, den die Sonne nicht erreicht hatte. Libby packte einen Kohlestift aus. Bei der Tür war sie bereit. Mit einer schnellen

Bewegung bückte sie sich und zeichnete einen Fisch in den Schnee.

Erneut blickte sie zurück. Niemand war in Sicht. Libby ging in gebückter Haltung durch die Tür. Mit einem Sprung war sie im Laden.

Während sie Atem schöpfte, blickte sich Libby um. Der Ladenbesitzer, der ihr die Kohlestifte verkauft hatte, war nirgendwo in Sicht. Er hatte ein Schild auf die Theke gestellt:

Wählen Sie bitte, was Sie benötigen.

Ich bin in fünfzehn Minuten zurück.

Vertrauensselig, dachte Libby. *Vielleicht sind die Leute von Saint Paul so ehrlich, dass es keine Rolle spielt.*

Dann schoss Libby etwas anderes durch den Sinn. *Es ist niemand hier, um mich zu beschützen.*

Das Herz rutschte ihr in die Hose, als Libby durch die großen Glasfenster auf der Vorderseite des Ladens blickte. Genau in diesem Augenblick kam »Herr Ärger« ins Blickfeld.

Wie ein Kaninchen, das vor Wellington flüchtete, rannte Libby in den hinteren Teil des Ladens. Hinter hohen Regalen blieb sie stehen. Kurz darauf öffnete sich die Vordertür. Libby hörte, wie schwere Schritte durch den Laden gingen. Verzweifelt sah sie sich nach einem Fluchtweg um.

Da erblickte sie eine Tür zu einem Hinterraum. Libby drehte am Türknauf. Die Tür führte in absolute Dunkelheit. Soweit Libby es beurteilen konnte, hatte der Raum keine Fenster. Sie trat hinein und ließ die

Tür hinter sich einen Spaltbreit offen, damit etwas Licht hereindrang.

Immer näher kamen die Schritte. *Ist es »Herr Ärger«?*

Neben der halb geöffneten Tür drückte sich Libby an die Wand und blickte in den anderen Raum. In den Schatten im hinteren Teil des anderen Raums bemerkte sie eine Bewegung. Dann hörte sie, wie ein Streichholz angezündet wurde. Im nächsten Augenblick wurde auf einem niedrigen Tisch eine Lampe angezündet. *Es ist tatsächlich »Herr Ärger«!*

Der Mann hatte sein eigenes Geheimversteck. Hohe Gestelle, Schaufeln und Rechen schirmten dieses Versteck vom restlichen Laden ab. Als Libby sich fragte, was sie tun sollte, hörte sie noch mehr Schritte.

Bald darauf betrat der Pfandleiher das Geheimversteck. Er trug einen Geigenkasten bei sich. Sorgfältig legte er ihn auf den Tisch mit der Lampe.

Libby war sich sicher, dass dies der Geigenkasten war, den sie in der Besenkammer der Pfandleihe gefunden hatte. Darin befand sich die aus allerschönstem Holz gefertigte Geige. Libby war sich ziemlich sicher, dass diese Geige Franz Kadosa gehörte.

Dann sprach der Pfandleiher. »Wo ist er?«

Wo ist WER?, fragte sich Libby und hoffte, dass der Ladenbesitzer nun zurückkommen würde.

»Er kommt gleich«, antwortete »Herr Ärger«.

»Immer müssen wir die Drecksarbeit leisten«, beschwerte sich der Pfandleiher.

Ein dritter Mann kommt? Libby wurde ganz schwach vor Schreck.

Fünf Minuten verstrichen. Zehn Minuten. Doch

als schließlich der Mann erschien, auf den die beiden warteten, war Libby erleichtert. Aus ihrem Versteck im Hinterraum konnte sie sein Gesicht erkennen. *Annikas Verehrer, Herr White.* Trotz ihrer Abneigung ihm gegenüber war Libby sich sicher, dass Herr White ihr helfen würde.

Als Libby aus dem Hinterraum herauskommen wollte, fielen ihr der schwarze Mantel und der tief sitzende schwarze Hut von Herrn White auf. Libby trat zurück. *Warum kommt mir das bekannt vor?*

Plötzlich wusste Libby, warum. *Der Mann, der auf dem Konzert des Geigers war. Der Mann, der in einem langen schwarzen Mantel und mit einem schwarzen Hut auf einer Seite der Hauptkajüte der »Christina« gestanden hatte. Der »Schattenmann«!*

Es hätte ihn nur ein, zwei Minuten gekostet, seinen Hut und seinen Mantel in seiner Luxuskajüte zu lassen und dann zu Annika hinüberzugehen!

Nun ging Herr White zum Tisch mit dem Geigenkasten.

»Ich habe sie hergebracht, wie Sie gesagt haben«, berichtete der Pfandleiher. »Ich erwarte dafür eine extra Summe. So hat also niemand Sie mit ihr gesehen, falls Sie sich darüber Sorgen machen.«

Als hörte er dem Pfandleiher kaum zu, nickte Herr White. »Ich wickele sie in Pelze ein, wenn ich dieses elende Klima verlasse.«

Herr White lehnte sich vor und schob den Geigenkasten näher an die Lampe heran. Als er den Deckel öffnete, beschien das Licht die linke Seite seines Gesichts.

Libby stockte der Atem. *Eine Rötung genau unter dem Kinn!*

Libby bewegte sich vorsichtig von der Tür weg. Als wäre es erst gestern gewesen, erinnerte sie sich an jenen Tag im August, an dem die Geige gestohlen wurde. Die eiligen Schritte durch den Frachtraum, den der Dieb wahrscheinlich ausgekundschaftet hatte für den Fall, dass er ihn einmal benötigen würde. Das Geräusch einer Tür, die sich öffnete und wieder schloss. Das leere Deck auf der Seite, die der Anlegeplanke gegenüberlag.

Der Dieb war dieses Deck entlanggeeilt. Er war um die Ecke gebogen, um an den Schrankkoffer von Herrn Oliver White zu gelangen. Ein Schrankkoffer, der groß genug war, um einen Geigenkasten darin zu verstecken! *Er musste nur noch zu Atem kommen und ruhig dastehen!*

Libbys Gedanken wirbelten durcheinander. *Also hat Herr White die Geige in seinem eigenen Schrankkoffer versteckt, danach in der Pfandleihe. Wenn jemand sie dort fände, würde Herr White nicht des Diebstahls beschuldigt werden. Kein Wunder, dass er die Geige nicht verkaufen wollte. Er wartet darauf, sie selbst zu benutzen! Und der Pfandleiher hat sie in diesen Laden gebracht.*

Am schlimmsten waren Annikas Worte zu Papa, die Libby nun einfielen. »*Es stimmt, dass wir viel gemeinsam haben*«, hatte sie über Herrn White gesagt. »*Wir mögen beide Musik.*« Was, wenn Annika sich von Herrn Whites Geld und seinem guten Aussehen hätte beeindrucken lassen? Doch sie wollte lieber einen gläubigen Mann heiraten!

Als Libby darüber nachdachte, wie sie entkommen konnte, fragte der Pfandleiher: »Wo ist das Mädchen?«

»Im Hinterraum«, antwortete »Herr Ärger«.

»Gut. Dann ist sie in der Falle.«

In der Falle! Ein kalter Schauer lief Libby über den Rücken. Voller Entsetzen fragte sie sich, ob sie sich bewegen konnte. Dann streckte sie die Hände aus und ertastete sich einen Weg in der Dunkelheit. *Es muss eine Hintertür geben! Aber bitte, Gott, sag jemandem, dass ich Hilfe brauche!*

Langsam, Schritt für Schritt, ging Libby an Gegenständen vorbei, die bei einer falschen Berührung klappern würden. *Ich muss jegliches Geräusch vermeiden.*

Kurz darauf stolperte Libby über etwas. Als sie die Arme nach vorne streckte, um sich aufzufangen, spürte sie das Fell eines Tieres. Beinahe schrie sie los.

Libby hielt sich die Hand vor den Mund. Als sie so in der Dunkelheit stand, begann sie zu zittern. Dann begann sie zu beten. *Oh, Gott, bitte vergib mir. Bitte vergib mir, dass ich Samson nicht mitgenommen habe.*

Libby wartete und lauschte, ob sie ein Geräusch aus dem anderen Raum hörte. Erneut betete sie. *Bitte, Herr, führe mich aus der Dunkelheit. Hilf mir, stark zu sein in dir.*

In diesem Augenblick fiel ihr ein, wie Papa ihre Hand genommen hatte. Er hatte ihre Hand in der seinen gehalten und ihr Mamas Kreuz gegeben. Papas Hand hatte sich im Vergleich zu ihrer groß angefühlt. *So ist es auch mit Gott.*

In der Dunkelheit stehend, zwischen drei Männern und dem Fell eines unbekannten Tieres gefangen, dachte Libby: *So ist es auch mit Gott.*

Als Libby wieder einen klaren Kopf bekam,

bemerkte sie, dass das Tier sich nicht bewegt hatte. Erneut streckte sie ihre Hand aus. Diesmal berührte sie das Fell länger. Sogar im Dunkeln wusste sie, was es war: einer der Pelze, die aus der Lagerhalle gestohlen worden waren!

Sie streckte die Hände wieder vor sich aus und ging weiter. Bald stieß sie auf die Rückwand des Raums und ertastete sich den Weg, bis sie eine Tür fand, dann den Türknauf.

Die Tür ließ sich öffnen und führte in einen dritten Raum. Zu Libbys Erleichterung hatte dieser Raum zwei Fenster und eine Tür. Nun konnte sie wieder etwas sehen!

Die Männerstimmen waren nicht mehr zu hören. Zuversichtlich ging Libby schnell auf die Außentür zu. Doch diese war mit einem großen Vorhängeschloss, das an einem starken Riegel angebracht war, verschlossen!

Bei diesem Anblick wurde Libby übel. *»Sie ist in der Falle!«*, hatte der Pfandleiher gesagt. Einen Augenblick lang starrte Libby die Tür an, die sie nicht öffnen konnte. Als sie die Fenster ausprobierte, sah sie, dass diese zugenagelt waren. Außerdem waren davor Gitterstäbe angebracht.

Libby stöhnte. Voller Verzweiflung ließ sie sich auf den Boden sinken.

Mit Flügeln wie Adler

Libby hatte eine ganze Minute lang dagesessen, bevor ihr auffiel, dass sie auf Erde saß, nicht auf einem Fußboden. *Dann ist dies also ein Schuppen*, dachte sie. *Ein angebauter Schuppen, kein Teil des restlichen Gebäudes.*

Bei diesem Gedanken schöpfte sie neuen Mut. Auf Händen und Knien kroch sie an der Wand entlang und suchte nach einem möglichen Fluchtweg. Als sie tatsächlich auf einen stieß, konnte sie es selbst kaum glauben.

Genau an der Stelle, an der die Wand auf den Erdboden traf, sah sie Licht, dann ein Loch. *Ein Loch, das ein Tier gegraben hat*, dachte Libby und wich zurück.

Doch im nächsten Augenblick kehrte sie dorthin zurück. Sie wusste, dass dies ihre einzige Hoffnung war. *Schaffe ich es, mir den Weg freizuschaufeln?*

Libby blickte sich um. In dem Licht, das durch die Fenster hereinschien, fand sie einen dicken Stock und begann, damit das Loch zu vergrößern.

Sie hatte gerade damit begonnen, als sie von der Vorderseite des Ladens her Geräusche hörte. Ein kläffender Hund. Wütende Stimmen. Wieder ein bellender Hund. *Wellington!*

Libby konnte sich ihn nun vorstellen. Wellington, wie er den Männern auswich, die ihn fangen wollten. Wellington, wie er um sie herumjagte, nah an sie herankam und wieder davonlief. Der kleine Hund, wie er seine großen Feinde anbellte. Wie war er in den Laden gekommen?

Dann dachte Libby daran, wie Wellington einem Kaninchen nachgeschnüffelt hatte. Wie er jenem Kaninchen gefolgt war, wo auch immer die Spur hinführte. *Dieser Hund wird mich aufspüren! Er wird die Männer direkt hierherführen, bevor ich rauskann!*

Libby bearbeitete die Erde wie wild. Das Geräusch kam nun näher. Wellingtons spindeldürre Beine durchquerten den mittleren Raum.

Im nächsten Augenblick war der Hund bei Libby. Beim Loch in der Außenwand begann er zu graben. Erde flog hinter seinen Pfoten durch die Luft. Das Loch wurde größer und größer.

Als der Terrier hindurchschlüpfte, blickte sich Libby um. Das flackernde Licht einer Laterne warf Schatten auf die Wand im Raum hinter ihr.

Dann hörte sie Stimmen. Männerstimmen. Wütende Stimmen, die näher kamen.

Verzweifelt ließ Libby sich auf den Bauch fallen. Als sie es nicht schaffte, so durch das Loch zu kriechen, drehte sie sich auf den Rücken. Mit den Fersen stieß sie sich ab und drehte und wand sich. Schließlich zwängte sie sich durch das Loch.

Draußen rappelte sich Libby auf und fing dann Wellington ein. So fest sie konnte, hielt sie ihn in den Armen. Mit einer Hand um seine Schnauze befahl sie: »Pssst!« Dann schlich sie an der Rückseite des Gebäudes entlang, bis sie an eine Seitenstraße kam.

Lautlos eilte Libby zur Vorderseite des Gebäudes. In der Nähe des Eingangs sah sie frische Spuren im Schnee. Die kleineren gehörten Peter. Die größeren waren Calebs Spuren.

Libby wagte kaum zu atmen, als sie sich Richtung Tür schlich. Zu ihrer Überraschung bellte Wellington nicht, doch Libby wusste, dass er nicht lange still bleiben würde.

Schon bald hörte sie drinnen Stimmen. Ein Mann redete, und Caleb antwortete.

Caleb! Hat jemand ihn gefangen? Libby wurde übel zumute. Während der viereinhalb Jahre bei der »Untergrundbahn« war er den Sklavenfängern immer entkommen. *Wie konnte er sich ausgerechnet jetzt erwischen lassen?*

Erschrocken zog sich Libby zurück. Jetzt hatte sie sogar noch mehr Angst als vorhin, als sie in der Falle gewesen war.

Caleb hat sich meinetwegen erwischen lassen. Er hatte Angst um mich.

Mit der Hand immer noch um Wellingtons Schnauze schlich Libby sich davon. Der Hund drehte und wand sich, und Libby musste all ihre Kräfte aufbieten, um ihn festzuhalten.

Sie musste sich eine Weile besinnen, um sich zu erinnern, wo die Polizeiwache war. Dann ging Libby so schnell, wie ihre Füße sie trugen. In der Nähe der Polizeiwache ließ sie Wellington hinunter. »Geh und such Peter!« Der Hund rannte davon.

In zwei Minuten hatte Libby der Polizei die Lage erklärt. Alle Polizisten hatten ihre Zeichnung von »Herrn Ärger« gesehen. Als sie loseilten, folgte sie ihnen dicht auf den Fersen.

Lautlos betraten die Polizisten den Laden. Schon kurze Zeit später führten sie die drei Männer ab.

»Der Ladenbesitzer des Geschäfts?«, fragte Libby Caleb, als alles vorbei war. »Wusste er, dass er Diebesgut versteckte? Die Pelze, die wahrscheinlich aus der Lagerhalle beim Kai gestohlen worden waren?«

Caleb schüttelte den Kopf. »Er dachte wahrscheinlich, die Pelze gehörten Oliver White. Ich hörte, wie Herr White ihm anbot, Feierabend zu machen. Er sagte dem Ladenbesitzer, er könne nach Hause gehen.«

Das weckte Libbys Neugierde. »Die Betrüger hatten einen anderen Laden – die Pfandleihe. Warum haben sie sich dann in diesem Laden getroffen?«

»Aus irgendeinem Grund mussten sie dieses Gebäude benutzen. So, wie es klang, planten sie wohl einen noch viel größeren Diebstahl.«

Im Licht des späten Nachmittags bemerkte Libby die Erleichterung in Calebs Augen. Doch als sie zu dritt zu Annika gingen, war es Peter, nicht Caleb, der Libby erzählte, was geschehen war.

»Weil wir uns wunderten, dass du noch nicht bei Annikas Haus angekommen warst, gingen wir dich suchen. Caleb sagte, dass du ihn nicht dabeihaben wolltest. Er schloss daraus, dass du Zeichenmaterial einkaufen wolltest, also wusste er, wo wir dich suchen mussten. Wir sahen dein Fischzeichen und gingen hinein. Caleb hörte, wie einer der Männer erwähnte, dass du in der Pfandleihe herumgeschnüffelt hast.«

»Und dein Hund?«, fragte Libby.

»Als die Männer uns erwischt haben, habe ich mein Geheimzeichen benutzt, um Wellington zu dir zu schicken. Er ist ein Held, nicht wahr?«

Libby lächelte. »Ja, Wellington ist ein Held«, gebärdete sie. Sie versuchte, mit ihren Händen darzustellen, wie der Terrier wie wild ein Loch gegraben hatte. »Er ist keine Promenadenmischung!«

Libby zeigte auf Peter und gebärdete: »Und du bist auch ein Held. Du hast Wellington beigebracht, dir zu gehorchen!«

Peter strahlte voller Stolz. »Ich hab dir ja gesagt, dass er ein guter Hund ist.«

Libby lächelte, doch Caleb hatte immer noch kein einziges Wort gesagt. Darüber wunderte sie sich.

Dann sagte Peter: »In zwei Tagen ist *Thanksgiving*! Wir können dem Geiger dann seine Geige zurückgeben!«

* * *

Am nächsten Morgen gingen Caleb und Libby zu Fuß nach Saint Paul, um Jordan dort abzuholen. Als sie zu dritt zur *Christina* zurückgingen, sah Libby, wie auf einem Hof direkt neben der Straße, auf der sie entlanggingen, ein großer, kräftig aussehender Junge mit einem Schneeball in der Hand stand. Immer wieder glättete er den Ball, rieb ihn und presste ihn fest. Libby war sich sicher, dass er bald nicht mehr einen normalen Schneeball, sondern einen steinharten Eisklotz in den Händen haben würde.

Leise sagte Caleb: »Der ist wohl auf Ärger aus.«

»Ich ihn sehe«, sagte Jordan.

Kurz darauf verschwand der Junge. Als Libby, Caleb und Jordan sich näherten, behielten sie den Hof, das Haus und eine große Eiche mit einem dicken Stamm fest im Blick.

Plötzlich flog ein Schneeball auf Jordans Kopf zu. Jordan sah den Ball kommen und duckte sich. Libby sog hörbar die Luft ein. Caleb und Jordan gingen auf den Baum zu.

Da trat der Junge hervor. In der Hand hielt er einen weiteren Eisball. Auf dem Boden neben ihm wartete ein Haufen Munition darauf, benutzt zu werden. Doch Jordan ging direkt auf den Jungen zu.

Knapp einen Meter vor ihm blieb er stehen. »Warum du das getan hast?«

Der Junge lachte verächtlich. »Weil du bist, wer du bist.«

Mit geballten Fäusten trat Jordan noch näher an den Jungen heran. Sie durchbohrten sich gegenseitig mit ihren Blicken. »Von uns sind zwei größer noch als du.«

»Ich habe keine Angst. Mit euch nehm ich's locker auf.«

»Nee«, entgegnete Jordan. »Das du nicht schaffst.«

Er richtete sich zu seiner vollen Größe auf. Doch dann löste er plötzlich seine Fäuste und entfernte sich.

Dabei behielt er den Jungen im Auge, damit er einem eventuellen zweiten Eisball ausweichen könnte.

Zwei Häuserblocks weiter sprach Jordan schließlich. »Ich es hab geschafft!«, rief er aus, als hätte er sich selbst damit am meisten überrascht. »Ich weggegangen bin. Ich mich ihm nicht beweisen musste.«

* * *

Am nächsten Tag brachte Micah Parker seine Familie mit dem Schlitten von Saint Anthony her. Als Serena und die anderen an Bord kamen, spürte Libby, dass sie alle tatsächlich eine große Familie geworden waren.

Kurz darauf schritt Franz die Anlegeplanke herauf. Unter seinem Mantel trug Franz immer noch das zerlumpte Hemd. Doch nun war sich Libby sicher, dass sie wusste, warum. Franz trug zerrissene Kleider, um seine Identität zu verbergen.

Heute waren seine Schritte sogar noch leichter als in jener Nacht, als er für die Deckpassagiere gespielt hatte. Als sich alle im Winterraum der *Christina* gesetzt hatten, blickte Franz in die Runde.

»Gestern hat Caleb mir gesagt, dass ihr eine große Überraschung für mich hättet. Aber erst will ich euch meine Geschichte erzählen.

Bevor ich heute hierherkam, ging ich zum Gefängnis. Zwei der Männer wollten nicht mit mir sprechen. Aber ich wollte Oliver White treffen. Beim Konzert damals auf der *Christina* kam mir der Mann im Schatten bekannt vor. Falls es jemand war, den ich von meiner Zeit in Wien kannte, könnte er mich verraten, das war mir bewusst.«

»Sie verraten?« Die ganze Zeit über war Libby sich sicher gewesen, dass es jemanden gab, dem der Geiger nicht vertrauen konnte.

»Mein richtiger Name ist nicht Kadosa. In meiner Heimat in Ungarn gehöre ich zu einer noblen Familie. Sie konnten nicht verstehen, warum ich Musik studieren wollte. Aber meine Musik ist hier.« Franz legte die Hand aufs Herz.

»In der letzten Revolution hat meine Familie einen Rechtsstreit verloren und ist bei den Herrschern in

Ungnade gefallen. Einige meiner Lieben sind gestorben. Andere sind nach Amerika geflüchtet.«

»Die Familie in der Nähe von Nicollet«, warf Libby ein.

Franz nickte. »Zuerst dachte ich, ich könnte in Ungarn bleiben. Dann merkte ich, dass ich das nicht konnte. Als ich flüchten musste, gingen meine Frau und meine Kinder in den Untergrund. Von einem Versteck zum nächsten sind sie bis zur Grenze vorgedrungen. Nun verstecken sie sich in einem Nachbarland und warten auf eine Nachricht von mir. Darum habe ich meine Geheimnisse nicht verraten. Ich musste sie beschützen.«

»Und Sie mussten herausfinden, ob Sie uns vertrauen konnten«, sagte Caleb.

»Sie wussten, dass es ein Risiko war, vor Passagieren der Ersten Klasse zu spielen, nicht wahr?«, fragte Papa ihn.

»Ich dachte, vielleicht haben einige von ihnen Europa bereist und könnten mich erkennen.«

»Haben Sie darum deutsche Wörter benutzt?«, wollte Libby wissen

»Wenn ich ungarisch gesprochen hätte, hätte jemand, der die Sprache verstand, sofort gewusst, woher ich komme.«

Libbys Neugier war immer noch nicht gestillt. »Woher kannten Sie Oliver White?«

»Im Gefängnis blickte ich ihm in die Augen und erkannte ihn. Wir waren beide Studenten in Wien, wo es Proben für ein berühmtes Orchester gab. Wir sind gegeneinander angetreten. Er ist ein sehr guter Geiger, aber ich habe den Platz im Orchester bekommen.«

»Er war eifersüchtig?«, fragte Caleb. »Er wollte sich rächen?«

Franz nickte. »Erst schon. Aber da war noch mehr. Er wusste, dass meine Geige sehr wertvoll ist. Er wusste, wie viel Geld er damit machen konnte. Da er nicht den gewünschten Betrag bekommen konnte, entschied er sich, die Geige zu behalten. Er dachte: Wenn er ein solch gutes Instrument hätte, würde er der Geiger werden, der er schon immer hatte sein wollen.«

»Er ist wie ein kleiner Junge, nicht wahr?«, bemerkte Annika. »Er versteht nicht, dass er die Leute mit seinem Geigenspiel nur berühren kann, wenn die Musik sein Lebensinhalt ist.«

»Mein Land und mein Reichtum sind weg«, antwortete Franz. »Aber wenn ich meine Geige habe, kann ich mir den Lebensunterhalt verdienen. Darum habe ich beobachtet, wie ihr Jordan behandelt habt.«

In diesem Augenblick hatte Libby die Antwort auf ein weiteres Rätsel. »Sie haben uns beim Unterricht beobachtet? Sie waren derjenige, der durchs Fenster geschaut hat?«

Als der Geiger nickte, sah er wieder jung aus. »Ich wusste, dass wenn ihr Jordan seine Freiheit gebt, ihr auch meiner Familie und mir unsere Freiheit geben werdet.«

»Aber egal, wo man lebt: Überall gibt es immer Leute, die das nicht wollen«, erwiderte Caleb. »Leute, die andere ihrer Freiheit berauben wollen.«

Der Geiger lächelte. »Doch solange es Leute gibt, die uns die Freiheit rauben, ist es wichtig, dass es andere Leute wie dich und Libby, Jordan und Peter gibt.« Franz blickte in die Runde. »Leute wie ihr alle, die sich dafür einsetzen, dass andere ebenfalls in Freiheit leben können. Für dieses Abenteuer lohnt es sich zu leben.«

Es war Peter, der Franz seine Geige überreichte. Als könnte er nicht glauben, dass er sie tatsächlich wieder in den Händen hielt, fuhr der Geiger mit den Fingern über das Holz. Dann begann er sein geliebtes Instrument zu stimmen.

Franz schaute auf und begann zu sprechen. Libby sah nicht nur in seinen Augen die Tränen, sondern nahm sie auch in seiner Stimme wahr. »Ich werde meiner Familie mitteilen, dass ich ein neues Zuhause gefunden habe. Und nun spiele ich ein Lied für euch, das ich von einem besonderen Freund gelernt habe.«

Die süßen, zarten Klänge seiner Geige erfüllten den Raum. Während die Melodie ertönte, sang Libby in Gedanken mit:

»Deep River, my home is over Jordan;
Deep River; Lord, I want to cross over into camp ground …«

(»Tiefer Fluss, mein Zuhause ist jenseits des Jordans;
Tiefer Fluss; Herr, ich will zum Lagerplatz übersetzen …«)

Annika streckte ihre Hand aus. Während Papa sie in seiner Hand hielt, stieg die Musik um sie herum empor. In diesem Augenblick verstand Libby: *Das ist es, was zählt! Zu glauben, wirklich zu glauben, dass egal, was mir zustößt, Gott alles zum Besten wenden kann.*

Dann fiel Libby noch etwas ein. Als sie sich im Raum umschaute, wusste sie eine Sache mit Gewissheit: *Und wir alle setzen uns für die Freiheit ein!*

Während Libby, Oma und Annika, Jordans Mutter Hattie und seine Schwester Serena nun alle Speisen auftischten, die sie zubereitet hatten, versammelte sich die ganze heute anwesende »*Christina*-Familie« um den großen Tisch. Doch Libby wusste, dass das Essen nicht das Wichtigste war.

Papa blickte von einer Person zur anderen. »Vor dem Essen wollen wir Gott dafür danken, was er alles für uns getan hat.«

Die Runde begann mit Papas neckischer Aussage: »Ich bin dankbar, dass Annika wusste, dass sie diesen Winter in Saint Paul verbringen sollte.«

Doch dann wurde die Runde ernst. »Ich bin dankbar, dass ihr mich adoptiert habt«, sagte Peter zu Libby und Papa.

Jordans Mutter blickte ihre Familie an, die um den Tisch saß. »Ich muss immer noch mich kneifen und sagen: ›Hattie, du und deine Familie sein frei.‹ Ich danke dem guten Herr, dass wir alle sind zusammen.«

Micah grinste. »Und ich bin dankbar, dass ich habe eine Stelle, um zu versorgen euch.« Trotz der Krise hatte Micah durch den Besitzer einer Mehlmühle eine Anstellung bekommen: Er kümmerte sich um dessen Pferde.

Nachdem Jordan erklärt hatte, wie er von dem Jungen mit dem Schneeball weggegangen war, sagte er: »Ich bin dankbar, dass Gott geholfen mir hat, frei zu leben.«

Dann sagte Annika: »Ich bin froh und dankbar, dass ich Teil einer *Gib-nie-auf-Familie* sein kann.« Ihr

Blick schloss alle mit ein, doch unter dem Tisch hielt sie Papas Hand.

»Ich bin dankbar für etwas, was ich gelernt habe«, sagte Libby. »Auch wenn schlimme Dinge geschehen und nichts einen Sinn zu ergeben scheint, kann Gott die Dinge zum Besten wenden.«

Franz, der Geiger, sprach als Letzter: »Als ich aus meinem Land floh, versprach ich meiner Frau, dass ich einen Ort für unsere Familie finden würde. Ich bin in zerlumpten Kleidern gereist, weil ich Amerika richtig kennenlernen wollte. Ich wollte wissen, wie man einen armen Mann, einen Mann, der nicht berühmt ist, behandeln würde.«

Franz lächelte. »Das ist mein größtes Geheimnis: dass ich meiner Familie gesagt habe, dass ich einen Ort finden werde, an dem die Leute nett sind. Heute bin ich dankbar, dass ich mein Versprechen ihnen gegenüber halten kann.«

* * *

Später, als alle gegessen hatten und das Geschirr abgewaschen und weggeräumt war, ging Libby nach draußen. Auf dem Sturmdeck traf sie auf Caleb. Er blickte flussaufwärts auf die Klippen und die Stadt Saint Paul.

Zuerst sprachen sie kein Wort, doch Libby war neugierig. »Caleb, als wir über unsere Dankbarkeit sprachen, hast du nichts gesagt.«

»Ich konnte es nicht vor allen sagen.«

Caleb blickte Libby an, und sie bemerkte den Schmerz in seinen Augen. »Als ich wusste, dass du in diesem Laden mit den drei Betrügern in der Falle warst …« Caleb schüttelte den Kopf. »Es war noch schlimmer als damals, als Peter von der Klapperschlange gebissen wurde.«

Dann wischte Caleb sich mit der Hand über die Augen. »Ich bin Gott dankbar, Libby, dass du zu Hause und in Sicherheit bist.«

* * *

Im Frühjahr baute Papa ein wenig um. Er machte aus seiner eigenen Kajüte, Libbys Kajüte und der dahinter liegenden Kajüte eine einzige große Familienkajüte. Libby behielt ihren gewohnten Bereich, daneben erhielt Peter seinen Bereich. So könnten alle immer direkt bei der restlichen Familie sein.

Dann, als die Zeit dafür reif war, fragte Papa Annika, ob sie ihn heiraten wollte.

Weil Libby sich große Mühe gab, sich wie eine Erwachsene zu verhalten, lauschte sie *nicht* und bekam somit nicht mit, was Papa genau gesagt hatte. Libby wusste nur, wie er und Annika dreinschauten. Ihre Augen und Gesichter schienen ständig zu strahlen. Sie konnten nicht aufhören zu lächeln und sprachen oft von der Güte Gottes.

Als das Eis im Lake Pepin vollständig geschmolzen war, verkündete Papa, dass es Zeit war, wieder in südlichere Gefilde zu fahren. Calebs Oma wusste, was das bedeutete, und machte sich daran, eine riesige Hochzeitstorte zu backen und allerlei festliche Speisen zuzubereiten.

Der Morgen, an dem Annika an Bord kam, war hell und klar, und der Himmel war so blau, dass es Libby den Atem raubte. Während die *Christina* den Fluss hinunterdampfte, suchte Libby Annika. Ihr lag eine wichtige Sache auf dem Herzen, die sie klären musste.

Sie fand Annika an einem ihrer eigenen Lieblingsorte – hoch oben auf der *Christina* vorne auf dem Sturmdeck. Heute hatte Annika eine Perlenkette in ihr schwarzes Haar gewoben. In jeder Hinsicht sah sie wie eine Braut aus.

»Annika?«, fragte Libby, als die junge Frau sich umdrehte. Doch als Libby zu sprechen versuchte, blieben ihr die Worte im Hals stecken.

»Was ist los, Libby?«, fragte Annika.

»Weißt du noch, wie du sagtest, dass eine Mutter eine Freundin sein kann? Doch dass eine Mutter mir auch sagen muss, was ich falsch mache, damit ich lerne, das zu ändern?«

Annika nickte.

»Du hattest recht, Annika. Als du sagtest, dass ich Samson immer bei mir haben sollte. Ich hätte auf dich hören sollen.«

»Ja«, stimmte Annika zu.

»Die Sache hätte schlimm enden können.«

»Ja«, sagte Annika nochmals.

»Ich kann nicht versprechen, dass ich immer auf dich höre.« Erneut stockte Libby. »Dass ich je perfekt sein werde.«

»Nein.« Annika lächelte. »Das kann ich genauso wenig.«

Schließlich entspannte Libby sich. »Ich möchte dir

etwas sagen. Ich will, dass wir Freundinnen sind. Aber ich will auch, dass du meine Mutter bist.«

Tränen traten Annika in die Augen und rannen ihr die Wangen herunter. »Danke, Libby! Du ehrst mich sehr mit diesem Geschenk.«

In Red Wing hielt die *Christina* lange genug, um einen Freund von Papa an Bord zu nehmen – einen Pastor, den er seit längerer Zeit kannte. Dann fuhren sie durch den Lake Pepin und dann weiter flussabwärts zu einer ruhigen Stelle des Flusses.

Dort vertäute die Besatzung das Schiff am Ufer. Die Bäume auf einer nahe gelegenen Insel trugen ihr bestes Frühlingsgrün, als Papa und Annika heirateten.

Als Trauzeuge stand Caleb zu seiner vollen Größe aufgerichtet neben Papa. Libby war Trauzeugin für Annika, und Peter trug die Ringe.

»Wollen Sie diesen Mann zum Mann nehmen?«, fragte der Pastor Annika.

In ihrer kräftigen, doch sanften Stimme sprach sie ihren Eid. »Ja! Nathaniel, ich werde dich lieben, achten und ehren, in guten wie in schlechten Zeiten, in Gesundheit und Krankheit, in Reichtum und Armut, bis dass der Tod uns scheidet.«

Als Papa seinen Eid sprach, hörte Libby gar nicht zu, denn genau in diesem Augenblick fielen ihr wieder Annikas Worte ein. *Sie sagte, sie wollte nicht heiraten, bis sie einen Mann Gottes fand, der sie so liebte und wertschätzte, wie sie ihn wertschätzen wollte.*

Nun hatte sich Annikas Wunsch erfüllt, und Libby hüpfte das Herz. *Annika hat ihn gefunden. Und Papa hat sie gefunden!*

Dann, als ihr Vater und ihre neue Mutter die Ringe tauschten, dachte Libby schon weiter voraus. *Ich frage mich, ob ich Annikas Mut haben werde – zu warten, bis ich einen Mann finde, der Gott wirklich liebt und mich auch …*

Erneut unterbrach die Stimme des Pastors Libbys Gedanken. Als Annika und Papa einander die Hand gaben, hielt der Pastor seine Hand über ihre Hände. »Nathaniel und Annika, ich erkläre euch hiermit zu Mann und Frau. Der Herr segne und behüte euch.«

In diesem Augenblick hörte Libby das Schlagen von Flügeln und sah zwei Adler von einem Bach aufsteigen. Am hellblauen Himmel stiegen sie gemeinsam in die Höhe.

Libby sah den Adlern zu, bis sie verschwanden. *Gott will, dass wir uns erheben, dass wir auffahren*, dachte sie. *Was auch immer auf uns zukommt: Gott möchte, dass wir auffahren!*

Danksagung

Beim Schreiben dieser Buchreihe habe ich viele ermutigende Briefe von euch, meinen geschätzten Lesern, erhalten. Oft habt ihr davon berichtet, dass diese Romane euer Leben verändert haben.

Normalerweise beginnt ihr damit, dass ihr erzählt, wie gern ihr von den aufregenden und spannenden Ereignissen rund um die »Untergrundbahn« (»Underground Railroad«) lest. Ihr erwähnt Jordans Mut, wie er sich für die Freiheit seiner Familie eingesetzt hat, und Libby, Caleb, Papa, Oma, Peter oder die freien Schwarzen und Weißen, die ihre eigene Freiheit, ihren Ruf und ihr Eigentum für ihre Überzeugungen aufs Spiel gesetzt haben.

Dann schreibt ihr: »Ich habe mich gefragt, ob ich – wenn ich im Jahr 1857 gelebt hätte – zu denjenigen gehört hätte, die entlaufenen Sklaven zur Freiheit verhalfen.«

Damit sprecht ihr eine wichtige Frage an, denn damit fragt ihr: »Weiß ich eigentlich, was meine Überzeugungen in Bezug auf die wichtigen Dinge sind, die um mich herum geschehen?«

Ihr findet die Antwort vielleicht, indem ihr euch eine weitere Frage stellt: »Wie behandle ich die Menschen, die jetzt um mich herum sind? Meine Familie, Menschen aus anderen Völkern, das Kind, das gemobbt wird, den Jungen oder das Mädchen, das sich anders kleidet als alle anderen, oder jemand, der hungrig ist?«

Jordan wünschte sich eine Heimat, in der seine

Familie in Sicherheit und in Freiheit leben konnte. Franz, der Geiger, wünschte sich einen Ort, an dem die Leute nett zu seiner Familie wären. Ist das nicht dieselbe Liebe und Freundlichkeit, die wir alle benötigen? Und die wir anderen geben wollen?

Viele Jahre lang haben mir mehrere Menschen besondere Freundlichkeit erwiesen. Ein großes Dankeschön an euch alle, die mich beim Schreiben treu ermutigt und unterstützt haben. Eure mitfühlenden Herzen haben mir geholfen weiterzumachen.

Kapitän a. D. Dennis Trone, der Erbauer der *Twilight* und der *Julia Belle Swain* und 24 Jahre lang Kapitän der *Julia Belle Swain*, hat mir mit seiner Erfahrung als Steuermann, seiner Fantasie und seiner Liebe für Dampfschiffe und den Fluss sehr geholfen. Danke, Kapitän, für die spannenden Nebel- und Eis-Szenen, das Erscheinen der Klapperschlange und Ihr Gespür für Geschichten! Kapitän Trone ist außerdem der ehemalige Besitzer des *Marine Hospital* in Galena, Illinois.

Meine Dankbarkeit gilt dem Staat Illinois und seinen Angestellten für den genialen Campingplatz beim *Mississippi Palisades State Park*. Mit Libby, Caleb und Peter zusammen haben wir Ihre unglaubliche Aussicht genossen.

Die freiberufliche Lektorin und Geigerin Helen Motter hat viele meiner Fragen übers Geigenspielen beantwortet, hat mir geholfen, die Figur Franz zu entwickeln, und Teile des Manuskripts gelesen. Robert Miller, ehemaliger Kurator bei der *George M. Verity*, dem *Keokuk River Museum* und dem *National Historic Landmark* bei Keokuk, Iowa, hat ebenfalls Fragen für diesen und beinahe jeden Roman der »Abenteuerfluss«-Reihe beantwortet.

Kathleen Cook, Lehrerin an der *Illinois School for the Deaf* in Jacksonville hat mir mit der Gebärdensprache und meiner Figur Peter geholfen. Danke für die Zeit, die du dir zum Lesen genommen hast, Kathy, und für deine Ansichten über einen so wunderbaren Terrier wie Wellington. Kevin Healy, ein Schüler an derselben Schule, hat mich inspiriert, indem er seinem Hund beibrachte, seinen Befehlen in Gebärdensprache Folge zu leisten. Ebenso danke ich der Schulleiterin Joan Forney für ihre Hilfe mit dem Fingeralphabet.

Wenn ihr noch nie in Saint Paul wart, erfahrt ihr bestimmt gern, dass die Straßen nicht mehr in demselben Zustand sind, wie sie im Jahr 1857 waren. Die heutigen Straßen und Autobahnen lassen einen das Zentrum und das *Minnesota State Capitol* einfach erreichen.

Mein Dank geht ferner an Kate Roberts, Ausstellungskuratorin, und an die *Minnesota State Historical Society* für ihre Forschungsanstalt und ihre Zeitschrift *Minnesota History* sowie an Jenny McElroy, Referenzbibliothekarin im *Minnesota History Center*, für ihre Hilfe.

Ich danke der *Ramsey County Historical Society* für ihre Zeitschrift *Ramsey County History* und Julie Reimnitz, der Verwaltungsdirektorin und Forscherin, sowie Mollie Spillman, der Archivverwalterin, für ihre Hilfe. Besonderen Dank schulde ich Virginia Brainard Kunz, der ehemaligen Direktorin der Gesellschaft, für ihre Bücher *St. Paul: The First 150 Years*, *The Mississippi and St. Paul* und *St. Paul: Saga of an American City*.

Virginia hat mir ebenfalls viele Fragen beantwortet, ebenso Rhoda R. Gilman. Danke, Rhoda, für dein Buch *The Story of Minnesota's Past* und dass du *The Red River Trails* mitverfasst hast. Ich danke June Drenning Holmquist, der Herausgeberin von *They Chose Minnesota*, sowie den Autoren David Vassar Taylor, Paul Kirchner und Anne R. Kaplan.

Zwei Personen haben mir gerade zur richtigen Zeit einen wichtigen Impuls gegeben: Dr. Charles L. Blockson, Autor von *The Underground Railroad*, und Miles McPherson, Autor von *The Power of Believing in Your Child*. Ferner bin ich dankbar für die Hilfe von dem Kolumnisten und freischaffenden Schriftsteller Sven Sjostedt; von Lisa Krahn, Leiterin der *Sibley Historic Site*; von John Anfinson, Bezirkshistoriker des *Army Corps of Engineers*, St. Paul; von Greg Brick, Geologe; von Catherine Mix, Assistenzherausgeberin von *The Minnesota Volunteer*; sowie von der *St. Paul Pioneer Press* für ihre alten »*Pioneer and Democrat*«-Zeitungen. Roger Mackey, Louie Morelli und Bette Johnson haben mir mit ihren Kenntnissen über *Swede Hollow* geholfen.

Wie immer danke ich dem gesamten »*Bethany House*«-Team für seine Arbeit bei der Erstveröffentlichung dieser Romane. Ein besonderer Dank gilt Jeanne Mikkelson, Werbeleiterin, und meinen internen Herausgebern, Rochelle Glöege und Natasha Sperling, für ihre Geduld mit mir und dass ich ihnen als Person wichtig war.

Dieser Roman ist das zwanzigste Buch, das mein externer Herausgeber, Ron Klug, für mich herausgegeben hat. Danke, Ron, für die wunderbare, aufbauende Art, mit der du mir dabei geholfen hast, mein Werk zu formen. Du hast einen sehr großen Preis verdient, besonders in den Herzen meiner Leser.

Ein Dankeschön an das Team von *Moody Publishers*, das dazu beigetragen hat, diese neue Ausgabe der »Freedom Seekers«-Reihe herauszugeben: Deborah Keiser, Mitherausgeberin von *River North*, für ihre kreative Planung und Führung; Michele Forrider, Audience Development Manager, für die tagtägliche Vermarktung und weil sie den Kontakt zur Leserschaft hergestellt hat; Brittany Biggs, Author Relations; Bailey Utecht, Redaktionsassistentin; Pam Pugh, Hauptprojektleiterin, für ihre Aufsichtsführung, ihr Management und ihre Detailarbeit, die dieses Buch zur Vollendung gebracht haben. Vielen Dank auch der Grafikerin Odessa Sawyer für ihre super Gestaltung, die uns immer wieder fragen lässt: »Was geschieht als Nächstes?«

Schließlich bin ich meinem Mann Roy, all unseren Kindern, ihren Ehepartnern und unseren Enkeln dankbar. Ihr habt unser Leben durch eure Art sehr bereichert und einen Sinn für Humor in unser gemeinsames Leben gebracht. Eure wunderbaren Persönlichkeiten haben mein Denken und mein Schreiben zutiefst beeinflusst. Danke jedem Einzelnen von euch!